この人の辛さが辛い。この人の心を傷つける苦しみ全部俺が背負いたい。
大人だというのに我慢することもできず涙で視界がにじむ。
（本文より抜粋）

DARIA BUNKO

ラジオ

朝丘 戻

ILLUSTRATION 麻生ミツ晃

ILLUSTRATION
麻生ミツ晃

CONTENTS

この作品はフィクションです。
実在の人物・団体・事件などに一切関係ありません。

ラジオ

あのころ裕次《ゆうじ》さんは俺が買い物をしていると、必ず「これが拓人《たくと》っぽい」と選んでくれた。歯ブラシも茶碗も箸《はし》も。

それらはたいてい透明か青色で、どことなく鋭いイメージやデザインのものばかり。歯ブラシは青かったたし、茶碗はガラスだったたし、箸は一匹の鳥のシルエット柄のものだった。羽をすぼめて一直線に獲物へむかっていくような、迷いのない姿の。

——どうして鳥？

俺が訊《き》くと、裕次さんは得意げに微笑《ほほえ》んで心から幸せそうにこたえてくれた。

——この凛《りん》とした感じが拓人っぽいからだよ。

裕次さんと半同棲していた数週間、俺はその箸をつかい続けた。彼が作ってくれた手料理を食べながら幾度となく、凛とした鳥、と反芻《はんすう》した。時間が経つにつれ右手が重たくなっていくような感覚に襲われたのも、遠い懐かしい記憶だ。

俺たちが別れた雨の夜から六年が経つ。

彼の家においてきてしまったあの俺っぽい箸は、彼の手で捨てられていたらいいいな。そして当時どこへいくにも一緒だった日々の温かい想い出だけが、彼の胸のなかに生き続けていたら嬉しい。強くそう思う。

1日目

「……え」

それだけ言うと、俺は正面に座っているマネージャーの黒井《くろい》さんを見つめたまま停止した。

「拓人、お、怒った……？」

初めて会ったときから薄々感じていたけど、黒井さんは意外と包容力がある。ダサい黒縁眼鏡の軟弱童顔で、普段は言うことなすこと突拍子もないド天然なのに、忘れていたころ唐突に優しさをくれるから苦しくなる。……とくに、こんな優しさなら尚更だ。

左手をふって、俺は笑顔を繕《つくろ》った。

「ううん、ごめん大丈夫。驚いただけだよ」

「本当に……？　じゃあ再来週のラジオのゲストは恵《めぐみ》さんに決定でお願いね？」

「はい」

うなずいて、その名前を心のなかで復唱する。

恵裕次――モデルの俺がドラマ『白《しろ》の傷跡《きずあと》』で共演した俳優だ。同性愛をテーマにした物語で恋人役を演じた。そして本当に好きになって別れた人。

「じゃあ改めて企画の内容を説明するね。今回は『白の傷跡』の再放送に便乗しておこなう、月曜日から金曜日までの五日間連続企画だよ。テーマにそったメールやファックスを募集して、恵さんと一緒にリスナーの質問にこたえたりします」

「はい」

「恵さんは来月公開する映画の宣伝も兼ねてきてくれるけど、ラジオの経験はないそうだから拓人がしっかりサポートしてあげてね。これまで頑張ってきた成果を見せてあげるんだよ」

「わかった」

手もとのスケジュール表にある月曜から金曜までの欄に棒線をひいて〝裕次さんゲスト〟と書いた。

裕次さん。

――め、恵裕次っ！

……榊《さかき》、拓人？

――初めまして、榊です。今日は、アポもとらずに、いきなりきてすみません。じつは先日、俺のところにドラマの出演依頼がきたんですけど、その件でどうしてもあなたに会いたくて。今日が無理なら日を改めますから、俺とサシで話してくれませんか。

――サシなんて、なんかヤクザみたいだな。……ま、べつにいいよ。

彼のあの、サングラスの端を摑《つか》む細くて長い指。すっと高い鼻筋。深い色の目。

――俺のことは〝裕次〟でいい。

あの笑顔。

「裕次さんって、ラジオにでたことなかったんだね」

名前を口にしたのはひさびさだった。

「そ、うだね。うん、そうみたい。そう聞いたよ。宣伝活動でテレビにでるタイプの俳優さんでもないしね」

頬《ほほ》をひきつらせて笑う黒井さんの動揺が、こっちにまでダダ洩《も》れで苦笑いになる。

「たしかにイメージじゃないな。裕次さんのファンも、あの人がバラエティ番組にでたりしたらびっくりするだろうし」

『白の傷跡』でも制作発表の記者会見と雑誌のインタビューをしただけだった。

「でもそれなら、今回裕次さんがラジオにでるって知ったら期待する人が多いってことだよ。俺もいつもより緊張感持ってやらなきゃな」

「拓人、」

「テーマにそったメールとファックスって言ってたけど、特別にコーナーつくったりするの？　そこはまだ未定？」

「あ、うん、未定かな」

「なら俺も一緒に考えさせてもらおう」

手帳に〝コーナー要相談〟と書き足す。自分の指を見ながら、絶対忘れないのに書いてる、と思った。俺も動揺してるのかもしれない。〝裕次さんゲスト〟の字も妙に目にひっかかった。彼の名前を手で書いたのは初めてだった。

――拓人は俺に、かけがえのないものをいくつもくれてるよ。拓人は嫌かもしれないけど、俺は傍《そば》にいたい。だからせめて、ドラマのなかでは、恋人でいさせてくれないか。

――俺は、海《かい》を演じなくても……裕次さんの恋人に、なれるよ。

恋人でいられたのは撮影中の三ヶ月間。

——裕次さん、ごめんなさい。……裕次さんを、守りたくて。でも俺、こんなふうにしか、できなくて。

——俺は幸せだったよ。……この三ヶ月とっても幸せだった。拓人が幸せにしてくれたんだよ。

六年も経つのに、案外鮮明に憶《おぼ》えてるもんだな。

「拓人……あの、」

黒井さんが叱《しか》られた子どもみたいな目で俺をうかがいながら口ごもる。

「どうしたの？」

「いや……うん……」

ふいに部屋のドアがあいて、社長の堀江《ほりえ》さんが入ってきた。俺たちを見るなり肩を落とす。

「なんなのきみたち、またぼくの部屋で打ちあわせ？　どうしてミーティングルームをつかわないかなあ……黒井君いじめなら参加したいけど、今日いじめてるのは拓人なんでしょ？」

「しゃ、社長っ、人聞き悪いこと言わないでくださいよっ」

「とぼけるんじゃないよ黒井君。拓人に断られたらどうしようってビビってたくせに。どうせぼくに加勢してほしかったんじゃないの？」

「そっ……そんな、ことは、」

狼狽《うろた》える黒井さんと、いやらしく笑う堀江さんを見ていてピンときた。ふたりはこの仕事の件で、俺に話す前に相談してくれていたんだ。

当時早朝の河原で抱きあっているところを週刊誌にすっぱ抜かれて揉《も》めたりもしたからな。俺のメンタル面以外に関しても堀江さんたちが慎重になるのは当然だ。いろいろ気づかわせて、なんだか……本当に申しわけない。

「拓人、どうするの。断る？」

堀江さんが俺の座っているソファの肘《ひじ》かけに腰をおろして、顔を覗《のぞ》きこんできた。

「いいえ、受けますよ。もう迷惑かけるようなこともしませんせん」

「ふーん……」

俺を見る目が細くなる。

「拓人。この企画は黒井君が提案してとおしてきたんだよ。ドラマの再放送が決まってから、ラジオのスタッフと上の人間に持ちかけて、頭さげてさ。普通マネージャーなんかしゃしゃりでないってのに」

「え……黒井さん、本当に？」

驚いてふりむくと、黒井さんは俺を見据えて膝《ひざ》の上で拳《こぶし》を握りしめた。

「……決めてたんだ。いつかまた絶対に、拓人を恵さんに会わせてあげようって。それが俺の使命なんだって」

「使命って」

「だいぶ遅くなっちゃったけど、でも、俺も恵さんと仕事してるときの拓人がまた見たかった。だから、俺の夢でもあったんだ。……ひき受けてくれて嬉しい。楽しみにしてるよ」

恵さんと仕事してるときの拓人が見たかった、という言葉に秘めている劣等感を刺激された。

「そうだねえ。恵さんはいまの拓人を見たらどう思うのかねえ……」

いまの俺。いまの、俺は。

「まあ、はりきってやってきなさい。ぼくもいろいろと覚悟しておくから」


夜七時。

ひとり暮らしのマンションへ帰りつくと、駐車場に移動して車へ乗った。

堀江さんに借りている外国車は、ふたり乗りの小さくてまるっこいデザインも気に入って、暇さえあれば乗りまわしている。堀江さんいわく『黒井君と同棲したら近所に買い物へいくためのセカンドカーにする予定だけど、その夢が叶うまで貸してあげてもいい』とのこと。そろそろ五年近く経つので、いくらか払ってゆずってもらおうとたくらんでいる。

まだ春にもかかわらず陽気は不安定で、今夜は湿気って蒸し暑い。エンジンをかけてエアコンの風むきを調整し、前髪を掻《か》きあげながら発進する。

免許をとったのは十八の冬だ。大学合格してすぐ教習所にかよい、ストレートで取得した。以来、海にも山にもいった。眠れない夜、あてどなく走って早朝の街を眺めることもある。あの日みたいに。

車に乗っていると、どこにでもいけそうな気がする。

昔、狭い世界で生きていた俺を、星と街の美しい光のもとへ連れていってくれた裕次さんのハンドルを握る腕、アクセルを踏みこむ長い脚、時々俺を捉える目と、唇《くちびる》の左端を持ちあげて微笑む横顔も、意識のすぐ傍に蘇《よみがえ》ってきて寄り添い続ける。

箱根《はこね》方面へハンドルをきり、車内もやっと快適になってきたなと思っていたら、鞄に入れていたスマホが鳴りだして応答する前に切れてしまった。しかたなくコンビニの駐車場にとめて見ると、母さんからの留守録がある。

『拓人？　今日いちご買ったからとりにきなさい。傷《いた》む前にね。じゃ』

またか……。

大学進学を機に実家をでてから、母さんは事あるごとに〝きなさい〟と連絡してくる。〝洗剤買いすぎたから〟〝田舎からお米届いたから〟〝父さんの墓参りにいくから〟

相変わらずの突《つ》っ慳貪《けんどん》な物言いといい、天《あま》の邪《じゃ》鬼《く》な母さんらしい。……仕事の愚痴がたまっているのかな。それとも、ひとりで淋しいのか。

友だちをつくるのが苦手な母さんにとって、息子の自分は数少ない味方なんだと知っている。スマホをジーンズのポケットへしまい、いちごか、と考えた。たぶん長くは保《も》たないな。

ひとまず今夜は無理だし近々いこう、と決めて車をおりた。ついでだからコンビニで飲み物とお菓子を買う。帽子……は、まあいいや。最近はドラマほど目立つ仕事をしていない。

冷房のきいた心地いい店内で買い物をすませて車へ戻った。コーラをひと口飲んでドリンクホルダーにペットボトルをおき、再び出発。上空で白く発光して輪郭ごとおぼろににじむ月を、あの人もどこかで眺めているだろうか。

――恵さんは来月公開する映画の宣伝も兼ねてきてくれるけど、ラジオの経験はないそうだから拓人がしっかりサポートしてあげてね。

黒井さんのひとことが頭の隅を掠《かす》めた。

どんな気持ちでこの仕事をひき受けてくれたんだろう。

　別れたあともドラマや映画に休みなく出演して結果を残していった彼は、またたく間に画面越しの遠い存在になってしまった。恋人同士だったことも妄想なんじゃないかと疑いたくなるぐらい住む世界の違いと隔たりを感じる。現在の彼の心境は、俺にはなにもわからない。

　車の速度を落として高速をおり、外灯の少ない暗い道路をすすんで、砂利《じゃり》で滑る山道へ入る。ライトを頼りに曲がりくねった道をのぼると、やがてたどりついた駐車場へ停車した。

　彼が連れていってくれた星の場所は探しあてられなかったけれど、かわりによく似た夜景スポットを箱根に見つけて時折かよっていた。それがここだった。

　コーラをもう一度飲んでからエンジンを切り、車をおりる。土と草木の匂《にお》いを生ぬるい風が薄めて、肌がかすかな暑気になじんで汗ばんできたころには虫の声に聴き入っていた。

　今夜は空気がガスっていて夜景もかすんでいるうえに、星もぼやけた点でしかない。だけどきたかった。星空はあの人を近くに感じさせる。

　群青《ぐんじょういろ》色の夜空、やわい星、ぼんやり浮かぶ街の灯。

　……海《かい》。海なら、岡崎《おかざき》とどう再会する？

　訊いたところで答えはもらえないとわかっているのに、なんだかおセンチな気分になって、あのころみたいに縋《すが》ってみたくなった。でも俺はもう草薙《くさなぎ》海じゃないし、海本人も死んでいる。死人に口なしだ。俺に用意されたセリフはなかった。

　六年経過したいまあの人を前にして、自分が、自分の言葉でなにを言うのか、言えるのか、まるで想像がつかない。

どんな顔をして会えばいいんだろう。どんな顔をして彼は現れるんだろう。

笑顔を見せてくれるだろうか。新しい恋人の話をされたりするだろうか。今度再婚するんだ、と報告を受ける可能性だってあるのかもしれない。俺は笑えるんだろうか。

——……拓人、愛してるよ。離れても想ってる。この気持ちがあれば、俺は生きていけるよ。

魔法使いで旅人で変態で、寂しがりやな兎《うさぎ》だったあの人は、六年前の彼だ。

——拓人は、強い子だよ。ダイヤみたいにかたくて、輝いてる。

あの人の目に俺が輝いて見えていたのも六年前。

なんにせよ、いまだったことに運命めいたタイミングを感じずにはいられない。

俺も裕次さんに話しておきたいことがあった。会わないといけない、と思っていたんだ。


俺のラジオ番組は毎週金曜日、深夜十二時から一時まで生放送している。

再来週は五日間も枠をジャックして『白の傷跡』の企画をすると告知したら、早速リスナーからたくさんのファックスやメールが寄せられた。ドラマで俺を知ってくれた人も多いせいか、俺と裕次さんのひさびさの再会を待ち望んでくれる声は想像以上に多かった。

「いいねえ、きてるねえ」

ディレクターの丹下《たんげ》さんが数枚のファックスを機嫌よく眺めながらにやける。

「どんな感じですか？」

訊《たず》ねつつ俺もファックスに手をのばしたら、さっとよけられた。

「だーめ。今回は拓人と恵さんのリアルな反応が見たいから、ふたりには直前まで質問内容を教えないよ。楽しみにしてろよ～？」

　普段リスナーから届くメッセージは俺もすべて目をとおしたあとに紹介させてもらっている。採用できなくてももらった声を把握しておきたいからだ。

「見せてくださいよ」

「駄目だっつの。ドラマ放送したのも何年も前なのに、みんな熱いわ～……」

　椅子に仰《の》け反《ぞ》ってファックスを読んでいる丹下さんの、でっぱった腹が揺れている。

「リスナーがくれた声を知らないままっていうのは嫌なんですけど」

「企画が終わったら全部読ませてやるよ。拓人に都合いい質問だけだとつまらないし、回答を用意してたら反応にリアリティがないだろ？　恵さんと相談しながらこたえたほうが面白い」

「失言しそうですね、それ……」

「だいじょーぶ、だいじょーぶ」

　むしろ失言狙《ねら》いだよ、って感じのこの卑《いや》しい顔。

「リスナーのことは信じてるけど、変な質問がきてもそればかり選ばないでくださいね？」

「まあまあ。俺さ、『白の傷跡』が放送してたころの雑誌インタビュー好きだったんだよねー。ふたりして痴話喧嘩《ちわげんか》したり褒め千切ったり、漫才みたいでさ」

「……はあ」

「インタビュアーも〝クールで知られてる恵さんのイメージが変わった〟とか言ってたろ？　あれを再現したいんだよな！」

丹下さんが言っているのは、たぶん俺たちがつきあい始めたころのインタビュー記事だと思う。俺がしどろもどろ焦《あせ》って〝裕次さんを恋愛感情で好きだ〟と洩らしそうになっても、彼が巧《たく》みにごまかしてくれた。恋人になってふたりしてはしゃいでいた。おたがいの立場に危機感を抱きながらも幸せだけに浸ろうとしていた、浅はかで無邪気だった時期。

「俺はもうあんな失礼な態度とりませんよ」

「なにかしこまっちゃってンのよ〜。朝っぱらから抱きあってるところスクープされるぐらい仲よかったんだろ?」

丹下さんの口もとがいやらしくゆがむ。下卑《げび》た偏見がちらついてうんざりする。

「たしかに世話にはなりました。でもあの人は友だちじゃなくて、尊敬する俳優なんです」

「可愛いこと言っちゃって。ドラマの記者会見でもいちゃいちゃしてたじゃねーか〜」

「丹下さん、なんでそんないろいろ知ってるんですか……」

「さてはおまえ、ひさびさに恵さんと会うからビビってんな……? どうせ男同士なんだし酒でも呑《の》みゃあまた仲よくなれるよ。初日は顔あわせかねてぱーっと呑もうな!」

がはがは笑う丹下さんが勢いよく肩を叩《たた》いてくる。

「らしくねーぞ拓人、あんときとおなじ調子でいこうや! な!」


それから一週間、事務所で仕事をこなして過ごし、とうとう『白の傷跡』企画ラジオ放送、開始当日になった。

「拓人、顔ひきつってない？」

打ちあわせを終えてソファに座っていると、構成作家の越野《こしの》さんに笑われた。

「どんだけ緊張してんの」

「拓人ずっとこんななんだわ〜。越野、活入れてやってよ」

丹下さんも一緒になって呆《あき》れる。

「や、すみません、大丈夫です、全然」

適当に笑って返したら黒井さんと目があった。なにも言わずに唇をひき結んで、俺をまっすぐ見据えたまま力強くうなずく。

……正直なところ、目の前で起きているすべてに現実感がなかった。それこそドラマか映画を観ている気分で、みんなの会話や行動が自分の外側を滑っていく。二組の取材陣がきているスタジオは人も多く、いつにない違和感まですさまじい。

視線をさげて、右の掌《てのひら》を握って、ひらいて、息をつく。海は本当にいないんだな。俺が自分を見失ってもできないことをしてくれたり、言えないことを伝えたりしてくれた海はいない。

ならばせめて、あのころの自分を演じるための台本が欲しい。そしてあの人が望む、榊拓人らしい自分になれたらいいのに。俺はあの人の前でどんな人間だったんだっけ。十七のころの俺ってどんな奴だった……？

「でもどんな人なんでしょうね、実際」

「あ？」

「恵さんです。丹下さんも面識ないんですよね？」

「あー、ないなあ。業界うけはいいよな。一般的にはクールでとおってるけど、礼儀正しくてスタッフ思いで仕事もしやすいとか。悪い話をまったく聞かない」

「近ごろはスキャンダルっぽいのも全然ですもんね。何年か前に拓人と噂《うわさ》になったぐらい？」

「あれな！」

「ゲイドラマでゲイのスキャンダルって、笑うっきゃないですわー」

「俺も笑った笑った。話題づくりあからさますぎてな～」

丹下さんと越野さんが俺をうかがいながら苦笑いする。俺も愛想笑いでながしたけど、笑顔になれた気がしない。

「けどオファーした直後に恵さんひとつ返事で快諾して、仕事調整までしてくれたじゃないですか。あのときやっぱりいい人だなーとは思いましたね」

「そうだな、企画が決定したのも急だったし、結構無理してくれたよな。まー、そこらへんは拓人効果だろうけども。——なあ、拓人？」

え。

「恵さん、入られまーす」

どき、と心臓を緊張が貫いた。思考が追いつかないまま、ひらいたドアの外へ全神経が集中する。

「お、いよいよか」

「楽しみですねー」

丹下さんと越野さんも目を輝かせて席を立った。俺も遅れてソファから立つ。

ＡＤの佐野《さの》さんがドアを押さえて頭をさげ、人をむかえるようすを注視していると、廊下のほうから足音や話し声が響いてきた。複数人の気配がこちらへむかってくるのがわかる。くる。

「――失礼します、おはようございます、恵です」

裕次さん。

さっ、と現れた長身の存在感と、ひと声と、気さくな笑顔に意識を呑まれた。

――それでも俺は拓人を一番失いたくなかった。もう、失いたくなかった。いる、本当に。きてくれた。

裕次さんがここに。

「遅れてすみませんでした。みなさん、五日間どうぞよろしくお願いします」

両手脚をきちんとそろえて、彼が頭をさげた。

「恵さんお待ちしてました、こちらこそよろしくお願いいたします！」

丹下さんたち以外のスタッフも恐縮して、裕次さんとマネージャーの筒井《つつい》さんに挨拶《あいさつ》をする。

続く他愛ない会話に応じる、その横顔。

最近発売された雑誌でベリーショートだった髪は伸びていたけど、一緒に仕事していたころよりはやや短めにまとまっている。顔つきは変わった。骨格に皮膚《ひふ》がなじんで締まり、風格と色気が深まった。真正面にいても、画面のなかのべつ世界に生きている幻めいて感じられる。

この人が俺の大事な人。三ヶ月間、一生ぶんの恋をした男。

「拓人」

彼がふりむいて、満面の笑みをひろげて近づいてきた。

「ひさしぶりだな、会いたかったよ」

「……ごぶさたしてます。ゲストひき受けていただいて、本当にありがとうございました」

深夜に『会おう』と電話で誘いだして星を見せてくれた。学校にいても『家で待ってる』とメールをくれた。最後の夜も雨が降るなか、別れを言いにきてくれた。会いたいとき、いつも必ずおなじ気持ちでいてくれた裕次さん。

「楽しみにしてた」

裕次さんが右手をだして握手をうながす。

「……はい。まだ経験不足のパーソナリティーですけど、頑張るのでよろしくお願いします」

手を握り返して、俺も彼の顔を見つめた。やわらかくカーブする二重瞼《ふたえまぶた》と唇、そこに浮かぶ甘やかなしわ。熱くて大きな掌。取材陣のほうからカメラのシャッター音が鳴る。

「いや、俺のほうがラジオ自体初体験だからいろいろ教えてほしい。頼むよ、拓人」

繋《つな》がりあった手を彼が上下した。心臓ごと揺さぶられているような錯覚がした。

「恵さんに楽しんでもらえるように、精いっぱい努力します」

裕次さんの表情が一瞬強張って、俺もはっと我に返る。しまった。

「拓人、〝恵さん尊敬してるー〟ってテンパってくれるなよ？　面白くしてくれるのはいっこうにかまわないけど台なしだけは勘弁な」

丹下さんが茶化してきて、越野さんも「拓人ってばさっきまで怖い顔してがちがちに緊張してたんですよ～」とのっかり、スタッフの笑い声で空気が変わる。裕次さんから目をそらして手を離した。

「大丈夫です。台なしなんて不吉なこと言わないでくださいよ」

俺もなんとか笑顔を繕う。

「じゃあ再度打ちあわせをしますか」と丹下さんが和んだころあいを見計らい、切りだした。

スタッフ全員が中央テーブルへ集まってくる。丹下さんと越野さんのほかに、チーフディレクターの飯田《いいだ》さん、ＡＤの佐野さん。俺と裕次さんのマネージャー黒井さんと筒井さんも背後で見守る。

今回は特別企画なので、通常とは一切内容が違う。丹下さんが裕次さんに進行表を渡して、メインは俺と裕次さんのトークで、ＣＭは前半と後半に二回ずつ計四回、歌の紹介が一回、と大まかなながれを説明する。

「拓人が読むリスナーからのファックスやメールをもとに好きなようにしゃべってください。ＣＭなんかが入るときの細かい指示も拓人にだすので、あわせていただくだけで大丈夫です。最後に入る恵さんの告知も同様です。拓人も三年目ですから、安心してまかせてくださいね」

「はい」

「なにか不明な点や不安なことはありますか？」

裕次さんが進行表を眺めてすこし考える。

「いえ、拓人に頼ってればいいんだろうなって、ほっとしちゃいました」

ははは、と笑い声があがって、丹下さんが「拓人、頑張れよ？」とからかってくる。

「言うても、拓人はゲスト慣れはしてないしな？」

「そうなんですか？」

「ゲストを呼んだのは三回だけなんですよ。そのときも企画だったんですけど、アイドルの女の子相手にテンパった拓人が面白くて面白くて」

にやける丹下さんを、「ちょっと」ととめた。

「ほんと、あのとき嚙みまくりでしたよね」

なのに越野さんまで加わって冷やかしてくる。

正面にいるチーフの飯田さんを見つめて助けを求めたら、苦笑して口をひらいた。

「けど、本当に今夜の企画は評判がいいんです。恵さんがゲストにきてくださるって発表したとたんネットニュースにも載《の》って一気に話題になりました。番組の知名度もあがりましたよ」

そのニュース記事は俺も見た。『恵裕次が初ラジオ出演。あの「白の傷跡」コンビが復活！』という見だしで、ＳＮＳでも拡散されて話題になっていたから。

「それは俺も筒井に聞きました。でもなにより『白の傷跡』の力が大きいんですよ」

「いいえ、恵さんの存在も大きいです。それにもちろん拓人も」

話しながら、飯田さんは俺を一瞥《いちべつ》して微笑む。

「『白の傷跡』が愛されているのは、ふたりの演じた岡崎と海が本物だったからです。五日間の短い企画ですけど、スタッフ一同ドラマにも敬意をはらってすすめていきますのでよろしくお願いいたします」

「はい、こちらこそよろしくお願いいします」

裕次さんが頭をさげて、俺も「お願いします」と、礼をした。知らず知らずのうちに頰がほころぶ。飯田さんは唯一の味方だ。

そのまま打ちあわせは雑談にまぎれてうやむやに終わっていった。

放送開始時刻も迫ってきたので、スタッフにうながされて裕次さんとふたりでブースへ入る。マイクを挟んでむかいあって椅子に座り、進行表などの書類を手前において、ふたりでヘッドフォンをつける、俺はストップウオッチを持つ。目の前にいる裕次さんの目が見られない。

「拓人、そのレバーみたいなのなに？」

彼に右手近くにおいているカフボックスを指摘されて、一瞬真っ白になった。

「あ、これは、声のオンオフを操作する機械です。リスナーに俺たちの声を届けたいときと、抑えたいときをレバーで調節するんです」

「なるほど。拓人が毎週しゃべってたのはここなんだな……」

興味深げにブース内を見まわすようすには愛嬌《あいきょう》がある。ちり、と胸を刺すのがどういう感傷なのか、一種類で単純に表現できないから自分でも戸惑ってしまう。

「……あの、すみませんでした、さっき」

「ん？」

「恵さんって呼んじゃって」

謝ると、裕次さんはわずかに目を見ひらいてから苦笑した。

「また名前から教えないといけないのかと思ったよ」

「すみません、つい」

「どう呼んでたかも忘れた？」

「や……ここからは切りかえます」

裕次さんに射るような視線で凝視されて、受けとめる気持ちでしっかりとうなずき返した。緊張が責任感に変わっていく。この企画を自分の過去の色恋で失敗させるつもりはない。

「ラジオ、聴いてたよ。放送第一回目からずっと」

「え……本当ですか」

裕次さんの唇がやわらかくゆるんだ。

「約束しただろ」

――俺も、拓人が仕事をする姿を、見守るよ。

「……はい、ありがとうございます。嬉しいです」

「仕事でどうしても聴けないときは筒井に録音してもらったりしてね。アイドルの子がゲストにきてた回も知ってる」

「知らないみたいな反応してたのに」

「〝ゲスト慣れしてない〟っていうとこに、へえそうなのか？　って思っただけだよ」

この人の声はどうしてこんなに胸の隅まで響き渡るんだろう。

「今日はあんなふうにテンパったりしないので、まかせてください」

「変わってないな」

苦笑いする表情が、目もとも口もとも全部魅力的だった。でも声音まで苦々しい。

「駄目、でしたか」

「駄目じゃないけど」

「けど？」

追及すると、もっと笑われる。

「今回は拓人ひとりでつくる番組じゃないだろ。そのアイドルの子の回も俺は楽しかったよ」

「俺がテンパって嚙みまくるのが、楽しかった……?」

「そんな厭味《いやみ》言ってないじゃないか。あわあわ頑張ってるのが微笑ましかったってこと」

「からかってますよ」

「違うって。おまえだけ責任感じてぴりぴりする必要ないって意味だよ。頼るとは言ったけど、おたがい支えあって楽しい番組にしていきたいと思ってる」

じっと見返していたら、おなじように見つめ返してくる裕次さんの頰が徐々にゆるんでいって、ふっと吹きだした。つられて俺も笑ってしまう。……あ、なんか懐かしい、この感覚。

「ありがとうございます。……俺もまた裕次さんといい仕事して、リスナーに応えたいです」

笑いあって心がほぐれた刹那《せつな》、『始まるぞ』とヘッドフォンに丹下さんから合図が入った。ストップウオッチを手にして、丹下さんと目で確認しあいながら秒読みを聞く。

——約束しただろ。

……裕次さん、ラジオ聴いてくれてたんだ。

番組開始のオープニング曲がながれだして、一瞬遅れてストップウオッチのボタンを押した。マイクのむこうのリスナーを思い浮かべて、思いをむけて、話しかける。

「こんばんは、榊拓人です。いつも聴いてくださっているリスナーさんとは先週の金曜以来ですね。今夜からは特別企画で、五日間毎日この時間にみなさんとお会いできたら嬉しいなって思っています。素敵なゲストさんも招いているので、ぜひおつきあいください」

挨拶のあとに企画の内容説明に入った。

『白の傷跡』再放送は、今日第八話だった。最終話が放送される金曜日と、ラジオの最終日もあわせていて、リスナーと一緒にドラマの余韻に浸りながら終わる予定でいる。

「――と、いうことで、今日からぼくと一緒にみなさんとおしゃべりしてくれるゲストを紹介します。『白の傷跡』で岡崎司《つかさ》を演じていた、恵裕次さんです」

ぱちぱちと俺が拍手をして歓迎したら、裕次さんも微笑んでマイクに口を寄せた。

「こんばんは、恵です。五日間よろしくお願いします」

ゆっくりと語りかける、よくとおる綺麗な声。完璧な第一声だ。

「裕次さん、おひさしぶりです」

「六年ぶりだね」

「はい。またお会いできて、なんだろう……すごく、感慨深いです」

「それは俺のセリフだろ？　岡崎として」

「岡崎としてか。……そうですね。本当に、ご一緒させていただいたのが『白の傷跡』だからこそこんな気持ちになるんだと思います」

俺が演じた草薙海はドラマ最終話で自害してしまう。それが岡崎の幸せだと信じて疑わずに、岡崎だけを想って。

「俺と拓人がこうやってふたりでいるのを、俺らとおなじように感慨深く思ってくれるリスナーもいるんじゃないかな」

「そうですね」

「そういうリスナーさんたちと、今度はラジオっていうかたちで交流できるのも嬉しいね」

「はい、とっても」

俺が笑いかけたら、裕次さんもはにかんだ。

えーあーと無駄な言葉を多用しない、視線を泳がせてそわそわ焦ったりもしない。裕次さんはラジオの世界に踏みこんでさえ動じなかった。悠然《ゆうぜん》とかまえる身体から自信に満ちあふれた強烈なオーラが発せられていて、場数を踏んで鍛《きた》えられた肝《きも》の太さも一目瞭然《いちもくりょうぜん》だ。

圧《お》されて怯《ひる》んでいたらサポートなんてできない。息を吸って、吐いて、平常心と念じる。

「でも驚いたんだよ。拓人が大人っぽくなってて」

「え、そうですか？」

「髪も短くなって、顔つきも凛々《りり》しくなった。言動も昔はもっときゃんきゃんしてたのにな」

「きゃんきゃんっ？」

裕次さんが唇をひいて悪い顔になった。

「高校生の拓人は食いしん坊で暴れん坊で元気だったろ」

「ちょっと、なに言いだすんですか」

「懐かしんでるんだよ」

「優しい声でごまかしてるけど、すごい悪い顔してますよ。リスナーさんに見せてあげたい」

「やらしい声？」

「や、さ、し、い！」

丹下さんやほかのスタッフもサブで笑っている。

「裕次さん、変な冗談言ってると岡崎と海のイメージまで壊しかねませんからね」

「俺は恵です」

「うん。俺は拓人です、いまは榊拓人」

「海は慎ましやかないい子です」

「岡崎は素敵な大人の男です」

「……俺は素敵な大人の男じゃないの？」

「俺もどうせ食いしん坊な暴れん坊でしたよ」

　唇をまげたら裕次さんに「ははははっ」と笑われた。

　こういうの、本当にあのころみたいだ。笑ってじゃれあって口喧嘩して、ふたりでいる。

「さ、じゃあその岡崎と海の『白の傷跡』の物語を改めておさらいしていきましょうか。ぼくが演じた草薙海はイラストレーターを目指しているフリーターで、裕次さんが演じた岡崎司は海のバイト先のコンビニにくるサラリーマン。このふたりが恋をしていくお話でした」

「ふたりとも家庭環境が複雑で、正反対の価値観を持ってるんだよね」

「はい。海は闘病中の母親と酒浸りの父親を支えているし、岡崎のほうは小学生のころ母親の浮気が原因で両親が離婚しているうえに、その母親にひきとられて浮気相手との再婚まで経験したことから、ひどく人間不信で恋愛嫌いです」

「親を許す海と嫌悪する岡崎って真逆で、でもだからこそ欠けた部分を補いあううちに性別も越える愛情になるっていうのが自然だったな。それって恋愛の根本だとも思うよ」

　性別も越える愛情が、自然。

「俺も、海には大事な人を守る強《したた》かさを教えてもらいました。初見のかたにもいろいろ感じていただけたら嬉しいです。ぜひ再放送とラジオと、どちらも楽しんでください」

とん、と視線の先の書類の上を指で軽く叩かれて、目をあげたら裕次さんが俺を見ていた。

「今日の夕方、俺も再放送を観てきたよ。こうして拓人といると〝海がいるな〟〝笑ってくれてるな〟って、嬉しくなる」

六年間ずっとスクリーンや紙面越しに観ていた笑顔がある。

「……俺も、岡崎さんがいてくれるなって思います。笑ってもらえると安心したりして」

「拓人のなかにはいまも海が生きてるんだね」

「うん……そうかもしれません。じゃあこの曲を聴いてリスナーさんにもふたりのストーリーに浸ってもらいましょうか。『白の傷跡』の主題歌で、タイトルは――」

曲紹介をして音声を切りかえた。音楽がながれ始めてひと息つく。

「裕次さん、ラジオすごく上手ですね」

ストップウオッチを操作する自分の手のほうが震えている。

「そう？　いままで拓人のラジオを聴いてたからじゃない？　あと、拓人が進行役だから」

「いえ、この短時間でも結構助けてもらっちゃって、やっぱり経験の差だなって思いました」

「なら俺たちのコンビネーションが最高ってことにしよう」

映画で賞をとるほどの恵裕次が、裕次さんが、いま自分の目の前にいて、自分に笑いかけてくれている。また一緒に仕事をしてみて、ますます遠い人のように感じられてきた。

立てなおせ、考えこむな。いまの自分に自信を持て。いまの……自分のどこに？

「あのさ、拓人」

　曲が終わってCMに入ったタイミングで、裕次さんの声が低く俺を呼んだ。どき、として見返すと、真剣な顔をしている。

「ラジオって俺らが目で見てるものをリスナーに見せることはできないから、全部言葉で説明しないといけないだろ。こう……物なら、かたちとか、色とか、サイズとか、的確に描写して伝える必要がある」

「あ、はい」

「俺、それは下手だろうから、拓人にフォロー頼んでもいい？」

　びっくりした。

「え、っと……わかりました、気づいたらつっこんでいきますね」

「お願い」

　裕次さんが、はは、と照れくさそうに笑っている。「たぶんそこまで注意してしゃべれないと思うんだよなあ」と、屈託なく言ってのけるようすに唖然《あぜん》としてしまう。できない自分を、こんな簡単に認めるなんて。協力して、と頼めるなんて。

「……裕次さんて、本物の大物ですね」

「え？」

　ヘッドフォンに『CM終わるぞ』と丹下さんの指示が入る。秒読みが始まって、慌《あわ》ててカフとストップウオッチに手をかけ、意識を集中しなおしてマイクへむかった。

　次はいよいよメインの質問コーナーだ。

「――はい、ではここからみなさんにいただいた『白の傷跡』に関する感想や質問に、ぼくと裕次さんのふたりでこたえていきたいと思います。じつはメッセージの内容は一切知らされていないのですが、ファックスやメールはたくさん届いてるよって聞いていまして……」

話しながら〝コーナーが始まるまで閲覧禁止《えつらん》〟と厳しく言われていた書類の束をめくった。右上をホッチキスでとめたA4サイズの用紙に、メッセージとラジオネームが記されている。軽く目をとおしたあと、赤線がひいてある部分を読んでいく。

「まずはこちら。『岡崎司はコンビニへいくたびにトマトジュースとパンというおなじ商品を買っていたから海も興味を持つようになりましたが、恵さん自身はトマトジュースがお好きなんでしょうか？』ラジオネーム、あやかさん」

「面白い質問だね」と裕次さんが笑う。

「うん。けど、これは岡崎の特徴、というか……チャームポイント？　でもあるから気になる人は多いかも。撮影中も裕次さんはトマトジュースをたくさん飲んでましたね」

「飲んだ飲んだ。拓人がNGだすたびにごくごく飲まされたな」

「なっ、俺トマトジュースのところではそんなにNGだしてないですよっ」

「そうだっけ」

「嘘《うそ》はつかないでください！」

「あはは」と笑う裕次さんをむっと睨《にら》んでいると、彼はまた悪い笑みを浮かべた。

「じゃあ拓人、俺がトマトジュース好きかどうかあててみてよ」

「え」

——なに買うの？

——ン〜……トマトジュース？

——岡崎だ。裕次さんもよく飲む？

——いや、そうでもない。

——あはは。そこは岡崎と違うんだ。

裕次さんが俺を見つめながら頬杖をつく。その目が、憶えてる？　と訊いている。

「裕次さんは、トマトジュースが苦手、かな」

「あたり」

とたんに嬉しそうに破顔する、その頬のふくらみ、唇の甘さ、あどけなさ。

「苦手でも、演技には全然違和感がなかったですね」

「飲めないわけじゃないから岡崎の気持ちになりきってるときは飲めたよ」

「なら逆に、役になりきってもどうしても無理！　って食べものはありますか？」

「仕事がこなくなったら困るから、それは内緒」

左手の人差し指を唇の前に立てて茶目っ気たっぷりにかわす。素敵で憎くて泣きたくなる。

「しかたない、内緒にされちゃったので次の質問にいきましょうか。『おふたりは役柄と似てる部分はありましたか？　もしくは違いすぎて苦労した場面はありましたか？』ラジオネームりかさん。」

「ははははっ。俺が海と違うのは食いしん坊で暴れん坊なところですよね」

「ははは。根に持ったな？」

「べつにー」

「拓人は最初のころに一度だけ、悩んで躓《つまず》いたシーンがあったね」

裕次さんがやわらかな口調になった。

思い出す。場所は『白の傷跡』の撮影スタジオ。俺の——海の家の居間のセットと、それらを前にして佇《たたず》みながら〝海になれない〟と失望したとき。

「……そうですね。俺は自分が母子家庭で、父親がいる感情を知らなかったから、海の父親役の久乃《ひさの》さんを困らせたんです」

「拓人が久乃さんに〝本当に殴ってほしい〟ってつめ寄ってね」

「うん。でも裕次さんがあいだに入って、わざと俺をひっぱたいて『必要なのは苦痛に耐える顔や強さじゃない』って指導してくれました」

——海がこの世にひとりなら、おまえもひとりだよ。そしておまえが演じる海も、たったひとりしかいない。

——拓人のなかに海がいるんだから殺すな。おまえの心で生かしなさい。

記憶の底で〝尊い〟という感触だけ残して輪郭ごと薄れかけていた当時の光景が、裕次さんを見つめていることでまたたく間に鮮明になっていく。叩いてもらった頰の痺《しび》れまでまざまざと蘇ってきた。

勇気づけてくれるのも、希望をくれるのも、尊敬の念を抱かせてくれるのもこの人だった。

「俺も岡崎みたいに、人間不信な面があったな」

「裕次さんが人間不信……？」

「そう。拓人が演じる海といるうちに全部忘れて、岡崎と一緒に幸せになれたんだよ」

奥さんと別居ののち離婚した裕次さんは、世間に騒がれて孤独な時期を過ごしていたと聞いている。抜《ぬ》け殻《がら》同然に生きていた、と。

　いまなら……いまだから、そのころの心情をもっと聞いてみたかった。自分と世間に、どう折りあいをつけて仕事を続けてきたのか。岡崎と海が、裕次さんにどんな影響を与えたのか。

「俺も裕次さんと岡崎さんにたくさん幸せを教わりました。もうすこし詳しく聞かせてください」

　食いついたら、裕次さんは目をまるめた。「いいよ」と苦笑してこたえてくれる。

「本当に、俺と拓人と、ほかの役者やスタッフと、全員で支えあってできたドラマだったね」

　彼が記憶を愛おしむような満面の笑みをひろげる。

「はい」

　あのころのすべてがいま戻ってきた気がした。この小さなブースに。ほんの五日間限定で。

　なんで俺は男だったんだろう、と悔やむ日がなかったとは言わない。けどこうして大人になって、ふたりで当時をふり返ることのできるいまがある事実も、愛おしいと想う。

「忘れられない、思い出深い時間でした。じゃあ次の質問にいきましょうか。ええと――」

　深夜一時。企画第一日目のラジオ放送が無事に終了した。

「お疲れさまです」

　ブースからでると、丹下さんに背中をばんばん叩かれた。

「お疲れさん！　いつもより笑えてよかったぞ拓人！　はっははは！」

豪快に褒めてくれる。ADの佐野さんも「放送中、応援ファックスとメールがひっきりなしにきてましたよ」と喜びいさんで教えてくれた。

「よかった。リスナーさん、楽しんでくれてるみたいですか？」

「もちろん！　ふたりのファンがめちゃくちゃ喜んでくれてますよ！」

「やったね」

いくつか応援ファックスを受けとると、裕次さんも横にきて「どれ？」と覗きこんできた。

『今回の企画、とってもとっても嬉しいです』『またふたりが、しかも「白の傷跡」の企画でラジオをしてくれるなんて夢みたい！』『ラジオのふたり楽しそうで最高！』と、どの声にも胸が熱くなる。

裕次さんを見ると、彼も俺を見て幸せそうに微笑んだ。嬉しいね、と言ってくれているのがわかって、俺もうなずいて微笑み返す。

「ンじゃ、みなさん！　初日の打ちあげってことでそろそろ呑みにいきますか！」

やがて丹下さんが手を叩いて切りだした。まだ仕事のあるスタッフは残るよう指示されて、それ以外の人たちは予約している居酒屋へ移動、と店名を教わる。

「タクシーも手配してありますから、支度ができた人から下へいってくださーい」

取材にきてくれた人たちも打ちあげに参加するっぽい。それぞれが身支度を始める狭いサブ内で俺も黒井さんと帰りの準備をしていると、「拓人」と裕次さんがきた。

「店まで一緒にいこう」

にっこりする彼のうしろにはマネージャーの筒井さんもいる。

「え、裕次さんは筒井さんの車でいくんですよね」

「拓人もこっちに乗っていきなよ」

嬉しい、けど……すこし戸惑う。困っていたら、黒井さんが「あの、」と入ってくれた。

「恵さん、ありがとうございます。でも拓人はラジオ放送のあとちょっと疲れるタイプなので、ぼくがのんびり連れていきます。また店についたらかまってやってください」

「そう？　それは残念」

裕次さんが俺の頭に手をおいて苦笑する。

「またあとでな」

「はい。……すみません、またあとで」

ぽんぽん、と頭のてっぺんを撫《な》でられて、それから裕次さんと筒井さんは「お疲れさまです」「先に移動してます」とみんなに挨拶しながら退室していった。俺と黒井さんも控え室へ寄ったあと、遅れて地下駐車場へいく。

「なんで〝いく〟って言わなかったの？」

車に乗ったとたん訝《いぶか》られた。

「てか、恵さんに強引に押しつけたほうがよかったかな？」

「ごめん。全然嫌じゃなかったんだけど、ぐいぐいこられてびっくりしたっていうか……」

「ぐいぐいじゃなかったでしょう。昔だって拓人のことよく誘いにきてくれてたじゃない、『一緒にか〜えろ』って」

黒井さんまで懐かしい話をする。

「そうだけど」

駐車場をでて、夜道を走りだした車内に沈黙がおりる。黒井さんが運転しながら俺を見た。

「なにか気になることがあるの？」

訊かれても、こたえはシンプルにひとつじゃないからうまく言葉にならない。

「昔のことはおいといて、俺はまた友だちとして仲よくしていいと思うよ」

もちろん、気まずくなりたいわけでもない。

「……それともあのこと、まだ悩んでるんだ？」

断定的に言われて、情けないような、恥ずかしいような気持ちになった。

「悩んではいない。全部、ちゃんと話そうと思ってるよ」

せめてもの抵抗で、意志的な声をだす。


「初日お疲れさまでした！　リスナーからの反応もすこぶるよくて、本当に素晴らしい企画になったなあと嬉しい限りです。あと四日、ひき続き盛りあげていきましょう、かんぱ～い！」

案内された居酒屋のひろい個室で打ちあげが始まった。

俺と裕次さんを囲むようにしてスタッフが座り、それぞれ箸を手に食事を始める。ちらほらまざっている初対面の女性は、丹下さんが連れてきた裕次さんのファンか、接待のオシゴトの人たちか。よくわからないけど、俺はテーブルの海鮮生姜《しょうが》鍋に釘《くぎ》づけだ。蟹《かに》や帆立《ほたて》や牡蠣《かき》に鯛《たい》が、野菜と一緒にぐつぐつ煮られている。ほかにも鮪《まぐろ》のお刺身や豚角煮と、色鮮やかで高級そうな料理に誘惑されて、夜中に食べるメニューじゃないだろと思いながらも喉《のど》が鳴った。

「拓人、よだれ垂れてるよ」

左横にいる裕次さんが俺の腕をつついてくる。

「……垂れてないです」

睨む俺を眺めて色っぽく微笑みながら、裕次さんはグラスを傾けて酒をすすった。

無骨ですべらかな手指と、瞳を半分隠す睫毛《まつげ》のしずけさ。騒がしい場所にいるのに、この人を見つめていると意識が根こそぎ吸いとられていく。こんな場所だからこそ、仕事を終えてリラックスしている色気が際立つのか。完璧な理想すぎてほんと非の打ちどころがない。

「拓人も酒を呑むようになったんだね」

「はい、もう二十二だから」

「今年の九月で二十三か。成人した拓人に会えて嬉しいな」

誕生日も憶えていてくれたんだ。しみじみにじむ彼の瞳を見ていると現実も常識も自我も全部すっ飛んでいきそうで、俺も酒を呑んで平静を保つ。

「裕次さんは三十九？」

「やばいよな」

いきなり若者っぽい言葉づかいをされて、笑ってしまった。

「でも男は歳をとるにつれ魅力が増しますよ」

「そうか。拓人に魅力的に見えてるならいいかな」

前の席にいる女性が「拓人君これどうぞ」と小皿にとり分けた鍋をくれた。「恵さんも」と一緒にもらってふたりで恐縮してから料理も味わう。あ、思ったとおりめっちゃうまい……。

「拓人、その顔っ……」

裕次さんが吹きだして、うつむき加減にくすくす笑いだす。

「なんで笑うんですかっ」

恥ずかしくなってちょっと声を荒げたら余計笑われた。

「やっぱり食いしん坊だなと思って」

「こんなにおいしければ誰だって嬉しくなりますよ」

「や、モデルなのに夜中に躊躇《ちゅうちょ》なく食べるしさ」

「我慢してストレスで肌荒れするより、すこしでも幸せを味わってつやつやでいるほうがいいんです」

「はいはい、言いわけ言いわけ」

軽く肘で突いて抗議にかえると、裕次さんが心底嬉しそうに笑いだした。

「そうやって怒ってるほうが拓人らしいな」

俺らしさ。

「言ってやってくださいよ、恵さん！」

突然割りこんできたのは丹下さんだった。俺らの斜め前の席で酒を呷《あお》っている。

「っとに、拓人は近ごろ大人しくすましちゃって、昔のよさが薄れちゃってるんですよ」

「昔のよさ、ですか」

「無邪気で正直で明るくて、笑ってばっかりいたでしょ。あのどっか業界に染まってない感じがよかったんだよなあ」

「丹下さん、詳しいんですね」

「いや～、この企画で恵さんがきてくれれば拓人の魅力をひきだしてくれるんじゃないかって期待してたんですよね～！」

　胸が痛む。

「昔は世間知らずだっただけですよ」

　へら、と笑って否定してみても、丹下さんに「違うね」と一蹴された。

「今日は面白かったじゃないか。スタッフがあんなに笑ってたのも初めてだろ？　恵さんとのコンビはやっぱりいいよ」

「ぼくは拓人に自分の素をひきだしてもらってるって感じてますよ」

　裕次さんがフォローを入れてくれる。

「拓人といると気どらなくていいんですよね。さっきも仕事だってわかってたのに、拓人相手だと落ちつくなって考えてました」

「ああ、そうだ。たしかに恵さんも普段と違うかも？」

「セリフがない仕事って、ぼく慣れてないんですよ。べつの誰かがパーソナリティーだったら絶対に笑いなんてとれません」

「絶対は言いすぎでしょう～」

「いいえ、絶対ですよー」

「恵さんっ」と、裕次さんの左隣から女の人が呼んだ。

「わたしも拓人君といる恵さん大好きです。すっごく楽しそうですよね？　人気俳優が拓人君のファンっていうギャップも素敵です〜」

「そこって魅力になるんですか」

「だって女優さんならまだしもモデルで年下の男の子でしょ？　きゅんときちゃいますよ〜」

彼女が甘い声で裕次さんにしなだれた反動で、裕次さんも俺の左腕に倒れてくる。色っぽい派手なワンピース姿の綺麗な女の人で持ちあげ上手。……丹下さんたち本当に夜の仕事の人を呼んだのかも。

「拓人、恵さんに勉強させてもらえよ？」

丹下さんがまだ煽る。

「話しかたも今日みたいにフランクでいいんじゃないか？　ですます言ってるとかたいんだよなあー……二十代の子どもなんだから、らしくいこうや、らしく」

「ですかね」

丹下さんはこうなるととまらない。うつむいて視線をはずして、俺は苦笑いでこたえる。

裕次さんの前で叱られるのはいたたまれないけれど、丹下さんが知る十代の自分が、こんなときどうしたのかはよく思い出せない。うるせーな、と怒鳴って摑みかかった？　俺にはこういう考えがあるんだよ、と堂々と主張した？

他人が好きな自分はいつも他人のなかだけにいて、ここにはいない。

「丹下さんが求める拓人もいいとは思いますけど、リスナーが欲してる拓人がもっとも大事じゃないですか？」

俺の右隣にいる飯田さんが意見してくれた。

「フランクさって一歩間違うと馴れ馴れしくて小憎らしいですからね。放送時間も深夜だし、ぼくはいちリスナーとして拓人の礼儀正しい話しかたって落ちついて好きですよ」

「飯田は甘いわ、拓人に甘すぎ」

「いえいえ」

ありがとう飯田さん、という気持ちで見返したら、いいよ、というふうに頭をふった。

妻子ある温和で優しい飯田さんには出会ったころから助けられていて、以前悩んでいた時期もいろいろ相談していた。気づかわせたことを反省しつつも飯田さんの存在に救われる。

「飯田さんも、今日もお世話になりました、お疲れさまです」

微笑みかけて、「拓人もね」と温かい笑顔を返してもらいながら鱈場《たらば》蟹の脚を頬張る。

「おいしい？」

急に反対側から裕次さんに腕をひかれた。

「え？　はい、おいしいです」

「じゃあ俺も食べよう」

こたえた裕次さんも蟹をとって食べ始める。俺が片手であげ加減にして下から噛みついているのと違い、彼は手と箸で押さえて上品に口へ運んでいる。

見惚《みほ》れていたら、「拓人」と飯田さんが俺の耳に口を寄せてきた。

「俺を当て馬にしないでね」

飯田さんには裕次さんとのことだけは話していない。

「……なに言ってるんですか」

内心で困惑しつつ淡泊な表情を努めて否定したものの、飯田さんにも笑顔でごまかされた。頼りになる反面、こういう食えないところもあるから警戒する。

「――あれ？　誰か携帯電話が鳴ってる。拓人じゃない？」

黒井さんに呼ばれて、えっ、と胸ポケットと尻ポケットを探った。や、鞄のなかだ。うしろにおいていた鞄から、たしかに音が洩れ聴こえていて、慌てて手にとる。

スマホ画面には恭子《きょうこ》の名前がある。時刻は深夜二時過ぎ。失礼して口もとに手をあてながら「はい」とでたら、『拓人今夜泊めて』とかなり不機嫌な声が返ってきた。

『帰るところがない』

また始まったか……。

「恭子、親と喧嘩した？」

『した』

親友の恭子は友だちとは底抜けに仲よくなれるくせに、どうしたことか親とはしょっちゅう喧嘩する。大学卒業して社会人になってもそれは変わらず、俺がひとり暮らしを始めてからはここぞとばかりに逃げ場所に利用されていた。で、一度くると二、三日は帰らない。

「しょうがないな……家の裏のファミレスで待ってて。帰るころ連絡するから」

『ありがとう。ていうか拓人、今夜うちに帰ってくるの？』

ラジオ聴いてたよ、と恭子が低くつけ加える。

「帰るよ。じゃあまたあとでね」

そう告げて、短い通話を終えた。

スマホを鞄に戻してむきなおると、「拓人の彼女だ〜」と丹下さんにからかわれた。すっかり泥酔した赤ら顔で、佐野さんとそろって「また恭子ちゃん？」と冷やかしてくる。

「やめてくださいって」

「拓人が照れた〜！　こんな時間に家にくる女が友だちのわけないだろ〜っ」

恭子とは頻繁に連絡をとりあっているせいで、スタッフにも名前が知られていた。単なる腐れ縁の同級生だと説明しても信じてもらえない。

はははは、という笑い声は一気にひろがっていった。

裕次さんは蟹を食べ終えて、またひっそりとしずかに酒を呑んでいる。


早朝四時前に店をでて、白々と明け始めた空を眺めながら、はあと息をついた。全身にたまった疲労と満腹感と眠気を放つように、伸びをする。

「じゃあお疲れさまでしたー。明日もよろしくお願いしま〜す」

全員で挨拶をすませると、酔っ払いたちはそれぞれにタクシーを拾ってふらふら帰っていった。丹下さんだけは何人か捕まえて、「昼まで呑むぞ〜！」とまだ元気だ。

すぐ先に駅があり、正面はロータリーになっている。みんなが散り散りに去っていくなか、俺と黒井さんと、裕次さんと筒井さんが、なぜか自然と四人ぽっちでとり残された。

「拓人、俺と筒井さんは車とってくるから恵さんとふたりでここで待ってて」

黒井さんが言う。「悪い人にからまれないように気をつけてね」と念を押されて、筒井さんもいつもの無表情で軽く一礼をくれてから、そろって駐車場へむかっていった。

季節の変わり目で寒暖の差が激しく、今朝の風は透きとおっていて凍えるほど冷たい。

太陽がのぼってくる右上空から、淡い朝日を浴びてスズメが横切っていく。吐く息が白い。

左隣に裕次さんがいる。

「拓人、ちょっと身長伸びた？」

頭の位置を比べながら訊かれて、数ミリの誤差程度しか変わってませんよ、と抗議するかわりにすいっと背伸びしてやった。一瞬だけ裕次さんと目の高さがおなじになって、彼が笑う。

俺も笑う。

「上も横もたいして変わってません。かたちにはこだわってたけど」

「かたち？　スタイルってことか」

「はい、ジムいって筋肉つけたり、食事に気をつけてみたり」

「さっき真夜中に食べた生姜鍋は拓人さん的によろしかったんでしたっけ」

「よろしかったんですよ」

またふたりで吹きだして笑う。

「でも、最近拓人はラジオの仕事がメインみたいだね」

無人のロータリーに青白い空気が降りている。歩道の端に落ちたペットボトルのカス、白いコンビニ袋のゴミ、スズメの鳴き声。

「裕次さんの仕事、俺もチェックしてましたよ」

「ン」

知ってるよ、という確信を持つ相づちだった。

「映画で主演男優賞とか、すごい賞もまたとってましたね」

「恐縮です」

「テレビで観ました。ブロンズ像もらってコメントしてる姿」

「俺ひとりでつくってるわけじゃないから、賞は〝与えてもらった〟って感覚が一番近いよ。いい作品とスタッフにめぐり会って成長させてもらったのに評価までされて畏《おそ》れ多い。個人的にはテレビドラマの恋愛作品に呼ばれなくなったのが、歳のせいかなって結構クる」

「オファーないんですか？」

「ないね。俺はもう〝彼氏〟じゃなくて〝お父さん〟だから」

「お父さんっ？　え……でもそうか、裕次さん中学生ぐらいの子どもがいてもおかしくない歳なのかな」

「せめて心は若くありたいよ」

　ふたりで声をひそめて笑いあった。透徹した夜気をまとって目を細める裕次さんが眩《まぶ》しくて俺は畏怖《いふ》すら覚える。ここにはもう埋められない距離がある。

「いまの裕次さんだからできる役もたくさんあるんだろうな……年齢を重ねて、いろんな役に挑戦していく裕次さんを、俺は見ていきたいですよ」

「うん、ありがとう拓人」

　ロータリーにタクシーが一台入ってきた。ぐるりとまわって停車すると、目映《まばゆ》いライトがぱっと消えた。俺たちはふたりで黙ってそれを眺めていた。

「裕次さん。俺は、そろそろモデルの仕事辞めようと思ってるんです」

ふりむいた裕次さんの視線がこめかみに刺さる。

「モデルって、それこそ歳をとるほど続けるのが困難になっていくし、俺、身長も百八十ないから海外目指すのも厳しいんですよ。それで大学卒業するころ将来について悩んでたら堀江さんが拾ってくれて、いまは事務所でデスクワークしながら細々ラジオを続けさせてもらってるんです」

「……そうなのか」

「裕次さんになにも言わないで辞めていくのが心残りだったから、また会えてよかったです」

拓人がデスクワークか……、と裕次さんが呟《つぶや》いた。

「俺らしくないですか」

きゃんきゃんしていて食いしん坊で暴れん坊で元気な、裕次さんの記憶のなかに生きている俺らしくない？

「正直、疲れちゃいました。榊拓人を演じることに」

苛立《いらだ》ちと焦燥が迫《せ》りあがってきて、抑えたいと思うほどに笑ってしまう。

「『白の傷跡』のあと海のイメージがついたのもあって〝海君みたいな顔して〟〝海君の雰囲気ちょうだい〟ってすごい言われるようになったんですね。で、俺自身の魅力を見失ったら、洋服とか商品をアピールするための表現方法もわからなくなりました。モデルの仕事のなにが楽しかったのか、どんな信念と夢を持っていたのか、もう全部よくわからない」

「ドラマにでたこと後悔してたのか」

裕次さんの目が鋭くて痛い。

「しなかったって言ったら嘘になります。でもそれはただの八つあたりだっていまは思えます。黒井さんにラジオの仕事をすすめられて、自分の言葉で話すようになってから落ちついてきました。それでも丹下さんに〝昔のおまえはよかった〟って説教されるたびにうんざりする」

海を演《や》れたことは一生涯の誇りだし、自分にとってかけがえのない存在だとも思っている。なのに〝海君がいい〟〝海君をくれ〟と求められているうちに、不可解な抵抗感が感情の底に灯《とも》った。海に嫌悪感を持つはずない、ありがとうって喜べばいい、と頭では考えているのに、なぜだか苛立ちが疼《うず》く。高校から大学、と変化した環境のなかでも〝きみ、海君だよね？〟と訊かれたり〝海君！〟とふざけて呼ばれたりするたびに、妙なわだかまりが増して燻《くすぶ》り続けた。気づきたくなかったその抵抗感は、俺はあんな儚《はかな》い男じゃない、という拒絶だった。

恭子も『わたしも会社で自分らしさなんて言ってらんないよ』と励ましてくれる。『上司の言いなりになって社員に媚《こ》び売って、つくり笑いして、なんだろなって感じ』と。でもそれと自分の焦燥は違う気がする。違うことはわかるのに、この感情が発生した理由は摑めない。『時間が解決してくれるよ』と堀江さんは言った。たしかに仕事で海を指定されることは徐々に減っていったけれど、そのころにはモデルへの執着をなくしていた。海を拒絶する自分も、嫌々仕事する自分が裕次さんの目にうつる可能性にさらされていることも苦痛でしかなかった。

「いま事務所でべつのタレントのサポートをしてるのが楽しいです。呑みにいったりして、しょっちゅう一緒に遊んでる子もいます。俺、もともと目立つの苦手だし、この仕事のほうがあってる気がするんです。ゆくゆくはマネージャーやらせてもらいたいな、とか」

こんな話をしている自分も、裕次さんが好きだった榊拓人じゃないんだろう。

どんどん成長して華々しい高みへむかっていく裕次さんと、裏方にまわって影が薄くなっていく俺とは正反対だった。こうしてならんで話しているのもおこがましいぐらい差がある。

裕次さんにはこれからも輝き続けていてほしい。悩むことも苦しいこともあるだろう、それでも誰にもなににも邪魔されず、いまの裕次さんのまま芝居することを愛し続けていてほしい。その姿を俺も見ていたい。

「……変わってほしいところは変わらないのに、変わってほしくないところは変わったな」

え、と息を呑んだ。

「俺は拓人と別れてまたひとりの日常が戻ってきたら全部夢みたいに思えたよ。忘れたくなくてずっと囚《とら》われてた」

裕次さんが哀しげな目で、正面を見つめている。

「あのまま拓人といて、それが世間にばれて囃《はや》したてられていたとしたら、いまの成功や平和を得られていたんだろうか、って想像したこともあった。だけど何度考えても思うよ。それで潰《つぶ》れるなら俺の才能がないだけだし拓人がいればもっと幸せだった、もっと成功してたって」

「……裕次さん」

「俺はおまえの〝らしさ〟をずっと恨《うら》んでた」

クラクションが鳴った。

ロータリーをまわって、筒井さんの車が近づいてくる。

「時間切れだな」

裕次さんが口角をあげて微苦笑し、足もとに視線を落とした。

「また明日ゆっくり話そう、おやすみ拓人」

俺たちの前にきた車は、裕次さんの真正面に後部座席のドアが位置するよう正確に停車した。乗りこんでシートに座った彼が俺を見つめてうなずくと、やがて発進して走り去っていった。

兎のように寂しがりやな裕次さん。

叶わないとわかっている約束をいくつもくれた裕次さん。

さよならなんて言葉はどこにもしまっていない裕次さん。

「裕次さんっ……」

六年経っても眩しくて、好きで、好きで、死にたくなるほど心臓をひき裂いてくる裕次さん。

2日目

「拓人、昨日のラジオまたネットニュースに載ったぞ！　ＳＮＳでも話題になって大反響だ、ファックスとメールも読みきれないぐらい届いてる！」

スタジオへ入ると、興奮した丹下さんにむかえられた。

「はい、さっき車のなかで黒井さんにも聞きました。すごかったらしいですね」

「そうだぞ、もっと喜べ！」

見てもいいやつ、とリスナーからの声が印刷されたプリントをもらう。ソファに腰かけて、黒井さんと飯田さんと一緒に眺めた。

『恵さんといる拓人君、すごく可愛い！』

『あのふたりがまた会って話しているのは、「白の傷跡」ファンのわたしも感慨深いです』

『海が生きて帰ってきてくれたみたいで泣きながら聴いていました』

『長年恵さんのファンをしていますが、拓人君のことをいじってる恵さんが一番いきいきしていて大好きです』

読んでいると、自分が海とひとつだったころのことを思い出せて目頭が熱くなった。

すこし前までは『「白の傷跡」が大好きで、またドラマで活躍する拓人君を見たいです』と声をかけられるだけで、あなたが見たいのは海であって俺じゃないだろ、と疑念を抱いていた。

海と違うタイプの役をやればどうせ〝それは違う〟〝観たい拓人じゃない〟と言わせる、と。言葉の力に翻弄されるのが嫌で、ＳＮＳも見たことがない。だけど裕次さんと当時をふり返りながらつくっているラジオは、そんな疑念や劣等感も湧《わ》いてこないみたいだった。リスナーさんたちと一緒に、岡崎と海を素直に好きでいられる。

　いつも険《けわ》しい表情でトマトジュースとパンを買っていく岡崎さん。同性愛者の出来損ないだった自分を受け容れてくれた初めての人。早朝の海へ連れていってくれた、父親の虐待を受けて傷だらけだった汚い身体を抱いて温もりを感じさせてくれた、愛すること、愛されることを教えてくれた。海と一緒に岡崎さんへ、裕次さんへ、必死に恋をしていたころ。裕次さんが〝忘れたくなくてずっと囚われてた〟と言ってくれた時間。

「……やば、俺すごい泣きそう」

　想い出というより、いま撮影中のようなリアルな感覚が蘇ってきた。

「泣いてもいいよ」

　飯田さんが子どもをあやすみたいに俺の頭をよしよしする。

　プリントのなかにはイラストつきのものもあって、みんなで「これうまいね」と賞賛したり、「可愛いーっ」と笑ったりしていたら、裕次さんもやってきた。

「お疲れさまです、今日もよろしくお願いします。みなさん、これさし入れです」

　裕次さんがテーブルにおいたのは大きなケーキの箱ふたつだった。有名パティシエが都内のたった一店舗で毎日こつこつ作っている、貴重でおいしいケーキ。俺もまだ一回しか食べたことがない。

「よだれ垂らしてないでおいで拓人」

「垂らしてませんっ」

みんなに「ははは」と笑われながらテーブルへ移動した。裕次さんがひらいてくれた箱のなかにはケーキとプリンがある。「甘いの苦手なかたはライムと杏のプリンもあるのでどうぞ」

と彼がすすめる。

「拓人には俺が好きな四種類を選んできたよ。小さいから食べられるだろ」

――もう学んだんだよ。拓人は餌《え》づけするのが一番。……おいで、

「ありがとうございます。でも明日ジムいかないと太っちゃうなー……」

「スタイル崩れて仕事がなくなったら俺が養ってやるから」

左隣に座った裕次さんが、不織布おしぼりとプラスチックのフォークをくれる。

「恵さんが旦那なら玉《たま》の輿《こし》だなっ」と腹を揺らして嗤《わら》う丹下さんをよそに、手のあいているスタッフもテーブルに近づいてきて「すみません、いただきます」とそれぞれケーキやプリンをもらって食べる。おいしい、おいしい！　とみんな喜んで、裕次さんも嬉しそうに微笑んだ。

「その紙の束なに？」

春の花の彩りムースを食べていたら、彼が訊ねてきた。

「昨日のラジオのあとリスナーさんがくれた感想です」

読み終えたぶんを裕次さんにも渡す。彼も紅茶シフォンを食べながら真剣に読んで「これ涙《るい》腺《せん》にくるな」と洩らす。

「俺もさっきおなじこと言いました」

「海が帰ってきたみたい、って複雑だよ」

「複雑ですか？」と俺のうしろに立っている飯田さんが興味をしめす。

「本当は帰ってこないってことを俺は痛感してますからね」

「ああ……岡崎だった恵さんはいろいろ思うところもあるんですね」

「はい。帰ってきてくれても結局あと三日間だけなのか、とか考えちゃうし、役に入りこんじゃうと駄目ですね——……」

「うん、俺も嫁にあんな気持ちで逝《い》かれたら無理です」

「ですよね」

いつの間にかふたりの視線が自分を刺していて狼狽えた。

ひかえめな抗議をすると、ふたりとも「はは」と笑いだす。

「……怖いんですけど」

ムースに練りこまれた食用花を囓《かじ》って、俺だって楽しくてあんなことしたわけじゃない、と胸のうちで反論した。海は岡崎を愛してたんだ。間違いだ、なんて簡単なひとことで海の人生を否定されたくない、誰にも。

「拓人、口についてるよ」

横から裕次さんが俺の口端についたムースを指で掬《すく》って食べた。

「わ。……恵さんてほんとに拓人のこと好きですね」と丹下さんがぽかんとほうける。

「好きですよ」

なにをいまさら、という顔で裕次さんは逆に呆れて返す。

ブースへ入って準備を整え、今日もラジオの放送が始まる。

「——こんばんは、『白の傷跡』再放送記念企画二日目始まりました。昨日にひき続き、俳優の恵裕次さんをゲストにむかえてすすめていきます。一時間どうぞよろしくお願いします」

明るく話しだすと、裕次さんも「よろしくお願いします」とリスナーににこやかに話しかけた。彼が俺にも笑いかけてくれて、俺も唇をひいてうなずく。

「さて、この企画はドラマ『白の傷跡』が六年目のいま再放送している記念に、五日間枠をジャックして主役を演じたぼくと裕次さんがみなさんと交流するっていうものなのですが……じつは昨日の放送終了後にたくさんメッセージをいただいたので紹介したいと思います」

打ちあわせのとき、今夜最初に紹介するぶん、と受けとったプリントの束をめくった。

「『ふたりとも仲がよくてほっこりしました』ラジオネームまほさん。『夕方再放送を観て、深夜にはふたりが楽しそうに話しているのを聴けて、幸せでたまらない一週間です』ちかさん。『恵さんはふたりがモデルの拓人君を殴ったんですね、びっくりしました』って、あすかさん」

最後は笑いつつ読みあげたら、裕次さんも苦笑した。

「〝殴った〟は言いすぎだよね、拓人」

「んー……グーではなかったですね」

「おい。俺はぺちっとやっただけだろ」

「ぺちじゃないです、ぱん！　です」

「ぱち、だよ」

「ぱぱぱん！　だったかな」

　ばかなやりとりでふたりして吹きだす。

「でも暴力じゃないんですよ。裕次さんは直接的な痛みに頼らないで心で演じろって指導して、俺に自信をくれたんです。本当に、役者としてもひとりの人間としても尊敬してます」

「ああ、なんかお世辞で素敵にまとめられた」

「本心ですよ」

　またふたりでくすくす笑いあう。

「あと、ラジオネームゆうかさんから。『放送当時、夢や恋愛に悩んでいたわたしにとって「白の傷跡」は救いでした。あのころ学生だったわたしも、現在は社会人です。最終日までドラマの再放送と、ラジオを楽しみに仕事頑張ります』……とんでもないです。その言葉に俺たちが救われます」

　ぐ、と喉がつまった。……救い、という言葉がでるほど、岡崎と海に寄り添って観てくれていた人がいるなんて。

「みなさん、本当にありがとうございます。俺は当時カメラの前で演技をするのが初めてで、裕次さんやスタッフに迷惑かけないように、成功させるためにって、つくることに必死になってたんですよ。視聴者さんの気持ちまで知ろうとする余裕がなかったんです。だからこうして今回みなさんの想いを知って、嬉しいような申しわけないような気持ちになります」

「人の心に残る作品に携われたんだと思うと幸せだね」

　裕次さんも同意してくれる。

「はい。『白の傷跡』っていう物語は終わってるのに、何年経ってもこんなふうに好きでいてもらえるのが幸せです」

「作品は成長していくんだよ」

「成長ですか？」

「そう。観てくれた人の心と一緒にかたちを変えて、ずっと成長し続けていく」

俺が首を傾《かし》げると、裕次さんは俺の疑問を受けとめるように深くうなずいた。

「たとえば若いころは海に感情移入して片想いの視点で観ていたとしても、年齢を重ねることで、岡崎や、あるいは海の父親の孤独なんかも見えてくるかもしれないだろう？」

「あ、……はい」

「人の視野って変わるんだよ。だから俺は作品は味わうものなんだって思う。何度も咀嚼《そしゃく》して、自分の変化とともに学べて、決して褪《あ》せることがない」

「そうか……もしかしたら俺自身まだ『白の傷跡』のなかで見えてないことがあるかもしれないんですね」

「あるよ」

断言された。

「え、きっぱり言われるとショックなんですが……」

「ある。あるある」

「えぇ」

結構本気で動揺しているのに苦笑される。

「俺が気づいてなくて、裕次さんは気づいてるってことですか？」

「たぶんスタッフもリスナーさんも全員、拓人だけが気づいてない『白の傷跡』のメッセージを受けとってるよ。しかもそれは海からのメッセージ」

「えっ」

ヘッドフォンに『拓人もうすぐ曲紹介だぞー』と丹下さんの半笑いの声が入った。ストップウオッチも残り時間が短いことをしめしているけど、ここで切れるわけがない。

「俺が海の気持ちをわかっていなかったってことですか？」

俺の演技が半端だった……？

「逆。おまえはいまでも海なんだよ」

いまでも……？　平静を失って絶望しかけたところで、裕次さんが俺の左頬をつねってきた。瞳をにじませ表情をなくし、突然厳しい表情になる。

「――なんて顔してる。きみはこのラジオの進行役だろ、しゃんとしなさい」

岡崎さんに叱られた。

する、と表情の緊張を解いた裕次さんはすぐに「はは」と笑ったりする。はっと我に返る。

「すみません……。夕方の再放送で、みなさんも『白の傷跡』を観て、味わってみてください。どの人物の視点で観て、どんなシーンで感情移入したのかとか、報告お待ちしています」

まとめたながれで曲紹介をして、カフを操作した。音声を消してもショックと矜持《きんじ》が邪魔をして、裕次さんにもスタッフにもこの疑問を追及することができなかった。俺が気づいてない海のメッセージっていったいなに。

水を飲んで、頬に含んでから飲み干す。ずっと海といたのに。死を望む激情まで共有して、一緒に恋を体感してきたのに。一瞬でも海を嫌悪した俺だから、海にも拒絶されたのか……？

ペンを握って下方に視線を落としていたら、ふいに裕次さんがヘッドフォンをはずして右手をのばし、俺のその手を包むように握りしめた。見あげると、悪かったよ、というような苦笑いを浮かべている。

『拓人、いまの恵さんの岡崎の演技よかったな』

丹下さんが話しかけてきた。

『いまこっちで相談してたんだけど、明日からふたりでドラマの再現コーナー足すか』

「再現？」

『さっき「海は帰ってこない」って恵さんたちと話してたろ。帰ってこなくても、おまえならリスナーにまた会わせてやることができるぞ。おまえが大好きな飯田も賛成してるぜ～』

「……。とりあえず、いまはアレなんで、あとで考えさせてください」

『おう』

俺のようすを見ていた裕次さんが「なんだって？」と不思議がる。

「いまの裕次さんの演技がよかったから、明日から芝居をするコーナーを増やさないかって」

「へえ。ドラマのシーンをやるの？」

「再現とは言ってたけど、どうでしょう。台本ないし、夕方の再放送で初見の人もいるだろうからネタバレにも気をつかうし、そこらへんつめてからじゃないとなんとも……」

「ン、うまくいけばいいコーナーになりそうだね」

　裕次さんが楽しそうに微笑む一方で、俺は不安もあれど、これを機に海のメッセージに気づけたりするだろうか、と考えた。……芝居への劣等感に、裕次さんへの尊敬に、と、いろんな思いが交差して落ちそうになる。駄目だ、切りかえていかないと。

『拓人、ＣＭ終わりまーす』

「はい」と返事をして、裕次さんも準備する。ここからまた質問コーナーだ。

「――はい、では今夜もリスナーのみなさんからいただいた『白の傷跡』の感想や質問にこたえていきます。まずはこちら『岡崎は人間不信で恋愛においても瀬野律子《せのりつこ》と援助交際するような人でしたが、おふたりはどう思いますか』ラジオネームごまさん。……難しい質問ですね」

　俺が唸《うな》ると、裕次さんも「そうだね」と考えた。

「拓人はどう思って芝居をしてたの？」

「俺ですか」

「援助交際する岡崎を海は好きだったわけでしょう？　辛いから見て見ぬふりしてたのか、〝俺が一番愛されてるんだぜ〟って自信満々で律子を見くだしてたのか、とか」

　さっき自分の手を握ってくれた彼の手を、反対にはたき返した。

「厭味な言いかたしないでください」

「いたい、ぱぱぱん！　ってやられた」

「ぺんですよ」

「ぱん！　だよ」

「ぽんです。ぽぽ～ん」

「いたいー腫《は》れたー撫でてもらわないと治らないー」

「面倒くさいな……」

ふたりで笑って、ふざけたふりして裕次さんの手をひっぱってぐいぐい撫でた。厚くて大きな温かい手。「こっちのほうがいたい」と裕次さんが愉快そうに笑う。

「……話戻しますね。岡崎さんと律子の関係は、最初のころは恋人かなと思ってたんです。自分が岡崎さんに家にこいって誘われたり、『恋を教えてくれ』って頼まれたりしても、自分は男なので、恋愛の練習っていうか……すくなくとも本命ではないと思ってたんですよ」

「うん」

「律子が本命の恋人だから、岡崎さんが優しくしてくれても浮かれないように気をつけてたし、いつか別れるんだろうって覚悟してたし。海とおなじように、そう想ってました」

「要は拓人には援助交際って感覚がなかったと」

「ですね……海を抜きにしても、岡崎は不器用な人だからそういう手段もしかたないのかなって感じてた。援助交際を肯定できるかってなったら当然、話はべつなんですけど」

ふむふむ、と裕次さんが顎《あご》をさする。

「昨日の久乃さんとのエピソードもだけど、拓人は本当に感情移入型の役者だよね」

「役者なんてとんでもないです」

「いやいや、拓人の演技はちゃんと届いてるんだから謙遜《けんそん》したら観てくれた人に失礼だよ」

「はい……でも海しかできないって自覚してるから」

そうか、と裕次さんは優しい目をしてうなずいてくれた。

「俺は、不器用っていう単純さとはもうすこし違う感情で岡崎を演じてたな」

「どんな感情ですか？」

「岡崎はとことん両親に恵まれなかった男だから、律子には母性を求めていたんじゃないかと思ってた。岡崎の心底には〝愛情を知りたい〟って願いがあって、律子に母性や愛情を求めながらも、結局無理だって諦めて、失望の人生を生きていたんだろうなと」

「ああ……」

「そんなとき海と出会って、逆に自分が他人を愛することを知ったんだよ」

「あ、うん。俺はその岡崎さんが見せてくれる人間として欠けている部分に、母性愛みたいな、守りたいって想いを感じてました。あー……岡崎さん好きです」

無性に岡崎さんを抱きしめたい気持ちに駆られてうち震えたら、裕次さんが苦笑した。

「俺も援助交際を肯定することはできないけど、岡崎はちょっとこう、目的が違ったんじゃないかな、許してください、って気持ちでいるよ」

「うん、許します」

「わーい」

裕次さんがわざと子どもみたいに喜んだものだから、ふたりでまた同時に吹いてしまった。三十九の男がわーいってなんなんだろう、可愛い反応して。

「では、次の質問にいきましょうか。『海はイラストレーターを目指して頑張っていましたが、おふたりは絵を描いたりしますか？　また、海みたいに仕事をしていて挫折《ざせつ》を味わった経験はありますか？』ラジオネームてるみさん。俺は絵は苦手だけど、裕次さんはどうですか？」

「絵か――……前に画家の役をしたとき勉強したよ」

「知ってます。映画ですよね」

「うん」と彼がすこし照れてうなずく。それは『白の傷跡』で俺たちが会う前の作品だ。『白の傷跡』へ出演を決めたあと、彼の出演した映画を参考に勉強していたとき観た。

売れない絵描きの彼と、事故で半身不随になった車椅子の女性のラブストーリー。

「あのときの絵は裕次さんが描いてたんですか？」

「さすがに撮影でつかったのは画家の先生の作品だったけど、プライベートではしばらく描いてたな。下手の横好きレベルね」

「俺、海を演じたとき、描くふりをするのも難しいんだなって思ったんですよ。海の才能のレベルを自分のものにするって大変だなって」

「海はプロとして活動したくて努力してる子だったね」

「はい。裕次さんは売れないとはいえプロの絵描きだったじゃないですか。巧すぎても下手すぎても駄目な手つきってどんな？　ってなりませんでした？」

「うん、それを摑むまで絵にむきあうんだよ。拓人もプロの先生に指導してもらってたろ」

「はい。結構悩んだけど、最終的には海の気持ちになって描くことに心血そそぎました。それが俺の海で、本物だって信じてたから」

〝人を幸せにする絵を描きたい〟と最期《さいご》まで願ってひとりで逝った海。俺もあのころ、願いは海と一緒だった。観てくれる人たちを、ほかの俳優やスタッフを、裕次さんを幸せにしたい、と思っていたからその海とおなじ思いを一心に芝居へむけた。

「ン……俺は拓人のそういうところを尊敬してるし好きだな」

裕次さんが愛しげな瞳になる。意識が飛びそうになった。

「裕次さんの絵、見せてください」

「え？」

「ラジオ最終日までに描いてもらって、リスナーさんにも番組公式ブログから見られるようにしましょ？」

俺の唐突な提案に、裕次さんは「ええ」と驚いた声をあげながらも笑っている。

「そうだなあ……拓人も描いてくれるならいいよ」

「俺も？」

「ふたりで発表するっていうのはどう？　最終日までの宿題」

画力には自信がないものの、突発的な企画としては面白い。俺の思いをあと押しするように、

『いいぞ拓人』とヘッドフォンをとおして丹下さんの期待に満ちた声も届いた。

「よし、受けてたちます。テーマはどうしますか？」

「テーマかー……じゃあせっかくだから『白の傷跡』に関係した絵ってことにしよう。って、べつに勝ち負けじゃないからな？」

「『白の傷跡』関係の絵ですね。負けませんよ」

「だから、」

困る裕次さんもチャーミングで、笑いながらつい見惚れる。

「裕次さんは料理もできて多才ですよね」

「や、絵とおなじで仕事のおかげでできた趣味も多いよ。料理も絵も〝作品をつくる〟っていうのが好きなのかもしれない。ただべつに才能はないから。趣味だから」

「その趣味の才能のありなしが、最終日までに完成する絵でリスナーさんもわかる、と」

「まだ言うし、ハードル上げるし」

睨まれた。あは。

「では、いまのてるみさんの質問に『挫折を味わった経験は』っていうのもあったんですけど、裕次さんは挫折ってありましたか？」

――俺は拓人に会う前、毎日鬱々《うつうつ》と過ごしてたんだよ。このひろい部屋にひとりで、抜け殻同然に生きてた。誰かに頼って、頼った人にまた迷惑をかけて失うのも嫌だったから、このまずっとひとりでいるべきなんじゃないかって、考えたりして。

――ドラマを口実に、拓人に会えるかもしれないって考えたとき、やっとすこし気が紛れた。三ヶ月一緒に仕事すれば親しくなれるかなって、期待もしてた。……おまえが突然俺に会いにきてくれた日、どんな気持ちだったと思う？　想像してたより元気で、あかるくて、それまでの暗い気分が一変したんだよ。俺には拓人が、きらきら光る神様みたいに見えた。

「挫折か……普段から小さな挫折を自ら経験するようにしてるよ」

「自ら？　それって……」

「拓人には言ったことあるけど、俺はいろんな役をやってみたいと思ってるから、当然性格が真逆の人間もいたりするのね？　それで理解するために役の人間と対峙《たいじ》して追究していく過程で、あまりにかけ離れすぎてると、猛烈に苦しいって思ったりするんだよ」

……そういう、意味か。

「苦しすぎると〝自分は役者にむいてないんじゃないか〟って悩んだりするんですか？」

「ンー……〝役者にむかない〟とは考えないかな。〝この役ができないかも〟って懊悩《おうのう》する」

「ああ、そうか」

「俳優って生きかたを選んだことからは逃げないよ」

裕次さんの目の光が、胸を貫いてくる。

「毎回大なり小なり挫折しながら、その役の人間のもっとも近い唯一の理解者になる。それが苦しみもなにもかも全部ひっくるめて楽しいな」

俺が到達できなかった場所へ裕次さんはたどりついている。これが天職っていうんだろう。この人は役者として生きるために生まれてきた人なんだ。しかも彼ひとりだけの天命じゃない。この人が芝居をして、心やあるいは人生を動かされる運命だった人たちの思いまで背負って、ここに存在している。そういう確固たる、決定的で完璧なオーラをまとっている。

「……素敵です。本当に、触ったら痺れて痛そうなぐらい、裕次さんは眩しくて格好いい」

「拓人にはいくらでも触ってもらいたいけど？」

ふ、と苦笑いが洩れた。俺には遠すぎるよ、と畏れ入る気持ちを見透かすように、裕次さんが俺の左の指先を掌で握る。

「拓人は俺なんかよりずっと眩しくてきらきらしてるよ。年齢的にもこれからなんでもできるだろうし、磨けば磨くだけ才能も多方面に輝いていく。絶対に」

——俺はおまえの〝らしさ〟をずっと恨んでた。

……どうして彼が甘い言葉をかけてくれるのか、態度をとるのか、わからない。

ラジオの放送が終わると、裕次さんと絵をどれぐらいのサイズでどんな道具をつかって描くか相談した。スタッフにも茶々を入れられて全員で和気あいあいと談笑しながら決めていく。

それで、決定したあとは今回の企画のお祝いにいただいた大きなスタンド花の前で裕次さんと記念撮影し、公式ブログとＳＮＳに『絵はＡ４ぐらいのサイズ、道具は自由ってことになりました。最終日までお楽しみに！』と記事をアップしてもらって、本日も仕事終了。帰宅の途へついた。

「……え、意味わかんない、なんで帰ってきたの？」

ひとり暮らしのマンションへつくと、顔をしかめた恭子にむかえられた。

「恭子は今日も帰ってなかったんだね……まあ、だろうと思ってたけどさ。はい、おみやげ」

キャミソールと短パンのぺらぺらな薄着をした恭子は、リビングのテーブルの前であぐらをかいて座り、小さな鏡を立てて顔のお手入れをしている。「風呂入ったの？」と訊きながらコンビニ袋を渡すと、「いまでたところ」とこたえて受けとり、テーブルの上の小さな瓶やネイルセットを片づけて、袋の中身をひろげる。

「わー嬉しい、プリンとケーキ？」

「コンビニの新作おいしそうだったから」

俺も荷物をおいて恭子の斜むかいに座った。恭子はケーキ、俺はプリンを選んで、真夜中のリビングの片隅で恭子のスマホからながれてくる邦楽をＢＧＭに黙々と食べる。

俺は恭子に「一日なにしてた？」と訊いて、職場の上司の愚痴を聞いた。

恭子は俺に「ラジオ聴いてたよ」と言い、俺は「ありがとう」とこたえた。

「恵さんが〝また話そう〟って言ってくれてたんじゃなかったっけ。話してきたの？」

恭子には昨夜のことを二言程度で報告していた。「うーん……」と唸る。

「話してないんだ」

深夜に不似合いなやたらポップでポジティブな曲が軽快に響いている。

「……ラジオ聴いてる限り、恵さん変わってないね」

プラスチックのスプーンを嚙った恭子が天井を仰ぐ。

「もしかして六年間拓人一筋だったのかなー……なんにせよ話そうって誘ってもらったんなら
ちゃんといきなよ」

黙っていても会話はすすむ。

「そうだね」

ちゃんと返答したらあからさまにとり繕った声になって、肩を叩かれた。

「よくないよ拓人、そういうの」

恭子は〝らしくない〟という言葉をつかわず〝いまのあんたは駄目だ〟と率直に指摘してくれる。

恭子の性格や言葉の選択に傷つけられたことはない。中学から続く関係はますます深まって、こんなふうにうちで過ごすようになった現在では、ほとんど兄妹レベルで気心も知れている。

安心する。

「帰り際に裕次さんがスタッフと話してたから、そのまま帰ってきちゃったな」

ひきとめるような目をしていた彼に、笑顔でお疲れさまでしたと頭をさげて逃げ去った自覚もあった。

「なにそれ。ラジオでは結構楽しそうに話してるのに」

「放送中は〝恵裕次さん〟だから」

「仕事終わって元彼に戻った恵さんと話すのは嫌って？」

「嫌っていうかなんていうか」

「恵さんに新しい恋人がいたらーとか、復縁迫られたら六年間が水の泡ーとか、社長と黒井さんに迷惑かけるーとか考えてるんでしょ。ほかは？　なに気にしてるのか言ってみーよ」

腕をつつかれて、笑顔をつくったつもりだったけど苦笑いになった気がする。プリンを食べてごまかした。

「拓人だって幸せになっていいんだよ」

「幸せか……てか、自分を幸せにするって難しくない？」

「え？」

「人にプレゼントあげたり頼み事聞いたりして喜んでもらうのって、こっちも嬉しいじゃん。でも自分を幸せにしようとすると、逆に他人を犠牲にする気がする。自分の我《わ》が儘《まま》に大事な人をつきあわせて傷つけて幸せになるなんて、そんなの結局不幸だよ」

「ほんとあんたは……」

幸せになってもいいよ、って魔法の言葉だ。

奥までプリンにスプーンを入れると、焦茶色のカラメルがあふれでてきた。

「恵さんは硬派なタイプの芸能人だからね……拓人が〝自分といて幸せだ〟って想えないのも無理ないかもしれないけど、わたしは拓人が言ってる幸せも独《ひと》りよがりだと思うな」

「……そうかな」

みんなを、裕次さんや彼の親やファンや事務所の人たちや、堀江さんや黒井さんや、俺の母さんを巻きこんで苦しめて、裕次さんに一生一緒にいてほしいって告白するのが正しいのかな。

「わたしいまやってるラジオすっごく好きだよ。ドラマと違ってラジオはふたりとも素だから。あー恵さんって拓人といるとこんな感じなんだってわかるのが嬉しいの。ふたりのこと全部聞いてるわたしだからだろうけどね、恵さんが拓人のこと好きだって想ってるのめっちゃ伝わってくるんだよ。こういうやりとりしていちゃついてたんだなー、拓人のことこんなに好きでいてくれたんだなーって思う。拓人の恋人として会ってみたかったたな」

「恭子」

「拓人って海だよね」

恭子の目が諦めと哀しみにゆがんだ。

「今日恵さんも言ってたとおり、拓人は海すぎる」

――たぶんスタッフもリスナーさんも全員、拓人だけが気づいてない『白の傷跡』のメッセージを受けとってるよ。しかもそれは海からのメッセージ。

――おまえはいまでも海なんだよ。

「俺が、海のメッセージをわかってないって話……？」

ケーキを食べ終えた恭子がゴミを片づけながらうなずく。

「海はわたしたちになにが言いたかったんだろうね」

喉に声がつまって、海は、と言いかけた瞬間、俺のスマホが鳴った。『ニュー・シネマ・パラダイス』の『愛のテーマ』——六年ぶりに聴く着信音だった。尻ポケットからだして液晶画面を見ると間違いない、裕次さんの名前が表示されている。

『拓人』

俺の応答も待たずに呼ぶ。耳の奥から心臓まで痺れた。恭子が凝視している。

『遅くに悪い。もう家に帰った？』

「はい」

『ひきとめたかったのに失敗したな。よければいまから時間くれないか。無理なら明日でも』

「いまからですか？」と訊きながら見た壁かけ時計は深夜三時前をさしている。

『駄目？』

困ってうつむいた。

『明日の日中は仕事なの？』

「……夕方事務所にいく予定があります」

『俺はいま会いたい。判断は拓人にまかせるよ。ここから拓人の家なら三十分ぐらいかな』

夜に家へむかえにきて星を観に連れていってくれた日と、最後に別れを言いにきてくれた日の光景が蘇った。

「……すみません、俺、いま実家でてるんです。あの家にはいません」

『あ……そうなのか』

電話のむこうにいる裕次さんがなぜか雨に濡れているように見えた。窓の外には綺麗な夜空がひろがっている。

俺の肩を軽く叩いて恭子が立ちあがった。食べ終えたケーキとプリンのゴミを持ってキッチンのほうへいく。

『拓人、むかえにいくよ』

困るのは、この人が相手だとなにをされても嫌だと思えないことだ。なんでいつも追いかけてきてくれるんだろう。俺だって裕次さんの〝らしさ〟が好きで恨めしい。

「ここは実家から二駅隣の街なんです」

『俺のケータイに住所送って。車ですぐにむかう』

「……わかりました」

通話を切ると、裕次さんの携帯アドレスに住所を送った。『そこのほうが近いから二十分ぐらいでつくと思う』と返事がくる。

「恵さんくるって？」

そう訊いてくる恭子は、奥の部屋から着がえて戻ってきた。荷物も抱えている。

「ちょっと、恭子どこいくの」

「帰る。とりあえず今夜は漫喫でもいくよ、心配しないで」

「いやするだろ、こんな時間に女の子ひとりで追いだすわけにいかないよ、いいよいろよ」

とめているのに、恭子はリビングにおいていた私物を鞄につめこんでいく。

「あんたたちを外でいちゃつかせるわけにいかないでしょ？　今度撮られたら宣伝じゃごまかせないよ。それで傷つくのは拓人なんだから」

「なに言って、」

「わたしはでていきたいの」

恭子が手をとめて俺を見据えた。

「拓人に幸せになってほしいから。拓人と恵さんの幸せがわたしの幸せだから」

「恭子、」

「わたしの幸せを勝手に決めないで拓人」

茫然《ぼうぜん》としたまま、俺は玄関へ急ぐ恭子についていった。「拓人の友だちだから言うけどさ、」と細い背中をまげて靴を履《は》く。

「わたしはもし海が友だちだったら一生許せないよ。海も自分も」

ふりむいた恭子は微笑んでいる。

「泊めてくれてありがとう。じゃあまた連絡するね。恵さんとちゃんと話しなね」

途中まで送る、と言っても断られた。手をふって恭子がでていき、ドアがしまった。


しばらくして裕次さんから『もうすぐつくよ』と電話がきたので、マンションのむかいにある駐車場へ誘導したら、『え？』と彼は困惑した。『拓人の部屋にいっていいの』と訊く。おたがい疲れているし、俺も明日の仕事のためにすこし休みたいから、と説明して納得してもらい、マンションの二階の部屋まできてもらった。

「お邪魔します」

　彼はさっきとおなじ服装をしていた。俺もまだ仕事から帰ったまま着がえていない。

「綺麗な部屋だね。インテリアもお洒落《しゃれ》だ」

　リビングへ移動するあいだ裕次さんが軽く室内を見まわして褒めてくれた。

「掃除が苦手だからなにもないだけですよ」

　リビングと寝室のひろさが自慢の1LDKには、服や靴や時計なんかのこだわりの品以外の物を増やさないようにしている。恭子や友だちがいきなりきてもいいように。

「女の人の匂いがする」

　テーブルを囲むようにラグの上へ座って最初に、裕次さんが曖昧《あいまい》な笑みを浮かべた。

「さっきまで友だちがいたんです。裕次さんがくるって教えたらはずしてくれました。俺たちのことも知ってる親友です」

「拓人には俺らのことを話せる子がいるんだ」

　なにか飲みますか、と訊きながらキッチンへいこうとしたら、腕を掴んでとめられた。逃げるのを許してくれない彼の厳しい目を見返して、諦めて座りなおす。

「拓人、先に言っておくよ。愛してる」

　胸が潰れる。

「まわりくどい真似はやめるよ。愛してる。おまえに会いたかった。拓人が観てくれると想いながら仕事してたらあっという間に六年経ってた。また六年経とうと十年経とうと拓人のことだけ愛してると思う。もう一度一緒に仕事ができて嬉しいよ。五日間拓人といるためにスケジュールも調整した。抱きしめたい、二度と離したくもない。それが迷惑ならいま言ってほしい。このまま帰って、ここで、本当に終わりにするから」

裕次さんの真摯《しんし》な眼ざしを見ていた。不安定にゆがみながら苦笑に変わって、やがて諦めに似た哀しげなやわらかさを帯びる。赤みも増していく。

巧みな演技で人を魅了している大人の男の彼が、ひとりの人間として涙をこらえて告白してくれている。そう思ったらはり裂けそうになった。目の奥が痛んで、我慢しようとするのに、俺が泣くわけにはいかないとも思うのに、いま、彼に対して想いをにごすのも不誠実に感じられて、どうすればいいのかわからない、と感情の栓《せん》が切れた瞬間、涙があふれでた。

「……拓人」

裕次さんの声が掠れている。

「愛してる拓人」

囁《ささや》きながら俺の左頬に手をそえて涙を触る。

「おまえはどうなんだろう。……やっぱり迷惑かな」

こたえられなくて唇を噛んだ。目だけはそらさなかった。

「なにも言わないなら攫《さら》っていくよ」

頭に浮かんでくる返答がどれも間違っているように思えて喉に閊《つか》える。飲みこめない石があるみたいにひどく痛くて咳《せき》がでる。嗚咽《おえつ》が洩れる。

触らないでほしい。一緒に逃げてほしい。この六年俺も裕次さんと生きていたように思う。遠く離れていても誰より近くにいた。裕次さんが消える日はこなかった。この人だけだった。

好きだった。別れた現実に納得して過ごしていたあいだ、それでも本当は、受け容れたふりをしていただけで想いは増し続けていた。その事実にいま気がついた。

好きだと想う気持ちがこんなに凶暴で獰猛《どうもう》だとは知らなかった。感情が暴れて身体が熱くて痛い。破裂して千々に砕ける。心臓がひきつれて辛い。息ができない。泣くのも苦しい。

「……裕、じ、」

声を絞りだしたら、遮るように口を塞《ふさ》がれた。結局返事をすることは許されなかった。

思慮なんて一切ない。大きくひらいた口で唇を覆って嚙みつかれた。奥まで分け入って舌も強く吸われてむさぼられた。六年の空白を埋めるために唇や舌があるのにひとつも埋まらないこの空虚感が、裕次さんの焦燥を駆りたてているんだと思った。

拓人、と裕次さんが呼ぶ。愛してる、と何度も言う。

口をあわせたまま彼が俺のほうへ身体を寄せてきて、背中も強く抱きしめられた。いったん離れて口先を甘くくすぐってきても、またすぐ深くへ舌をさし入れて吸いあげる。俺の気持ちを探るような、でも同時に、そんなのどうでもいいというような、裕次さんの当惑も感じた。

その全部が恋しくて息苦しかった。

「……正直に言うよ」

裕次さんの唇が俺の口の端に移動した。

「拓人がモデル辞めて一般人に戻るなら一緒にいられると思った。最近拓人を見なくなったのは残念だったけど、世間がおまえのこと忘れていくのは心のどこかで喜んでたから」

後頭部の髪を摑んで頰に嚙みつかれた。

「俺は拓人のことを誰にも見せたくない。拓人が誰かを好きになるのも嫌だから捕まえて家にとじこめておきたい。世間にさらしてこれ以上怯《おび》えさせたくもない。どんなに好きだって言ったっておまえは必ずいなくなろうとするから、おまえが俺をここまで嫉妬《しっと》深くさせたんだよ」

裕次さん、と言いかけたらまた呼吸ごと塞がれた。

「まだ聞きたくない」

俺の下唇を噛んで裕次さんが呻《うめ》くように言う。

「どうせおまえはまたこの仕事のあいだだけって言うんだろ」

頬に落ちたのが自分の涙じゃなかった。

「俺の仕事のせいにしていなくなる」

裕次さんの上擦《うわず》った声が心を抉《えぐ》って痛くて歯を食いしばった。

「おまえが好きなのは俳優の恵裕次で俺じゃない」

哀しみと絶望感でいっぱいで、自分の想いも言葉も全部弾かれてしまう虚《むな》しさともどかしさに蝕《むしば》まれて、歯痒《はがゆ》くて、恋しくて、途方もない無気力感に襲われた。そんなことない、とも、好きだ、とも、言いたいのに、彼が望む自分になる覚悟を持てないから声にできない。

いなくなろうとする、たしかにそうだった。モデルを辞めることも勝手に決めた。この仕事のあいだだけって言う、それも正しい。一緒にいたいと想う自分を俺は許せない。だけど好きだった。好きだと想う自分を卑怯《ひきょう》だと思った。

「帰ってください」

迷惑だから、と続けた。ほとんど言葉になっていなかった。

「別れて、終わりにしたいです」

涙のせいで裕次さんの表情は見えない。そのことに安心する。

自分の嗚咽でまわりの音が聞こえない。俺を抱く裕次さんの身体も動かない。ただ温かい。

泣きすぎて頭が痛い。この人なしの毎日がまた始まる。今度は完璧な終わりになる。もっとキスがしたい。とじこめられたい。帰らないでほしい。裕次さんにここにいてほしい。

「……それがおまえの考えたセリフ？」

冷たい声だった。

「泣きながら言う言葉じゃないだろ、演技が下手すぎる」

あのころもそうだった。俺の演技なんか裕次さんは全部見抜いていた。

「わかった。俺ももう引く気はないから」

また唇を烈《はげ》しくむさぼられた。まだ一度もキスにこたえていない俺の煮えきらなさを責めるように口腔も感情も刺激してくる。

——ごめん。……嚙んだ。

口が痛むたびに六年前のキスを想い出した。

ラグに身体を押さえつけられて、髪も服も乱されながら掻き抱かれてキスはずっと続いた。

血の味が唾液にまじって、下唇を舐《な》められると鈍痛が走った。

「……わざとだよ」

裕次さんが俺を見おろして悪い笑みを浮かべる。

今夜の彼はごめんと謝らなかった。

俺が声を発しようとすると、やっぱりキスでとめる。わざとってなんのこと、と訊かれたら嫌だと言われているようで、裕次さんの強引さの奥に彼の怯えも感じとる。キスばかりで、服のなかに入ろうとしないところにはもっと彼の弱さと優しさと愛情を感じてたまらなかった。

涙がとまらない。裕次さんが俺の額《ひたい》に額をつけて荒く呼吸する。

「抱きたい」

引かないと言うくせにこの人は絶対に俺の想いを無視しない。

「拓人が欲しいっ……」

いつだって俺を優先して、俺の意思に従おうとしてくれる。

潰れたプリンを食べてくれた裕次さん。

いつか海へいこうと誘ってくれた裕次さん。

車を運転していても、手を繋ごうとした裕次さん。

ベッドに入ると、意識が消えるまで俺の髪を撫で続けた裕次さん。

星空を見せてくれた。夜明けは蒼《あお》いんだと教えてくれた、裕次さん。

——拓人だって幸せになっていいんだよ。

ため息をついた裕次さんが額を離して俺を見つめた。諦めたような目で、俺の前髪を梳《す》く。

口に小さくキスをして、苦笑いする。

帰るよ、と、次に口をひらいたら彼はきっとそう言うと予感した。

淋しげな彼の睫毛を濡らしている涙に触ってみた。芝居でもあまり泣いている姿は見たことがない。舐めてみたらうっすら塩っぱかった。その口にまた軽くキスをされた。

「裕次さん」

ン、と短くこたえて、裕次さんも俺の頬を包む手で涙を拭ってくれる。

「どうしたらいいのかわからない」

裕次さんをどうしたら幸せにできるのか、恭子や黒井さんや堀江社長や、俺らのまわりの人たちみんながどうすれば幸せだって言って喜んでくれるのかもうよくわからない。海の言葉も聞こえない。

裕次さんが「なら、」と言いかけて口を噤《つぐ》む。薄く微笑みながら俺の目や鼻や唇を見つめて再び口をひらく。

「……なら、俺に敬語で話すのやめて」

くれた願いが優しすぎて、彼の臆病《おくびょう》さが苦しくて恋しくて、胸の痛みを笑顔でごまかした。

「わかった」

抱きしめられて、自分の右肩に埋まった彼の顔が見えなくなる。そうしながら彼がくぐもった声で続けた。あと、今夜はここにいさせて。

「……わかった」

だけどもう夜明けが近づいている。

くたびれた心と身体を重ねて抱きしめあったまま、俺たちは太陽が昇ってだんだんと青白い空気で満ちていく部屋を、ふたりきりで眺めていた。

3日目

ズボンや上着だけ脱ぎ捨てて、狭いベッドでふたりで眠った。

額に違和感を覚えて目を覚ますと、おぼろげな視界にやわらかく微苦笑する裕次さんがいて、俺の髪を撫でていた。

「……おはよ」

小さな声で言ってキスをくれる。

「……おはよう」

こたえたらきつく抱きしめられた。俺風呂入ってないから汗くさいよ、と言葉で拒絶をしめしてみても、いいよ、と蹴散らされる。

「一緒に入ろう」

一瞬意味がわからなかった。声ははっきりしていたけど、風呂に入ろう、と明確に誘わないそういう躊躇《ためら》いに彼の恐怖心を見た。俺が断るのを怖がってくれている。

「風呂狭いから、裕次さん先に入っていいよ」

「……よく考えたら着がえがないな」

俺は言いわけをつけ足すことで彼の傷を軽減させられたらと想う。

「下着とシャツならある」

「どうして？　拓人とはサイズがあわないだろ。誰連れこもうとしてた？」

「友だちがよくくるから、仕事でサンプルもらうときにいろんなサイズもらうようにしてるんだよ。女性物もあるよ」

「へー……」

「信じてないな」

ずっと、誰とも、そういうことしてなかった。この家に男同士でするための準備もない、と小声でこたえたら、裕次さんがようやく顔をあげて俺を見つめた。

「愛してる」

好きだよ拓人、愛してる、とくり返して、彼の長いキスが始まる。


おたがいシャワーを浴びたあとは、歩いて三分ほどの近場にあるファミレスへいった。

注文したモーニングセットのパンケーキを食べて、裕次さんが「おいしくない」と顔をしかめる。

「俺のほうがもっとうまく作れると思う」

嫌そうな顔をしてねちねち咀嚼するようすがおかしくて、紅茶を吹きそうになった。

「しー。裕次さんは普段おいしいのばっかり食べてるかもしんないけど、これが庶民の味なの、我慢して」

「俺もファミレスにはいくよ。でもここは味が落ちた」

「作る子も裕次さんが食べるって知って緊張したのかもよ」

素顔をさらしてふらっときたから、接客してくれたウエイトレスさんもあからさまに驚いた顔をして、真っ赤になって興奮していた。

「そんなのプロ失格だ」

「バイトだと思う」

「バイトだって手抜いていいわけじゃないだろ」

俺も笑ってパンケーキを食べる。味はうすいものの、バターとメイプルシロップをつければ普通においしい。

「明日の朝は俺が作って食べさせてあげるよ」

裕次さんがごく当然のことのように言った。ごく当然に、明日も明後日も一緒に朝を過ごしていく同棲中の恋人同士みたいに。

「裕次さんのパンケーキはどんななの？」

最近はぶ厚いのもあるよね、となるべく明るく笑う。

「どんなのでも拓人好みに作ってあげる。ぶ厚いのがいい？」

「そうだな、俺は薄っぺらいのしか食べたことないな」

「じゃあこんなの作るよ、こーんなの」

両手で三十センチぐらいの幅をつくって裕次さんがおどける。ぶはっ、と俺も吹く。

約束をくれる、さよならを言わない。裕次さんは本当に変わらない。

スクランブルエッグとサラダもたいらげて、お会計をして帰ろうとしたら、レジでさっきのウエイトレスさんが「恵さんあの、サインをお願いしていいですか」とおずおず訊いてきた。

裕次さんが俺を一瞥して苦笑いしてから、彼女に「いいですよ」とこたえて、さしだされた色紙にサインをする。

「ありがとうございます。でも今後プライベートできてるときは勘弁してください」

「はいっ、すみません、ありがとうございましたっ」

退店すると、裕次さんが「店に貼られたら俺が味を褒めてるみたいになって困るな」とぼそぼそごちるから大笑いしてしまった。

「拓人もサインしたことある？」

「ううん、俺はないよ」

「あれ」

「引っ越してきて、あそこにも五年近くかよってるけどないな。俺そんな有名人じゃないよ」

ふうん、と彼が不満げな顔をする。

「そういえば俺拓人にサインもらったことないな、ちょうだいよ」

「ええ？」

いまさらサインなんて、と笑いながら帰った。そこで話は終わったと思っていたのに、家についてリビングへ落ちつくと、裕次さんは尻ポケットから財布をだし「ここにサインちょうだい」と一枚の紙片をとってテーブルにおいた。

それは写真だった。俺たちが抱きあっている早朝の、川辺で撮られた写真。

うしろには俺が書き残したメッセージがあるはずだった。

「これ見つけたとき泣き崩れたよ」

「……ごめん」

「許さない」

断じながらも彼は苦笑している。

「いまもおなじ気持ちでいてくれてるならサインして」

受けとって恐る恐る裏返す。

——愛してる。

四隅がすり切れて傷んだ印画紙に十七のころの自分の字がある。

演技でしか自分の気持ちを伝えられないと泣いた朝、別れを覚悟して告白を書いた夜。

写真をテーブルに戻して立ちあがろうとしたら、咄嗟に腕を摑まれた。

「拓人っ」

切羽詰まった裕次さんの表情と声に息を呑む。腕が痛い。

「ペンとってくる」

微笑みかけたら、目をまたたいた裕次さんも「ン、……ああ」と情けなさそうに笑った。

「油性にして」

それでにっこりしてそう言う。

部屋に入ってドアをしめてから深呼吸した。いち、に、さん。いち、に、さん。

仕事でいつも悠然とかまえている裕次さんがあんな簡単に動揺したりする。おまえの前では
ただの男だ、と言われているようでたまらない。本当に俳優や、手の届かない有名人じゃなく、
自分を好いてくれているだけの、どこにでもいるひとりの男だと錯覚しそうで耐えられない。

拳を握って気あいを入れてから、ペンを持って戻った。

「きて」

日ざしの眩しいリビングで裕次さんが手招きしている。首を傾げて横へいくと、いきなり手首をひっぱられて身体がぐらついた。「わ」と倒れこんだ腰をすばやく摑まれて、彼の脚のあいだに座らされる。「書いて」と、背中から俺を抱く彼が左耳に囁く。

背中が温かい。裕次さんの身体に、存在に、守られている、と感じる。

迷いを感じながらも、六年前の告白の下に〝榊拓人〟と書いた。一生でいちばんの綺麗な字で丁寧に書くつもりが、緊張と愛しさで微妙によれてななめになった。

「拓人のサインこれじゃないだろ」

「……これでいい」

「そうなの？」

「うん」

これはモデルの俺が書いた告白じゃないから。

「俺も拓人に文字で書いて残そうか」

「なにを、どこに？」

俺の左頰に裕次さんが唇をつけて、んー、と考える。右手にペンを持って、左手で俺の腰をくすぐってくるから、ぎゃっ、と身を捩《よじ》って抵抗してふたりで笑う。

ふいに左手を摑まれた。親指で手の甲を押して撫でられて、なにするの、と訊こうとしたときに彼の意図を察した。

薬指の根もとに油性ペンがつく。

細いほうのペン先で中心に小さなまるを描いて、なかに輝きの粒を描きこみ、しあげに指のまわりを二本線で結ぶ。

「病めるときも健やかなるときも、この命が尽きたそのあとも、ずっと拓人を愛してるよ」

不格好な黒い指輪を見つめた。いくら足掻いても俺たちには埋められないはずの箇所だった。

——裕次さんにとって、俺はどんな人？

——拓人は、強い子だよ。ダイヤみたいにかたくて、輝いてる。

——だいや？　宝石だ。すごい。

——ほら、結婚のときにもダイヤの指輪は大事でしょう。そういう恋とか愛情の繋がりも含めて、ダイヤ。

——嬉しいけど、きみはダイヤみたいに輝いているよ、なんてキザ〜。

——拓人がたとえろって言ったんじゃないかっ。

「……ありがとう裕次さん」

涙をこらえた声がすこし裏返った。

ふりむいて笑って見せて、芸能人の結婚記者会見のときみたいに指をそろえて手の甲を彼にむける。ははっ、と照れくさくて淋しくてもっと笑う。

背中をひいてキスをされた。口先を吸って、舌で浅く深く想いをそそがれる。いままでしたどのキスとも違う、これは誓いのキスなんだと悟った。幸せだった。死にたくなった。本当に裕次さんのダイヤになりたかった。

口を離すと見つめあった。おたがいあんまり真剣に見つめていたものだから、面映ゆくなってくると吹いて笑いあった。「……しばらく落ちないだろうから丹下さんたちにばれないようにしないとな」と指を眺めていたら、裕次さんは「噛われても俺が守るよ」と俺を抱いた。

時刻は十一時すぎ。裕次さんに「いつもラジオの次の日はこういう感じの生活？」と訊かれて、「いつもはもっと寝てるよ」とこたえてから、この六年間おたがいがどんなふうに過ごしてきたかを教えあった。

ドラマや映画の撮影中は睡眠時間もほとんどなかった、と裕次さんが言う。そういえば『白の傷跡』のころもそうだったね、と俺も懐かしむ。

数年前に観た北海道《ほっかいどう》が舞台の映画は、ロケ地も雪深い時期の北海道だったとネットニュースで読んでいた。あのころは何ヶ月かいってたの？　と訊くと、近くのホテルに長期間滞在して撮影してたよ、すごく寒くて鼻水も凍った、と大げさに言って笑わせてくれた。

裕次さんも鼻水でるんだね、と不思議がったら、俺だって人間だよ、と彼はすこし怒った。たくさん話をした。知りたいと思っていた裕次さんの撮影裏話も、俺の大学時代のことや、仕事と心境の変化も、それぞれの仕事仲間との出来事、友だちづきあいについても。

裕次さんはどんな話をしているときも、愛してる、という眼ざしで俺を見守ってくれていた。俺は耐えきれなくなると視線をそらして笑ってにごした。

話している途中でも裕次さんはキスをしてきた。なんの前触れも断りもなく、自分や俺の言葉を途中で切ってぱちとキスをする。一瞬真っ白になりながらも、俺はやっぱり笑ってごまかしたり、彼の腕を軽く叩いたりして受けとめ続けた。

神経が麻痺《まひ》しているような興奮にずっと襲われていて、眠気はまったく湧いてこなかった。眠るわけにいかないとも思った。それでも自分からキスをしたり、キスにこたえたりすることは一度もできなかった。

「そろそろ仕事いこうかな」

俺が切りだすと、裕次さんは送っていくよと言ってくれて、一緒に家をでることになった。支度をすませて玄関へいくと、靴を履いたあとにまた抱きしめてキスをされた。

「今夜も一緒にいよう」

岡崎のセリフみたいな言葉で誘われて、背中と腰を痛いぐらい締めつけられた。このドアをでたら彼は初対面の他人にもサインを求められる俳優に戻っていく。うなずいて、俺も彼のシャツを摑んだ。俺が貸した白いワイシャツは、もう彼の匂いでいっぱいになっていた。

「朝はぶ厚いパンケーキ作るよ」

もう一度うなずいて彼の右肩に瞼をつける。

「……愛してる拓人」

言葉がでないかわりに、ひろい背中を搔き抱いた。

ファミレスで食べたパンケーキも、キスも、昨日彼に嚙まれて切れた下唇の血の味がした。

事務所の前の道に車をとめてくれた裕次さんが「じゃあまたあとで」と笑顔で去っていくと、急に虚脱感がのしかかってきた。どういう虚脱なのか、自分の精神状態もよくわからないまま階段をのぼって気持ちを切りかえ、事務所へ入る。と、すぐ受付の三須《みす》さんに「拓人君」と声をかけられた。

「社長が呼んでるよ」

「堀江さんが？」

「いまね『拓人がくるから、きたら部屋にこいって言って』って頼まれたの。社長室から拓人君が見えたのかも」

三須さんはにこやかだけど、いい予感がしない。

覚悟を決めてまっすぐ社長室へむかい、ドアをノックして「失礼します」と入った。堀江さんは正面の窓辺で、腕を組んで立っていた。

「車でおくってくれるなんて優しい彼氏だねえ」

唇の端をあげて笑んでいる。怒っているのか、からかっているのか判然としない。

「……すみません」

「なにが？」

黙っていたら、ふっと笑われた。

「ラジオも今日で三日目だね。残り二日だ。どうなの？」

「おかげさまで評判もよくて、リスナーさんから毎日メールやファックスが、」

「仕事のことは黒井君に聞いてるからいいや」

子どもっぽい口調で一蹴される。吐け、と言われている。

「……迷惑は、かけません」

拳を握った。裕次さんの笑顔が脳裏を過《よぎ》った。

「そうだね、面倒事は勘弁してもらいたい」

「すみません」

「まあ、そんなところで突っ立ってないでこっちにおいでよ」

言いながら堀江さんがソファに座った。目で呼ばれて、一礼してから俺もむかいの席に腰かける。顎をさすりつつ目を細める堀江さんに観察され、罪悪感で視線がさがる。

「この仕事受ける前にも言ってたけど、拓人が考えてる〝迷惑〟ってなんなの？」

「……それは、裕次さんといて、また疑わしい写真を撮られたり、裕次さんの立場を危うくさせて、おたがいの事務所の人たちや家族、友人知人を哀しませるスキャンダルにしたりする……そういう全部です」

「そっか」

「すみません……わかってるのに甘えました。一晩裕次さんと一緒にいました。今夜また会う約束もしました。友人でいるように努めます。でも無理そうだと思ったら会うのもやめます」

喉から絞りだすように謝罪を告げて頭をさげた。

容易《たやす》く揺らいでなにひとつケジメをつけられていない自分が情けなくなった。自分の我が儘に従わせたくないとか、大事な人を幸せにするのが楽だとか言いながら、結局自分の幸せに浸っていた。

「……すみませんでした」

なのにいま裕次さんに会いたくてしかたないと想う自分を、本当に甘えた人間だと思った。

「やれやれだ」

堀江さんがソファの背に仰け反り、脚を組む。

「拓人だけじゃなくて黒井君の教育も改めていかなくちゃなー……」

大きなため息が続いた。

「しかたない。じゃあ今度は恵さんの〝迷惑〟を聞かせてあげようか」

「え」

……裕次さんの〝迷惑〟。

「六年前撮られたとき恵さんの事務所から連絡もらってて、むこうの意向は聞いてるんだよ」

「意向」

「恵さんの希望は拓人とつきあっていくこと。そのために自分も気をつけるけど、もし万が一なにかあれば守ってほしいって頼んでる。そして事務所もその想いを酌《く》んで動くつもりなんだそうだ」

唖然とした。

「ここで、ぼくは拓人たちの親でもあると思ってるよ。私生活でも幸せでいられるように応援してあげたいし、我慢や苦労は極力しないように守ってあげたい。恵さんの事務所もそうなんだと思う。もうすこし汚いことを言えば、守りたいと思うほど恵さんに価値があるってことだ。Ｗｉｎ－Ｗｉｎの関係だね。つまり逆に言えば、恵さんが仕事で結果を残して自分の価値を保つ努力をしてるのは、拓人といるためでもあるってこと」

口をひらいても言葉がでない。目と喉の奥が痛んで視界がぼやけていく。

「『白の傷跡』の撮影が終わったあとも連絡があった。今回のラジオのオファーがいったあとも『恵の気持ちは変わってないからなにとぞよろしくお願いします』って丁寧に頼まれたよ」

裕次さん。

「拓人。同性愛は違法じゃない。飲酒運転だの未成年淫行だのクスリだの、そういう法に触れる事件は困る。でも拓人と恵さんがつきあっていくことは誰に裁かれる必要もないんだよ」

涙がでそうになって、歯を嚙みしめて耐えた。胸や胃や、身体の奥が痛くて腹を押さえる。

「あと言っちゃ悪いけど恵さんはもういい歳したおっさんだよ。二十代のアイドルならまだしも、ゲイだって報道されて誰が泣いて騒ぐのよ。ファンだっていまや主婦のおばさんばっかりでしょ。みんな〝あらそうなのねえ、お幸せにー〟で終わりだよ」

「……違う」

「〝裕次さん格好いいー〟って目ン玉ハートにしてるの世間で拓人だけだから」

「違う、店で若い女の子にサイン頼まれてましたよ」

「芸能人に興奮しただけだって。所詮《しょせん》一般人からしたら綺麗なお飾りみたいなものでしかない。当然、恵さん本人もそんなこと重々承知してる。恵さんの本当の素の姿を知ってるのはきっと拓人しかいない」

会えたとき『楽しみにしてた』と言ってくれた裕次さん。

『もう引く気はない』と告白しながらも、俺の意思を尊重してくれた臆病な裕次さん。

『拓人はなにも失ってない。俺はここにいる』と言って終わりにしてくれた裕次さん。

なのに、あの別れのあとも俺といたいと事務所の人たちに訴えてくれていた裕次さん。

ひとりじゃなかった。裕次さんは約束どおり俺の傍にいてくれた。別れても会えなくても、くれた約束を全部反故《ほご》にした俺を好きでいてくれた。

涙でにじむ視界に黒い影が入って、自分の左手の指輪だと気づいたらもう無理だった。

「……裕次さんに、会いたいです」

愛してる、と言ってくれる声も目も見えた。自分は今日まで彼から想いも約束も時間も全部奪うだけ奪ってなにひとつ返せていないんだと思ったら、悔しくて腹が立って申しわけなくて会いたくて会いたくてしかたなくなった。

「すごいデジャヴ」と堀江さんが笑う。

「とりあえず恵さんと仕事してるあいだはふたりでいなね。明日もここにはこなくていいよ。っていうかそもそもなんできちんと出勤してくるの？　ぼくは〝なんか人生に迷ってるみたいだからお茶《ちゃ》汲《く》みさせてやってる〟程度の認識なんだけど」

「え……正社員にしてください」

「本当にモデル辞める気？　うちもまだ拓人のこと諦めてないんだから、そこも恵さんときちんと話しあってくれない？」

「裕次さんとですか」

「うん」

鞄に入れていたタオルをだして、目もとを拭いながら黙考したものの意味がわからない。

「裕次さんとは、おたがい仕事する姿を見続けようって約束して別れました。でもその約束は守れなくなったって伝えましたよ」

「……。恵さんなんて?」

「……それはそれで嬉しいって。言ってくれました」

　堀江さんがさっきより大きくため息をつく。

「結局か……」

　恵さんの事務所に慰謝料請求したい、と堀江さんは続ける。

「なんでですか」

「……あちらさんはね、恵さんを仕事に専念させるために『拓人君が恵に負担をかけないよう指導してください』とまで言ってるんだよ。拓人に恵さんを翻弄させられたくないわけ。だから恵さんの望みどおりに拓人が動いてくれれば願ったり叶ったりだろうよ」

　絶句する。

「柔軟すぎませんか。裕次さんの事務所の人は、同性愛ってこと……そんなにもう、どうでもいいんですか」

　堀江さんが胸ポケットから煙草をだして口に咥《くわ》え、火をつけた。

「あのね、この業界にもゲイやバイなんていっぱいいるの。カミングアウトしてるお姉タレント以外にも、恵さんみたいにノンケですって顔して活動してる俳優もアーティストもわんさかいる。イメージ戦略してる事務所側はいちいち驚きもしないよ」

「受け容れてる、ってこと……?」

「そう。どうでもいいってわけじゃない。個性をしっかり受け容れたうえで、クールで硬派な恵裕次を売るために切磋琢磨《せっさたくま》してるの、みんな」

周囲の人たちの気持ちや思惑を知れば知るほど愕然《がくぜん》とした。自分が守ろうとしていたものも、捨てないといけないと思っていたものも、守れていると信じていたものも、すべて的《まと》はずれで間違っていたってことだろうか。その現実こそ俺はまだ受け容れがたい。

「どう拓人。やった幸せだーって思える？」

煙草の煙を吹いて、堀江さんが試すような笑みを浮かべる。

「……裕次さんとのつきあいが、裕次さんの事務所の人たちに許容されてるって知られたのは素直に嬉しいです。でもまだ混乱してるところもあるから……裕次さんに会って謝ってみないと、どう思っていいのか」

「うん……まあ、全部教えたところで拓人はそうだよね」

顔を拭いてタオルをたたみ、身体の内側からすっきりしたくて鞄のポケットに常備しているミントタブレットを二粒口に放りこんだ。この一変した状況のなかでなにが幸せなのか、またいちから考えたい。

「一晩一緒にいてまたドライブでもしたの？」

「いえ、家にいました」

堀江さんの口調が明るくなった。

「なんだ、しっかりヤってるんじゃない」

「どういう意味ですか……話をしただけですよ」

「え、シてないの？」

黙秘権をつかう。

「あの恵裕次におあずけ食らわすって、拓人大物だなー……恵さんももうおっさんだから性欲うすれてるのかね」

「堀江さん、その〝おっさん〟っていうの謝ってください」

「目ン玉ハートの人は怖い怖い」

「黒井さんに言いつけるから」

「ごめんなさい」

もう言いません、と頭をさげる堀江さんがおかしい。

室内に夕日がさしこんで濃い橙色《だいだいいろ》の光が満ちている。

「……裕次さんと今後のこと話したら報告します」

「いい返事待ってるよ」

無邪気な子どもみたいに堀江さんは笑う。


その後、事務所で仕事をしたあと、いきつけのアクセサリーショップへいった。左手の指輪が視界にちらついて、服の袖《そで》で隠すにも限界を感じたからだ。

それで買い物も終えると恭子と落ちあった。恭子がいきたいと言ったカフェで夕飯を一緒に食べて昨夜の謝罪をした。

「昨日はちょっと無理だったけど、今夜は裕次さんとちゃんと話しあってみるよ」

「うん、いい結果報告よろしく」

恭子も堀江さんとおなじことを言う。

恭子は昨日の夜ほんとに漫喫いったの、と訊くと、まあね、と短く返ってきた。俺の目を見ずにすずしい顔して窯焼《かまや》きピザを食べている。たぶん嘘だな、とわかった。

「親との喧嘩はどうなったの？」

「どうだろねえ……」

「今夜いくあては？」

「あるから大丈夫」

こういうときの恭子はたいてい自分のなかに明確な答えを持っている。背中を押してほしくて自分が欲しい言葉を人に言わせるとか、ぐずぐず愚痴を聞いてほしがるとか、そういうことを恭子はしない。で、なんらかの結論がでると一気に報告してくれる。

たとえば高校のころはいきなり『彼氏と別れた』と聞かされて『え、彼氏いたの⁉』と驚愕した。大学のころは『恋人できた』と教えてくれたけど次の報告は『別れた』だった。俺が『友だちとして恭子の時間を俺にも共有させてよ』と訴えても、『だって最初から別れるってわかってたから』で片づけるから途方に暮れる。

——終わりがわかってるのに相談するの時間の無駄でしょ。

信頼されてないみたいで淋しいよと、もっと訴えたくても面倒なガキっぽくて言えない。

——拓人には仕事と恵さんのことだけ考えててほしいし。

それが恭子の狡猾《こうかつ》ワードだ。

「今夜のラジオも楽しみだなー」

恭子がローストビーフのカルパッチョを頬張って嬉しそうににやける。

「仕事前の拓人と食事してるのも優越感」

「なに言ってるの。うちでも裸みたいな格好してうろうろしてんのに」

「そう、全部わたしの自慢」

恭子はいつもどこか孤高で、でも友だちも多くてモテて愛情深い。

このカフェは個室があって、恭子は絶対にその席がいいと言いはった。ソファタイプのゆっくりできる店で、クッションがあるのも気に入って女友だちとよくくるからと。

俺が裕次さんの話をしやすい店にしてくれたってこと、わかってる。

「俺はべつに、親友と食事したいからしてるだけだし」

「親友〜っ」

笑って俺をからかってくる恭子も嬉しそうな照れたような顔をしている。

「……んで、その指輪はなんなの」

「……。説明が難しい」

言え！　とはしゃいで、クッションを顔に押しつけられた。

食事を終えて恭子と別れると、黒井さんに拾ってもらってスタジオへ移動した。

裕次さんも含め、すでに全員集まって談笑している。

「拓人、昨日言ってた『白の傷跡』の演技コーナー、やることになったぞ」

丹下さんが機嫌よく言う。

「やるんですか？　ネタバレとかはどうするんですか？」

「再放送も残り二日で、話の内容が暗いんだよな。海の母親が死んじゃって親父が呑んで暴れまくってるし、海はイラストレーターの仕事で失敗したし」

聞いているだけで胃が痛くなってくる。

「でもべつに岡崎と海は嫌いあってるわけじゃないだろ。海はともかく、岡崎のほうは完全に海に落ちて、親父からひきはがして同棲したい会いたいってずっと想ってる」

「はい……そうですね」

「だからまあ、幸せにしてくれればいいよ。とにかく幸せに。アドリブで」

「アドリブっ？」

「〝視聴者が観たかった岡崎と海〟〝観られない岡崎と海〟を演じてやって」

「アドリブは困りますよ」

「おまえ一緒に演る相手を誰だと思ってんだよ」

返答につまって、その相手に視線をむけたらにっこり無垢《むく》な笑顔をひろげていた。

「楽しそうだよね拓人」

軽く言ってくれる。

「拓人がくる前もみんなで話してたんだよ。台本のセリフを演るより、自分の言葉で海を演るほうが拓人も楽なんじゃないか？」

「俺は裕次さんとは違うよ」

「おまえはがっつり感情移入型だろ。きっと俺よりうまいさ」

そもそもこの度胸と余裕の差をわかってほしい。

イラストのにこちゃんマークみたいな笑顔を崩さない裕次さんの服の袖をひっぱる。

「ン、なに？」

「……ちょっと、ふたりで打ちあわせさせてください」

「かまわないけど」

まわりにいるスタッフに軽く頭をさげて、丹下さんに「頼んだぞー」と笑って見おくられながら裕次さんを廊下へ連れだした。

「ごめんなさい、裕次さんの控え室にいってもいい？」

「そんなに不安？」

「や、ほかに話したいこともあるから」

裕次さんが眉間《みけん》にくっと小さくしわを寄せて「……わかった」と神妙にうなずく。黒井さんもでてきて心配そうに「大丈夫？」と訊く。うしろに筒井さんもいる。

「ごめん、そんな大ごとじゃないよ」

「控え室で拓人と話してくる。筒井は一緒にきて外で見張っておいて」

裕次さんの頼みに、筒井さんが「はい」と応じてくれた。黒井さんには目で〝平気だよ〟と念を押してその場を離れる。

控え室は狭いながらもソファセットのほかに小さな冷蔵庫まである立派な個室だ。裕次さんにうながされて、むかいあってソファへ腰かけた。

「どうした？」

膝の上に左右の肘をのせ、裕次さんはすこし前屈みの体勢で掌を組む。

「急にごめんね」

「いいよ」

「さっき事務所で、社長から裕次さんの話聞いた。裕次さんの事務所のかたが裕次さんの意志を尊重して守っている話」

「あー……え、恥ずかしいな、拓人の耳にも入っちゃったのか」

裕次さんはばつが悪そうに苦笑して、右指で唇の上をこすった。

「ごめん。堀江さんも言いたかったわけじゃないと思う。現に俺いままで知らなかったから。俺がこんなだから活を入れてくれたっていうか……でも聞かせてもらえてよかったよ」

「そう」

拳を握って頭をさげた。

「ごめんなさい。俺、この業界でどうやって生きていけばいいのか、よくわかってなかった。男同士だからとか芸能人だからとか、そういうことに怯えるばっかりで、裕次さんといるためにできる努力があるってことまで考えが及ばなかったよ」

「……うん」

「裕次さんが賞とったりして俳優として認められていくのも、単純に憧れて見てた。届かなくなっていくことに畏縮《いしゅく》もしてた。けど堀江さんはその努力も俺といるためだって」

「小者じゃ我が儘言えないからね」

どことなく淋しげな瞳で口端をひいて笑む。

「うん……俺は自分が我が儘を言えるタレントだと思えないよ」

こんなに自由に、思うまま恋愛できる立場にない。仕事に背をむけて辞めることまで決めた自分は裕次さんが切り捨てた〝小者〟のひとりに違いなかった。

「だけど……だからかな。いままで裕次さんの気持ちを蔑《ないがし》ろにして、ふりまわしてきたことが本当に申しわけなくて……ごめんなさい」

「俺が拓人から欲しいのは謝罪じゃないよ」

「はい」

きちんと顔をあげて姿勢を正した。裕次さんの物憂《ものう》い笑みと、目を見る。

「仕事のことも今後のことも、今夜改めて相談させてください。でも先に、俺も自分の気持ちだけは言っておく。ずっと、本当にごめん……ありがとう。俺も裕次さんのこと愛してる」

……ぱ、と裕次さんの口がわずかにひらいた。ゆっくりまばたきをして、すぐに口をとじてひき結んで俺の隣にくる。

「もう一度言って」

腰に裕次さんの右腕がまわってひき寄せられた。

愛してる、の告白の途中で唇ごと吸いとられた。舌が一瞬で入りこんできて、上顎も歯列も急《せ》くように烈しく嬲《なぶ》られる。舌を搦めて唾液もすすられる。裕次さんはコーヒーの味がした。

「待っ……これは、言わせて、」

「……仕事どころじゃなくなるからやっぱり夜にお願い」

話しているあいだも裕次さんの口が唇や頬や瞼を忙しなく食《は》んでくる。顔が濡れて冷える。

「俺、好きだったよ……別れるときも、裕次さんを嫌いだったことない」

「でもおまえの気持ちを感じられたことはないから」

腰を締めつけられて、唇も強く吸われた。ちく、と嚙み傷がひらいてまた血の味がまじる。

「俺は拓人にとっていつも〝捨ててもいい男〟だったろ」

「……裕次さんの幸せなんだって、信じてたんだよ」

「ばか野郎」

怒鳴りながら抱き竦《すく》めて耳を嚙まれた。両腕もひとまとめに抱かれてひどい力で縛られる。ごめんと謝りたいし、自分は裕次さんを幸せにするどころか哀しませ続けていたんだと思い知るほどに悔しくて歯痒くて、好きだと泣き叫びたくなった。本当に仕事どころじゃなくなる。

「……とりあえずいい。夜話そう」

言いながら、裕次さんが甘いキスをくり返す。

「いまの状態のほうが岡崎も演りやすい」

「岡崎さん……？」

「あんまり幸せすぎたらにこにこしちゃうからな。岡崎はほとんど笑わないのに」

「あ……俺も海、大丈夫かな」

「俺がリードするから拓人は好きなように受けこたえしてくれればいいよ。フォローもする」

「裕次さんはそんなこともできるの？」

「拓人相手ならね」

裕次さんの右手の親指に顎をさげられて、ひらいた口にまた舌をさし入れられた。最後のキス、というふうに舌を強く吸われて、離れると饒舌《じょうぜつ》な瞳に捕らわれた。優しく微笑んでいる。

「ところでこの指輪はなに」

俺の左手の薬指に触る。

「あ、うん……さっきどうしても気になったから買ってきた」

幅十ミリ、厚み一・五ミリのシルバーの指輪には三行ぶんのメッセージが刻印してある。

「仲よくしてる店長さんが薬指にするならこれがいいって。こっちの事情は話さなかったのに、察してくれたのかなんなのか」

「なんて書いてあるの」

「自分の人生からは逃げられない、みたいな言葉。洋楽の歌詞なんだって」

「ふーん……」

裕次さんが指で指輪の角度を変えながら眺める。不服そうに尖《とが》った唇を見ていると、ふいに口へ一瞬キスされた。

「俺が守るって言ったのに隠したかったのか」

怒らせたらしい。

「隠したいっていうか見せびらかしたくなかった。……こうしておけば、しばらくは手洗っても消えないだろうとも思って」

ふ、と笑われる。今度は嬉しそうな、はにかんだ笑顔。

「俺が贈るよ。ここにする指輪は自分で買うなよ」

「裕次さんにはもらったから」

「こんな落書きで満足されても困る」

「俺は嬉しい。お金で買えるどんな指輪より嬉しかったよ」

またキスに襲われた。顔だけじゃなく、シャツの襟《えり》の奥へもぐりこんで首筋にもされた。

「ここまで煽《あお》った責任とれよ」

痛みを感じるまで吸われる。でもその位置が他人からはばれない服の奥なのもわかる。

「……今夜はうちにおいで」

岡崎さんみたいな言葉でまた誘われた。


「拓人が飲んでる紅茶おいしい？」

「おいしいよ、飲んでみる？」

「うん」

ラジオ放送開始数分前、マイクの前で丹下さんからの合図を待つ。

「本当だおいしい。この新作気になってたんだ、今度俺も買おう」

ペットボトルの蓋《ふた》をして俺のほうへ戻す裕次さんは、にっこり笑顔で相変わらず微塵《みじん》も緊張を感じさせない。

「裕次さんみたいな余裕、どうしたら身につくんだろ」

憧憬に暮れて、ため息まじりの苦笑がこぼれる。

「いつもこんなにふわっとしてるわけじゃないよ。拓人が進行役だからだって言ってるだろ」

「余裕じゃなくて〝ふわっと〟なんだ」

「そう。とくに今日は浮かれまくりでふわっふわだよ」

唇を目いっぱいひいて小学生の子どもみたいな屈託のなさで裕次さんが笑う。……こんなに想ってもらうと劣等感が刺激される。

「裕次さんとリスナーさんに楽しんでもらえるように俺も頑張るよ」

「拓人も気負わないで一緒に楽しもう」

『始まるぞ』と丹下さんから声がかかる。

深呼吸して、合図にあわせてストップウオッチを押し、一時間のラジオ番組開始。

「こんばんは榊拓人です。今夜も俳優の恵裕次さんをおむかえして、『白の傷跡』再放送記念企画ラジオ、始まりました」

三日目も企画の内容説明から入る。そして昨日と同様に、リスナーさんにもらった応援メッセージを紹介すべくプリントをひらいた。

「連日、本当にありがとうございます。ファックスもメールもいっぱい届いていて、ぼくらもスタッフもみんな喜んでます。全部は無理なのですが読ませていただきますね。ラジオネームほたかさん『仲のいいふたりに和みます。ずっと続いてほしいです』ありがとうございます。一時間って短いですよね……ぼくもずっと続けていたいです。なおかさん『再放送がシリアスな展開なのでラジオに癒《い》やされます』癒やしたいです。さくさん『昨日はふたりに絵を描く宿題ができて聴きながらわくわくしました。ブログにアップされるの楽しみ！』頑張りますっ」

「みんな再放送もラジオも楽しんでくれて嬉しいね」

裕次さんも嬉しそうに微笑んでいる。

「うん。絵もだよ、裕次さんあと三日で描ける？」

「いや、明後日には提出だから今夜と明日の二日間しかないだろ」

「そうだった、やばい俺まだ全然すすんでない。裕次さんなんで絵のことまで余裕そうなの」

「余裕じゃないって、明日描こうと思ってるよ」

喉でくっくと笑う裕次さんに焦りはうかがえない。

「笑いかたも余裕そうだし……――さっき開始前も〝裕次さん余裕だね〟って話してたんです。ラジオ初体験なのに初日からずっと楽しんでくれてるんですよ。経験の差は言うまでもないんですけど、天は裕次さんに二物も三物も与えてるなって、俺多才さに圧倒されてばかりです」

「おい拓人、ハードルあげるなって」

「純粋な尊敬の気持ちだよ」

「あー……みなさん拓人の絵にも期待してくださいね。海みたいに心をうつ絵になりますよ」

「やめてっ」

終始笑い続けている俺たちと一緒に、サブで丹下さんたちも笑っている。

「えーと。昨日番組のブログにも書いてもらいましたが、絵のサイズはＡ４ぐらい、道具は自由ってことで描きかたも決まりました。ラジオのおまけで絵もぜひ楽しみにしてくださいね」

補足して話をまとめた。まだ時間が残っているからリスナーさんのメッセージを続けて読んでいく。この企画はかなり自由度が高い構成で俺たちのトーク次第で尺が変わってしまうため、メッセージや質問も余分に用意されている。できる限り紹介していきたい。

ストップウオッチを確認しつつ、曲紹介のコーナーが近づいてきたタイミングでメッセージ紹介とトークを締めて、丹下さんの誘導に従い音声を切りかえた。

「……今日も全部読みきれなかったな」

悔やむと、裕次さんも「本当に？」とプリントを覗きこんできた。「うん、ふたりぶん読めなかった」と教えて一緒に眺める。

「俺らもひとつの話題でいつまでも話せちゃうからな……ほんと一時間って短い」

「ね。だから調整が必要なんだけど」

『拓人調子いいな』と、丹下さんが褒め言葉を投げてくれた。

『おまえ恵さんに急にタメ口きくようになったじゃないか。なんかあったのか？』

あ。

「……まあ、はい」

『昔の無邪気さがでていいぞ、そのまま頼むよ』

丹下さんににかっと笑われて気恥ずかしくて、いたたまれなくなった。あからさまな変化だとわかっていながら裕次さんの機嫌を損ねない態度を優先していた。……俺も浮かれてるのか。

裕次さんにも小さく笑われつつ切ないラブソングを聴く。曲が終わってCMに切りかわるとストップウォッチを用意し、また丹下さんの合図にあわせて放送再開。

「――はい、では今夜もみなさんからいただいた質問や感想に裕次さんとふたりでこたえていきます。まずはこちら、ラジオネームしまこさん『わたしは同性愛を気持ち悪いものだと思っていましたが「白の傷跡」を観て変わりました。海が父親の暴力のみならず、自分の性癖にも葛藤《かっとう》している姿を、いつの間にか応援していたんです。ふたりが恋人になったときは、彼らを演じる恵さんと拓人君の幸せそうなようすを心から祝福しました』――ちょっとすみません」

いったん言葉を切って紅茶を飲んだ。不覚にも胸がつまって喉にきた。

「ごめんなさい、続けます。『わたしが同性愛を受け容れられたのは、おふたりの恋人の姿が幸せそうでとても自然で、偏見や軽蔑を感じなかったからだと思っています。恵さんと拓人君は、最初から同性愛の役柄に抵抗はなかったのでしょうか？　ぜひ裏話を聞かせてください』……はい、すみません、嬉しくて一瞬ぐっときちゃいました」

へへ、と照れて告げたら、裕次さんも「大丈夫？」と優しく心配してくれた。

「うん、大丈夫。ラジオで読むこのリスナーさんからの声って、ぼくらはほんとに本番まで内緒にされてるので、心がまえができてないんですね。放送外で感想を読ませてもらってるときも涙ぐんでるのに、こんないきなりだと、やっぱり気持ちを咄嗟に抑えきれないっていうか……すみません」

「〝同性愛への偏見がなくなったよ〟って言ってもらえて嬉しかったんだ？」

「……嬉しかった。うまく言えないんだけど、なんか……許してもらえたようで」

「拓人はいまも海だからな」

「またそれ言う」

でもそのとおりかもしれない。許してもらえたのは岡崎と海なのに、自分と裕次さんも恋人でいていいと言ってもらえたような錯覚を味わった。

『白の傷跡』で自分たちの演技を観た人たちが同性愛を受け容れてくれたなんて。価値観をねじ曲げるほどの本物の恋を裕次さんとふたりで贈れたなんて。申しわけないような、ありがたいような、言葉にしきれない想いで胸がいっぱいだ。

「海じゃなかったころの拓人は同性愛を嫌ってたもんな。拓人と恋人役を演りたいって頼んだ俺のところにアポなしでのりこんできて、『なにしてくれてんだ！』って暴れてさ」

「なっ」

「それを俺がなだめて、カレーで餌づけして、口説いて」

「……やめてください」

「真実だろ？」

当時の自分をふり返って唸った。

「あのときは人を好きになる苦しさすらわかってなかった。ガキだったのを反省してるよ」

十七のころは恭子たちとばかやってばかりで、まともに恋愛した経験もなかった。黒井さんと堀江さんに説得されてモデルを始めたのも、うちが母子家庭だから生活費を入れられるならという思いがメインで、たいしてのり気じゃなかったんだ。

やりがいを見いだしたあとは自分の限界まで続けてみようと思った。裕次さんと会ったのもそのころだ。

「……リスナーさんには初めて言うかもしれないけど、俺もともとドラマほど露出のある仕事ってやりたいと思ってなかったんです。だから裕次さんに指名してもらって、それが同性愛のドラマだって聞かされたとき、裕次さんのファンだったのもあって、はあ⁉　ってなったんですよ」

裕次さんが「はは」と笑う。

「拓人は俺の身体のファンでいてくれたんだよな？」

「……そうだよ。モデルやってていろんな人の身体を観察するようになったら裕次さんのラインがめっちゃ好みで、テレビとか雑誌にいると見惚れてた。憧れてたよ」

「〝恋人になろう〟って言われてがっかりした？」

「〝恋人役をやろう〟ね」

「ふふ」

笑うし。

「がっかりはしてない。裕次さんが〝同性愛は困難な恋愛だからこそ純粋かもしれない〟って教えてくれて、俺は自分の浅さを反省したし〝この人となら演りたい〟と思えたから」

「なら俺とおなじぐらい口のうまい男がいたら、そいつにも落ちてたんじゃないの？」

「えっ？　口って、そん、――ンー……」

「悩んでる悩んでる」

「違う……正直に言っていい？」

「どうぞ」

「俺ほんと、……裕次さんの身体好き」

ぶはっ、と裕次さんが吹きだした。こっちが狼狽するぐらい激しく笑って腹を抱える。

「笑いすぎだからっ」

「ここへきてまた身体の話されると思わなくて」

「さっきからスタイルが好きって言ってるじゃん……〝べつの男だったら触られるのも嫌だ〟って気持ちもあったよ。ごめんなさい、もうほんとまじで正直に言うけど」

「そんなにかー……」

「うん。裕次さんのこの身体が好みど真んなかで、縦横前後全部一ミリでも違ったら無理」

「え、それ俺もスタイル維持しないと拓人に嫌われるってことだよね」

「……黙秘権つかいます」

拓人、と指輪のついた左手をひいて揺さぶられ、俺も笑ってしまった。

「黙秘権ってべつに悪い意味だけじゃないでしょ」

「ん？　スタイル以外も好いてくれてるけど、照れて言いづらかったとか？」

「そういうことにしておいて」

「こら」

「さて、じゃあ次の質問にいきますー」

次は、と……、とプリントをめくる俺の左手から、裕次さんの長い指がゆっくり離れていく。身体も、この指のかたちも、性格も、なにもかも全部好きだ。

「はい、ラジオネームまどかさん『再放送で初めて観てます。最初は男同士の恋愛ドラマなんかーとナメてて冷やかし半分だったんですけど、いまでは毎日録画して会社から帰ったあとの楽しみになっています』ありがとうございます。『観ててすごいと思うのはベッドシーンです。拓人君が演技とは思えない切ない恋する顔をしていて、一緒に切なくなります。もはや拓人君が女性を抱く姿なんか想像できないほどです。あれはどんな気持ちで演じていたんですか？あと、ふたりとも男相手なのに本気でエッチな気分になっていたんですか？　ぜひぜひ聞かせてください』……うん。——……うん。裕次さん助けて」

「ギブアップはやいなっ」

かぶり気味でつっこまれて、笑ってしまった。

「まどかさんは拓人に質問してたろ。俺に抱かれてるときどんな気持ちだったの。素直に言ってごらんなさい」

「裕次さんに頼ったら余計厄介なことになった……」

「おまえね」

そろって笑ったあと、唸りながら返事を考える。

「どんな気持ちでって訊かれると、海の気持ちでとしか言えません。自分の身体は父親からの虐待の傷もあって、ゲイで、汚いと思ってたから、好きな人に触ってもらえて幸せでした」

「拓人が女の人を抱くところは想像できないってさ」

「うーん……俺は今後ドラマにでるつもりがないから、みなさんのなかにそうやって海の姿だけ残るのも嬉しいかな」

「役者の仕事はしないのか」

「海以外の役は演れないもの」

裕次さんは無言で二度うなずく。

「で？」

「え？」

「エッチな気分になったの拓人？」

深呼吸、深呼吸……。

「裕次さんはどうなんですか？」

「なったよ。岡崎として」

にい、といやらしい笑いかたをする。

「じゃあ俺も海として昂奮《こうふん》しました、てことで」

「ずるいなー」

「裕次さんもでしょうが」

「いやさ、」と裕次さんが真面目な顔をして長細い指を組んだ。

「俺もう歳でベッドシーンに自信がないから素直な感想なりアドバイスなりほしいんだよ」

「……来月公開の映画でもベッドシーンあるんじゃないの？　予告動画で観たよ」

「ある」

「ならそのお相手の女優さんに訊いたらいいでしょ、俺と演ったのは六年前なんだから最近のお相手さんのほうがいいアドバイスくれるよ」

「女性に訊くわけいかないだろ、セクハラだって軽蔑される。拓人だから訊きやすいんだよ」

相変わらずのこの誘導の巧みさが憎たらしい。

「もー……え、じゃあなにを言ったらいいの？」

「俺の抱きかたがどうだったか。――ベッドシーンって結局セックスのふりをしてるわけだろ？　その芝居がどこまでリアルだったかを、演技面でも感情面でも教えて」

演技と感情って……あのときは裕次さんとキスしてベッドに入って、身体中にキスされた。撮影していないあいだは裕次さんも〝スタッフみんな、律子とのベッドシーンより楽しそうだ〟とか、俺が色っぽいだとか言って、普段どおりの態度で話しかけてくれていた。でも俺は裕次さんを好きだって自覚していたから、なんていうか……それどころじゃなくて。

「拓人？」

「……俺裕次さんがうまいとか下手とか考えてなかったよ。そういう品定めみたいなことする余裕なかった。海はあのときまだ岡崎さんがどうして自分を抱いてくれてるのかわかってなくて、彼の気まぐれを最初で最後の幸せな想い出にしようって想ってるんだけど、俺もそのままの気持ちで、触ってもらえるだけで嬉しかったから」

「触るだけで感動してもらえた？」

「感動っていうか……幸せなのと哀しいのとで爆発しそうっていうか」

「ばくはつ」

「裕次さんの手が身体につくだけで死にそうだった。キスも。……芝居だから途中で中断されちゃったけど最後までしてもらったらどうにかなってたと思う。──って、あ、中断されたとか言ったらドラマ観てくれてる人が冷めちゃうか」

「や、うん……拓人、たぶん冷めようのないこと充分口走ってるから大丈夫だよ」

「え？」

「いま俺のテンションもだだ上がりだからね」

「えぇ」

くくく、とうつむいて笑う裕次さんの前髪と肩が揺れている。ひとしきり笑うと「はー……」と息を吐きながら上むいて前髪を掻きあげた。

「でもそうだな……俺もエッチな気分って言うとちょっと違うか。拓人が可愛くて可愛くて、恋しくて恋しくてたまらなかった。最後まで抱きたかったよ。そういう、ある種特別な感情と雰囲気のなかでつくれた無二のシーンだったよね」

「あ、うん……そう、無二って的確だと思う。また演れって言われても再現できないぐらい、俺は気持ち的にも十七歳のあのころのあの瞬間が特別だった」

視線がふと裕次さんを捉えた刹那、裕次さんも俺を見ていて、おたがい自然と目をあわせた。彼が唇だけゆるくひいて微笑んでいる。

「……拓人を指名してよかったな。いまだに、何度もそう思うよ」

愛の告白みたいな声音で言う。

「俺も裕次さんに会えてよかった。尊い経験をさせてもらいました。俺は海以外の役をしないから、ドラマの世界のなかでずっと裕次さんの恋人でいさせてくださいね」

「うん。……ん？　それ、俺がべつのドラマで恋愛したら浮気になるってこと？」

ふはっ、と吹いてしまった。

「いえ、俺はドラマっていう創造の世界のなかで海として裕次さんの演じる岡崎さんの恋人でいるよ。けど裕次さんがべつの人を演じたら、それは岡崎さんじゃないから、どうぞどうぞ、浮気してください」

「岡崎がべつの人を好きになるわけじゃないんだから浮気って言葉やめよう」

「言いだしっぺは裕次さんでしょ」

「複雑だー」と裕次さんが両手で顔を隠して、俺も「ははは」と笑い続けた。

「拓人がほかのドラマにでて恋愛したら俺もちょっと〝ン〟って思いそうだしなあ……」

「役者さんってそういう、恋人役をした相手がべつの人と恋人役したら嫉妬、ってあるの？」

「役者にも作品にもよるんじゃないか？　役者仲間でそんな話をちらっとしてる人はいたよ。でも俺は拓人だけかなー……『白の傷跡』は結構ひきずったし、同性の恋人っていう独特な思い入れもあるから。拓人が女優さんと恋人役するなら〝ン〟って思って我慢できるだろうけど、また同性愛のドラマで恋人役も男ってなったら〝ン〟じゃすまないかもね」

「その〝ン〟ってなに？」

「なんかこう、嫉妬を我慢してる感じ。ンっ！　て」

あはは、と俺が笑うと、裕次さんも眉《まゆ》をさげて苦々しく笑う。

「でも俺もその嫉妬はわかるかもな……って、言いすぎると裕次さんに同性愛役の仕事がこなくなるかもしれないから黙っておきますね。浮気……じゃなくて、お仕事頑張ってください」

おい、という裕次さんのつっこみを笑ってながして、プリントをめくる。

「じゃあ次いきましょうか。ラジオネームやよいさん『わたしの友人はゲイで同性の恋人がいました。でも彼は教師で、生徒たちに〝同性愛も悪いことではない〟〝生まれながらの性別で人を括《くく》ることはできない〟と教えながらも、自分にカミングアウトする勇気がないことをずっと悩んでいました。そして恋人に対する罪悪感から一度自殺未遂をしたこともあります』」

一瞬思考が停止した。

「……『わたしは「白の傷跡」を観ることができません。二度と観たくないです。感動作と言われていますが、創りものだからといってお綺麗にしないでください』」

　これは抗議だった。プリントを持つ手が冷えていく。浮かれていた頭を拳で殴られたような衝撃に苛《さいな》まれて声がつまる。

「……はい。うん」

〝お友だちの自殺未遂は辛いですね〟

〝教師という立場も難しいですよね〟

〝お綺麗にしているわけじゃないんです〟

　どんな言葉も薄っぺらく、正しく感じられない。どうする。

『拓人、七秒以上の沈黙は放送事故だぞ』

　丹下さんから警告が入った。『いいよ拓人、次の感想も続けて読んじゃって』と指示されて、頭を整理できないままとにかく声をだす。

「え……と、すみません、次の質問も読んでいいそうなので、同時にいきますね。ラジオネームゆかこさん『わたしの友だちはリストカットをくり返しています』」

　最初の一文で心が拉《ひしゃ》げた。サブにいる丹下さんに目で反抗しても両腕を組んでうなずくだけだ。顎でしゃくって〝読め〟とうながされ、下唇を嚙んで続ける。

「『海君とは違いますが、自傷行為も自殺もわたしには許せません。友だちも海君も、自分のことが可愛いだけでまわりの人たちのことを全然考えていないと思います。我が儘で自分勝手です。このドラマを観た人が自傷行為や自殺をいいことだと思わないでほしいです』」

　海は、自分が可愛いから死んだわけじゃない。

　自分を大事に想ってくれる岡崎さんの幸せを想って逝ったんだ。

他人に——海の気持ちや想いや、岡崎に対する感謝や恩や、心を切り裂かれるほど味わった愛情を知らない人間に、わかったような口をきかれたくない。

「俺もやよいさんとゆかこさんと同意見だな」

裕次さんが言った。顔をあげると、彼も鋭い眼ざしで俺の左手を握ってきた。

「ただ、海が訴えていたのはお綺麗な恋愛でも自殺への肯定でもありません。やよいさんとゆかこさんはすでにわかってくれているはずです。俺はそれが嬉しい。ありがとうございます」

裕次さんがなにを言っているのか理解できない間に丹下さんが半ば強引にＣＭへ切りかえた。

「拓人」

かたい表情で裕次さんが俺を見ている。

「海に呑まれるな」

アドバイスじゃない、裕次さんは俺を叱っている。

「おまえも自分の目で海を見てみろ、海の目じゃなくて」

俺の目。

「……どういう意味かわからない」

左手が熱い。裕次さんの掌の熱さが煩《わずら》わしい。

間違ってない。誰にも責められたくない。間違いだとしても、海の愛情を、叫びを、決意を、ばかだとか無駄だとかいう抗議で、他人の正義で、ねじこめられたくない。

誰にでも自分の考えがある、価値観がある、正義がある、常識がある、愛しかたがある。ひとつの考えだけが正しい世界なんてない。あるならそれこそ狂ってるんじゃないのか。

「認めてもらえないならそれでもいい。それでも、俺は海の味方でいる。死んじゃ駄目だってわかってたって、俺の常識からそれてたって海の味方でいる、俺だけは海の理解者でいるっ」

「拓人」

ＣＭがあけたら新しい例の演技のコーナーへ入らなければいけない時間帯だった。

「丹下さん、俺このあと海の芝居できるかわからない。ようす見ながら判断させてください」

すみません、という謝罪だけはしなかった。俺には言えない、言う気にもなれない。

脳天気に幸せな岡崎と海を演じることもできない。こんな気持ちじゃできない――。

深夜二時、筒井さんが運転する車に裕次さんとならんで座って彼の家へむかっていた。

――ああいうドラマだからこそいろんな意見があって当然なんだよ。それに対して恵さんと拓人が岡崎と海の気持ちもこみで議論していく。それがいいんじゃないか。

番組終了後、丹下さんに叱られた。

――あれは意見っていうより抗議だったじゃないですか。

――いや違う、ちゃんとした意見だ。おまえはどんな声も冷静に受けとめられるだけの度量を持て。あんな簡単に動揺してどうする、え？

窓ガラスのむこうは暗い深夜の街で、点在している車や街灯の眩しいライトが輝いてとおりすぎていく。人はほとんどいない。

車内にいる三人とも、誰もひとこともしゃべらなかった。左隣にいる裕次さんも窓の外を眺めて口を噤んでいる。たぶんみんなさっきの丹下さんたちとの会話を反芻している。

——動揺しました。でもあんなの動揺しないほうがおかしいでしょう？

——おまえは番組を背負ってるパーソナリティーだぞ。動揺して当然ってどういうことだ、もっと責任感を持て。なにがあってもどんとかまえて対処できるようにしろっ。

ラジオ番組は裕次さんの助けもあってとどこおりなく終えることができた。俺も一応拗《す》ねて無言になるような子どもじゃないから穏便に繕って場をしのげたけれど、そうやって大人の態度をとれることがむしろ心を蝕んだ。

——待ってください。誰にでも踏みこまれたくない心の領域はあると思うんですよ。拓人は海の気持ちを本当に大事にしているので、そこも考慮してもらえませんか。できればこういう意見の場合は放送前に教えてもらうとか。……俺からもお願いします。

納得しない俺のかわりに裕次さんが頭をさげた。それが心底自分に失望した瞬間だった。

「——どうぞ」

裕次さんの家につくと筒井さんがガレージに車をとめて俺たちを玄関までおくってくれた。

「ではわたしはここで失礼します。おやすみなさい」

「おまえも気をつけて帰れよ」

「はい。……あ、恵」

「ん？」

「いや、拓人君」

筒井さんが逡巡《しゅんじゅん》して俺に身体をむけた。暗闇のなか無表情で俺を凝視する。会話をしたのは過去数回のみだ。「はい」とこたえて身がまえた。

「恵はこう見えて不器用で気の弱い男なので。よろしくお願いします」

面食らった。裕次さんが「……おい」と咎《とが》めるのを無視して、筒井さんは礼儀正しく頭をさげたのち去っていく。

筒井さんの背中を睨み据えて見おくった裕次さんは、家のドアに鍵をさしこんだ。その横顔の唇が尖って見える。

「……迷惑かけたのは俺なのにね」

自虐的にならないように笑ったら頬がひきつった。裕次さんは今度は俺を見つめながらドアをあけて、「おいで」と招いてくれる。

「お邪魔します」

灯りがついた。

彼の家は変わっていなかった。引っ越してもいなければ、外装も内装もほとんど記憶にあるまま。廊下をとおって、ひろいキッチンとダイニング、リビング。液晶テレビのサイズが大きくなっている。ソファはカバーがすずしげな空色になった。本棚やラックには、小物が増えたり減ったり。大きく目立つ変化でもなく、室内の香りが鼻を掠めると胸にひとつの強烈な想いが去来した。懐かしい。……本当に懐かしい。

「拓人、座ってな」

うながされて、はい、とうなずき、肩から鞄をおろしてソファへ腰かけた。初めて裕次さんの家にきたとき座った位置へなんとなく。

「温かい紅茶でもいれるか」

キッチンへ入った裕次さんは、かたかた食器を鳴らして飲み物を用意してくれているらしかった。

あの日はこうやって裕次さんを待っているあいだテレビをつけた。そうしたら彼が出演していたドラマの再放送が偶然やっていて見入ったんだった。

恋人になったあとは半同棲状態で一緒に過ごしていた家。また戻ってこられる日がくるとは思わなかった。

「はい、どうぞ」

裕次さんがきた。紅茶とはとうてい思えない黄色い液体の入ったグラスをふたつ持っている。昼で笑んでひとつくれる表情が、呑んでごらん、と言っているから恐る恐る口をつけてみた。酒だ。

「……レモンサワーかな」

「おみやげでもらったのに仕舞いこんだままだった。ちょうどいいからこれ一緒に呑もう」

そう言いつつも、裕次さんは自分のグラスをテーブルにおいて俺の左横に跪《ひざまず》いた。俺の左手をとって、物語の王子さまみたいに俺を見あげる。

「さあ拓人。これから俺たちは話さないといけないことがいくつかある。おまえも吐きだしたいことがあるよな。丹下さんへの愚痴も、リスナーへの憤りも、あとは、放送前に約束してた今後のことも」

「……裕次さ、」

話そうとした口を、彼の指先に軽く押してとめられた。

「いまから聞く。それで俺もおまえに六年前別れたときから思ってたことを言うよ。正確には、おまえが俺と別れようとしてることに気づいたときから思ってたことをな」

「……。はい」

「なにもかも話してまるっと綺麗に解決して、拓人は今夜からまた俺の恋人になってくれる。そして酒を呑んで、気持ちよく酔って、ふたりでベッドに入ってハッピーエンド。もう二度と離れない、死ぬまで一緒に生きていく。——これが俺の書いたシナリオだよ、いい？」

言葉に反して、彼がむけてくれるどこか怯えまじりの笑みに胸が苦しくなった。

どうしてこんなに俺なんか、と自責の念に駆られたら目の奥が痛んだ挙げ句、自嘲《じちょう》気味な笑いがこみあげた。顔を伏せて抑える。

「……ありがとう。ごめんね。裕次さんを幸せにしたいだけなのに俺いつも迷惑かけてるね」

「そうだよ、俺は哀しんでる。哀しかった、おまえと別れてから今日まで毎日ずっと」

裕次さんが俺のグラスもとってテーブルへおいた。左右それぞれの手を繋いで俺の顔を覗きこむ。指についていた冷たい水滴が彼の指も湿らせた。昔星の場所へ連れていってくれた掌。

「さっきラジオの放送中に俺が『海に呑まれるな』って言った意味わかったか？『自分の目で海を見てみろ』って言ったろ」

彼の責めるような瞳を俺も見返す。

「……俺見てるよ、自分の目で海のこと」

「いいや、見てない」

「どうして」

「おまえが見てるのは海の世界なんだよ。だからあのドラマで海が遺《のこ》したメッセージをおまえだけが受けとめられてないんだ」

「海のメッセージなら、海の目で世界を見てる俺が一番理解してるんじゃないの」

「違うんだよ拓人」

訴えとともに両手をひどい力で握りしめられた。つりあがった鋭利な目で俺を睨むその眼球が震えている。彼の苛立ちを感じる。

「俺は海の味方でいちゃいけないの……？　裕次さんが教えてくれたんだよ、俺のなかに海がいるって、だから演じられるって。俺はそうしたよ。いまは海のことを俺が一番理解してる。ほかの誰にも演れない、演らせない。みんなが敵だとしてもかまわない。海を守りたい」

うつむいた裕次さんが、はあと大きくため息をついた。

「……いいよ。もちろん俺も拓人の海だけを認めてるし愛してる。おまえが海の味方でいたいと想うことも尊重したい。でもおまえは海に感化されて弱くなった。世間からも俺からも目をそらして逃げただけだ」

「弱さじゃない、俺には強さだったたっ」

とじた瞼の裏に、風呂で手首を切ってひとりで逝った海を見た。

「違う」

批判が降りかかってくる。大好きな人の声で。

好きで逝ったわけじゃない、現実を投げだしたくなったわけでも逃げたかったわけでもない、ただ自分がいたらいけないと思った。

　ここに生きているだけで裕次さんを不幸のどん底に落とすことしかできないんだと悟った。彼が自分を大事にしてくれればくれるほど、世間を敵にまわして親やファンや地位や名誉や、すべてを失ってもかまわないと想ってくれればくれるほど、自分は害で、悪で、不要なんだと感じた。俺ひとりがいなくなればいいんだと想えた。だから逝った。この人をただ愛してた。

「違うだろ拓人」

「かまわない、間違ってたっていい、俺は海の想いを大事にしたいんだよっ」

「俺よりも？」

　うな垂れてただ頭をふる。

　裕次さんを邪険にしたいわけじゃない、違う。違う、と言いたい。なのに声がでない。喉が痛い。

「……拓人」

　声を殺して涙をこらえていたら、また彼のため息が聞こえた。彼の落胆も恐ろしい。

「わからない、本当にごめん……裕次さんを好きだってことだけ知っててほしいっ……」

　終わりにしよう、と今度は自分が言わせる気がした。だって俺は彼を幸せにするどころか不快感しか与えていない。それだけ自分たちはあわない。

「変わらないな……ほんとに」

　痛みに翻弄されて彼の表情も声色も摑みとれなかった。見たくないという恐怖心もあった。でも〝逃げた〟と言われたのが悔しくて、もう言われたくなくて、腕で顔をこすった。

　俺の手を繫いだまま裕次さんは離さなかった。彼も左横に座って身を寄せる。

「俺を好きだって言ってくれるけど、拓人は誰と恋愛してる？　世間か、ファンか、親か？」

「……そ、」

「おまえの恋人は俺だよ。なのにおまえは俺の気持ちを見たことがないだろ。なんでもひとりで悩んで決めつけて抱えようとする。そこが海と似てる。俺自身のことを、おまえはまったく考えてない」

「考えたから、別れたんだよっ……」

「だからそれが俺の気持ちでもなんでもなくて世間体だろって言ってるんだよ」

顎を摑まれて顔を上むかされた刹那キスをされた。

「俺がおまえと別れたいって言ったことあったか？」

「裕、」

「おまえと別れるのが幸せだって言ったことあったか？」

口端も噛まれる。

「や、」

「芝居続けたいから拓人が邪魔で別れたいって？　親やファンに同性愛者だってばれると都合悪いから消えてくれって？　週刊誌とテレビに叩かれて囃したてられるのが怖いからつきあってたのもなかったことにしてくれって？　俺おまえにそんなふうに望んだことあったかよ」

唇を覆って噛みつきながら嬲られる。

「やだっ……やめ、」

ちゃんと話がしたい。

「うるさい」

抵抗をひとことで押さえつけられて口の奥まで烈しくむさぼられた。両手で顔を摑まれてしまい、口を横へそむけるのも許されない。強引に乱暴に舌を吸って暴かれる。

「六年前、おまえは撮影が終わるまで黙って悩んで笑って耐えながら、俺のためだって信じて別れを決めたな。〝あなたを愛してるから終わらせたい〟って泣かれて俺は縋れなかったよ。未来があったのは俺より若いおまえのほうだったから。……若さだけじゃない。俺はおまえのそういう愚直で頑《かたく》なところが憎たらしいほど好きでしかたなかったから身をひいた。待とうと思ったんだ。おまえが大人になって海から離れられるまで待とうと思った」

海から。

「いまだから言うよ。あのとき俺は結局拓人もいなくなるんだなと思ってた。俺が役者として生きていこうとする限り、みんないなくなる。なにが起きても一緒に乗り越えてほしい、そうやって想ってほしいってどれだけ説得しても無駄だ。みんな俺の幸せを決めて、自己完結していなくなるんだよ」

——俺たちは仕事を続けてきたから会えたんだよ。それに、裕次さんが仕事をしてる限り、俺はずっと裕次さんに会える。ずっと見守ってるから。俺も、がんばるから。

——わかってるよ。それでも俺は拓人を一番失いたくなかった。もう、失いたくなかった。

「俺は拓人が別れたいって言ったから別れたんだ。俺も拓人を愛してるから苦しめたくなくて、拓人の願いを自分の願いにした。だけど納得したことは一度もない。辛かった。俺はおまえに苦しめられた。会いたかった。抱きたかった」

裕次さん、と呼びかけた唇を噛まれた。

「待ってた。ずっと。六年間誕生日の祝いメールだとかそんな些細な接触すら我慢して、関係をきっちり断ち切って、おまえが俺に囚われない自分の世界で成長してくれるのを待ってた。五年経ったころからそろそろ会いにいこうと思ってたんだよ。なんでかわかるか？」

口先を吸われて至近距離で睨まれる。

「こうやって本音を話して昔のこと笑って懐かしんで、拓人とまたつきあいたかったからだ」

彼の憤怒《ふんぬ》に燃える眼ざしが、俺の左右の目を突き刺してくる。

「それなのになんだよ。海になれって言われるのが嫌でモデル辞めるだの、自分は海の味方でいるだの。矛盾だらけでなんにも成長してないどころか昔以上に海に縛られてるじゃないか。いまじゃ仕事への信念もなくして自分で自分の意志を貫く潔《いさぎよ》さもない」

絶望感に背筋が冷えた。

「結局どうなりたいんだおまえは。海になりたくないけど海の理解者でいたくて？　モデルは辞めたくて？　違うだろ。本当はおまえも死を選んだ海が疎ましいんだろ。前だけ見て生きてた自分をとり戻して、その自分を認めてほしくて燻ってるだけだ。おまえのまわりのおまえが信頼してる奴らはどうしてこんな簡単なことを指摘してやれないんだ？」

堀江さんや黒井さんや恭子や母親の姿が過る。

「十代のころに戻る必要なんかない。挫折を味わったいまの拓人を、海の想いも吸収したまま自分の力で魅力的に成長させていけばいいんだよ。無駄な経験はない、全部を糧にしろ」

裕次さんが額同士をこすりつけて息をつく。

「……拓人いいか、よく聞けよ。海が遺した言葉はたったひとこと――『生きて』」

一気に迫りあがった激情が心臓をひき裂いて涙腺をひき千切った。

「自分みたいにばかなことをしないで、大事な人の想いを真っこうから見つめて受けとめて、道を間違えずに生き続けてほしいって海はそう言ったんだ。それが『白の傷跡』っていう物語なんだよ」

涙がこみあげてきて必死に耐えてもこぼれていく。呼吸が閊《つか》えて嗚咽と咳がでる。

「なにかを欲しがるとき、一心に自分の欲望を貫くより、それを欲しがる他人に捧げるほうが幸せだと思う人間もたしかにいるよ。おまえもそうやって、世話になってる人たちに俺を返そうとしてくれたんだよな。だけど俺はおまえが欲しかった。どこにも逝かないでほしかった。俺と一緒に生き続けてほしかった」

歯を食いしばって嗚咽を押さえる。その口をまた裕次さんに舐められる。

「拓人がいなくなってからひとつも幸せじゃなかったよ。おまえが陥れたくないと想ってくれた不幸のどん底にいた。おまえは海が〝するな〟って言ったことを全力でやってのけたんだ」

裕次さんが俺の背中に腕をまわして抱き寄せ、やわらかくさすった。

「……想像してみな。海は〝大切な人のために、あなたも死にましょう〟なんて言う奴か？おまえの海はそんな残酷なアドバイスをする奴だったのか？」

「言わ、ない……っ」

これだけは否定したい、と絞りだした声はひどく情けない掠れ声になった。けれど憤りすら混在していたその主張は自分自身に跳ね返ってきた。

裕次さんは黙って俺の背中を撫で続ける。

「でも、裕次さんは、今日のリスナーさんの、抗議……なんで海の訴えがわかってる、って、言ったの」

俺はあの瞬間、裕次さんにさえ苛立ちを覚えた。

「腹を立てるのも『白の傷跡』のメッセージを受けとってくれた証拠だからだよ。〝お涙ちょうだいの死にネタね〟って物語自体を投げだすんじゃなくて、真剣に考えてくれたから怒ったんだろ？　しかもふたりとも海のメッセージを代弁しただけだ。俺は嬉しかった。海みたいに逝なくなる子が減ればいいと、俺も思ってるよ」

生きて――裕次さんが教えてくれた言葉が頭のなかでこだましている。心の底で復唱するたびに自分の身体の細胞のひとつひとつまで波立たせる。涙がいくらでもあふれてくる。生きて。

「物語は受けとめて思考して学ぶためにあるんだよ。愚かさは教訓にして、正しさは咀嚼して、そうして消化して心を豊かにしていく。ただおなじことを実行すればいいってわけじゃない。客観的に受けとって自分なりの結論をくだすことが大事なんだ。俺たちは岡崎と海をとおして、その学びの手助けをしたにすぎない」

裕次さんに抱かれて、彼の肩に顎をのせて嗚咽しながら何度も反芻した。生きて。

「海っ……」

たん、たん、と裕次さんが一定のリズムで俺の背中を叩いて、撫でて、なだめてくれている。顔中が涙に濡れて、全身から力が抜けきって、思考力も飛んだ抜け殻の状態で、海への想いや裕次さんへの愛情に苛まれながら、涙があふれるまま泣き続けた。とめようがなかった。

俺を抱き竦めて、裕次さんも俺の肩に唇を押しつける。

「……泣いて落ちついたら戻っておいで」


目覚めると暗闇のなかに自分の手が見えた。見慣れないシルバーの指輪が薬指についた左手。その瞬間、現実が雪崩のように押し寄せて戻ってきた。

背中に裕次さんの熱い身体が隙間なく重なっているのを感じる。腰と脚にも、彼の腕と脚が絡みついてしっかりと捕らわれている。

冷たいシーツに裸の肌がこすれる感触には違和感を抱いた。最後にこうしてベッドに入ったのもこの人といたころのことだった。

束縛から逃れて慎重にベッドをでる。かけ布団の下からはみだしているワイシャツをひきだしたら自分のではなく裕次さんのだったけれど、羽織って洗面所へ移動した。

顔を洗ってうがいをする。まどろんでいた意識がはっきり覚醒していく。

歯ブラシ立てに真新しい青色の歯ブラシがある。横には使用感のある白い歯ブラシもあり、裕次さんのだと知れた。青。俺のために用意してくれたんだろうか。

顔を拭いてキッチンへいき、棚のグラスをとったら、透明の茶碗が目についた。客用の箸セットのなかには鳥のシルエット柄の箸もならんでいる。

冷蔵庫に入っている水をグラスにそそぎ、飲み干したあとリビングのソファへ腰かけた。

時計は午前四時前をさしている。室内はまだ暗く、窓辺からしっとり夜気がながれてくる。

脚を抱えてソファの空色のカバーを眺めた。シャツに沁みている裕次さんの匂いが鼻を掠める。

――六年前、おまえは撮影が終わるまで黙って悩んで笑って耐えながら、俺のためだって信じて別れを決めたな。〝あなたを愛してるから終わらせたい〟って泣かれて俺は縋れなかったよ。未来があったのは俺より若いおまえのほうだったから。

――いまだから言うよ。あのとき俺は結局拓人もいなくなるんだなと思ってた。

裕次さんと自分が同性愛カップルだとスクープされたとき、世間が他人の傷をいかに楽しく味わうかを痛感した。テレビでは『恵さんは女性に飽きて男に走っちゃったんですかねえ』と嘲笑され、俺たちの写真が載った週刊誌の記事には『ゲイ（芸）能人カップル誕生⁉』とふざけた見だしがつけられて囃された。そして裕次さんが離婚したとき、筒井さんがドラマの監督やほかのスタッフに深々と頭をさげて謝罪していたあの姿。

『白の傷跡』関係者はドラマの宣伝ありがとうと笑ってくれたし、俺たちも適当に受けながすことで回避したものの、当時も放送終了後も、どんな報道がされていたかは嫌でも耳や目に入ってきた。俺をドラマの恋人役に指名して、撮影中に離婚した裕次さんへの風あたりがもっとも強かったことも後々知った。

進学した大学で初対面の先輩に突然『ゲイなんだっけ？』と、たぶん悪気もなく、冗談半分で冷やかされたこともあった。心臓が冷えるのを感じながら『やめてくださいよ』と苦笑して返しつつ、そんな瞬間俺はいつも、裕次さんが辛い目にあっていないだろうかと思いを馳《は》せた。

――俺は拓人が別れたいって言ったから別れたんだ。俺も拓人を愛してるから苦しめたくなくて、拓人の願いを自分の願いにした。だけど納得したことは一度もない。辛かった。俺はおまえに苦しめられた。会いたかった。抱きたかった。

裕次さんにとって別離が幸福じゃなかったのは知っている。でも彼も気づいているはずだ。この六年間、幸福じゃなくとも平和でいられたことに。

——待ってた。ずっと。六年間誕生日の祝いメールだとかそんな些細な接触すら我慢して、関係をきっちり断ち切って、おまえが俺に囚われない自分の世界で成長してくれるのを待ってた。

好きだと想いながら、愛してると告白しながら、俺たちは昔もいまもぶつかりあっている。愛してるという想いは、俺たちにとっていつだっておたがいを苛む狂気だ。

——海になれって言われるのが嫌でモデル辞めるだの、自分は海の味方でいるだの。矛盾だらけでなんにも成長してないどころか昔以上に海に縛られてるじゃないか。いまじゃ仕事への信念もなくして自分で自分の意志を貫く潔さもない。

——本当はおまえも死を選んだ海が疎ましいんだろ。前だけ見て生きてた自分をとり戻して、その自分を認めてほしくて燻ってるだけだ。

たしかに、俺は海を肯定することで裕次さんを傷つけた自分を正当化しようとしていたのかもしれない。その一方で、『海君の切ない表情くれる?』と求められ続けることに苛立った。いま思えば〝俺は死んで逃げたりしない、ただ裕次さんを守っただけなんだ〟と反発していた気がする。

——……拓人いいか、よく聞けよ。海が遺した言葉はたったひとこと——『生きて』

カーテンのむこうの夜空に星はなかった。抱えている膝につっ伏して、意識しながら空気を吸って、吐いて、呼吸する。

──自分みたいにばかなことをしないで、大事な人の想いを真っこうから見つめて受けとめて、道を間違えずに生き続けてほしいって海はそう言ったんだ。それが『白の傷跡』っていう物語なんだよ。

──おまえは海が〝するな〟って言ったことを全力でやってのけたんだ。

──……想像してみな。海は〝大切な人のために、あなたも死にましょう〟なんて言う奴か？　おまえの海はそんな残酷なアドバイスをする奴だったのか？

あの日、服のまま風呂へ浸かって手首を切ったとき、俺は目をとじて死を近くに感じながら裕次さんのことだけを想った。哀しませてもそれでも、あの人は俺なしの未来で必ず幸福を見つけられる、それが俺の身勝手な希望で、祈りで、言いわけだった。

だけどもし海が隣にいたら、裕次さんの言うとおり、きみも死んだらいいよ、なんて絶対に言わない。きっと全身全霊をかけてとめてくれる。きちんと恋人と幸せになれ、と叱るはずだ。自分を愛する方法だけがわからない、不器用な男だった。

俺は海を自分の都合のいいように肯定して否定して、主観視して客観視して、自分とも友人ともつかない半身として今日までともに過ごしてきた。迷うたびに対話した。慰めあいもした、喧嘩もした、見捨てないと誓いもした、理解者でいた、本物の親友のように想っていた。

──十代のころに戻る必要なんかない。挫折を味わったいまの拓人を、海の想いも吸収したまま自分の力で魅力的に成長させていけばいいんだよ。無駄な経験はない、全部を糧にしろ。

裕次さん。岡崎さん。海。

「……生きて」

声にしてみると、薄暗くて寒いリビングの中心に、一点の光が灯ったような感覚があった。ぽ、とマッチ棒に火がつくのに似た、かすかで熱い輝き。そして俺は自分が海に突き放されたような喪失感を覚えた。

生きて、と。自分は逝くけれどきみは生きて、と。さよならだと。こっちへくるなと。

——俺はおまえが欲しかった。どこにも逝かないでほしかった。俺と一緒に生き続けてほしかった。

泣くことじゃないと思うのに涙があふれてくる。俺には海をひきとめる言葉も術《すべ》もない。生まれたときから海は自害することが約束されていて、それは絶対で、そうして身をもって俺たちにたったひとこと伝える使命を持っていた海を、無念にも誇らしくも想う。

ここからは海の遺言を受けとめて自立し、生きていくのが自分のすべきことなのだと思った。それは海の死と存在が、単なる物語の出来事だと認めることでもある。それがとても淋しい。他人には嗤われてしまうだろうけど、俺にとって海は自分のすぐ隣で生きている人間だった。

——わたしはもし海が友だちだったら一生許せないよ。海も自分も。

ひとしきり泣いて涙を拭ったあと、ソファの隅においたままいた鞄からスマホをとりだした。

液晶画面を操作して恭子へメールを送る。

『恭子、俺は死んだりしないよ。海のぶんまでちゃんと生きていく』

ソファに転がって目をとじたら、思いがけずすぐに返事がきた。

『深夜のラブレターかい。いきなり死とか書かないでよ、びっくりするでしょ』

ははっ、と笑ってしまった。間をおかずに『でも』と追送がくる。

『よかった。しんどいことがあっても、まだまだ一緒に生きてこうね。恵さんとわたしたちと、あと、海とさ』

　海と。

『うん、ありがとう恭子』

　ほんと俺ばかり頼りきりだよな、と情けなくなりつつ身体を起こしてスマホを鞄に戻したら、ばんっと背後で寝室のドアがひらいた。驚いてふりむくと、険しい形相をした裕次さんと目があった。大股で歩いてきて倒れこむように隣へ座ったかと思うと一瞬で抱き竦められる。

「勘弁しろよっ……」

　それで怒られた。

　俺が帰ったと勘違いしたんだろうか。あるいは風呂で手首を切っているんじゃないかとか。

「……ごめん。目が覚めたから水飲んで休んでた」

「本気で焦ったっ」

「ごめん。もうどこもいかないよ。ここにいる」

　たくましい裸の背中を抱きしめ返す。彫刻みたいに綺麗なかたちをした背中、腕。右肩に彼の息がかかって熱い。体温も熱い。

　抱きあっていたら、全体重をかけられているせいで自分の身体が傾いで倒れた。顔をあげた彼がかまわずに口を塞いでくる。唇も熱い。俺が唯一知っている他人の身体。

「……信じるよ。俺といてくれ、絶対に」

　嗚咽を嚙むような息苦しそうな声だった。

「うん、絶対に」

裕次さんを抱きしめる。両手脚に渾身《こんしん》の力をこめて、彼が俺を抱きしめてくれるとき以上に烈しく強く。

彼の唇が頬から首筋へさがって、首のつけ根あたりを吸われた。俺の身体はこの一晩で彼がつけてくれた赤い痕《あと》と噛み痕だらけになっているはずだ。

「……ずいぶん色っぽい格好してるじゃないか」

裕次さんは顔をあげると目を細めてちいさく笑った。狭いソファでもつれあって、はだけたワイシャツのなかを見おろされている。

「これは反則じゃない……？」

彼の視線がシャツを一瞥する。なんで俺の服を着てるんだよ、という意味だと思う。

「ベッドでたとき一番近くにあったから」

ふうん、と口先を舐められた。

「なにされても我慢する覚悟はできてるんだろうな」

耳の下も吸われる。

我慢じゃない、と喘《あえ》ぎに近い声でこたえて震えたら、またどうしようもなく狂おしい烈しさで唇をむさぼられた。

4日目

裕次さんは俺を乱暴に、獰猛に抱く。

それは怒らせているようでも、傷つけているようでも、深く愛されているようでもあった。

「裕……さ、ン、」

浴室の壁に背をつけて左脚をあげ、奥で彼を受けとめながら、息ができない、好き、苦しい、と訴えたくて呼ぶ。腹の底から息を吸うのに、浴室の熱気で喉が焼ける。熱い。苦しい。身体が燃える。

「拓人っ……」

六年の空白を埋めるというより、彼が六年間体内に蓄積してきた想いの塊《かたまり》を打ちつけられて、身体の奥に隙間なくそそぎこまれているような感覚だった。何度も何度も強く叩きこまれる。そのあいだにも首や肩を嚙まれる。唇を吸われる。頰を舐められる。乳首をこすられる。

「ゆ、……は、ぁ」

痛い、とは言わなかった。やめて、と言う気もない。

もう逃げない、俺もこの人が欲しい、全部なにもかもこの人の想いも傷もすべて受けとめる。愛してる。

「……拓人、」

俺が呼吸も言葉もうまくできないのに反し、裕次さんは息苦しそうではあっても俺の名前を正確に呼ぶ。芝居のセリフを言うときみたいに正しく、劣情を感じさせない発音で。

それが悔しくて、彼の冷静を根こそぎ蹴散らして自分とおなじだけ淫《みだ》らに昂奮させたくて、俺も脚をひらいて、指先で彼の背骨をなぞりながら掌をさげていく。欲しくてたまらない情動のまま、焦《こ》がれてやまない美しいかたちの背と骨のおうとつと腰と尻を五本の指で味わう。

自分のなかへ彼が身体を埋めて腰をふり続けるさまに色気を感じる。裕次さんはセックスをしているときもセクシーで、この魅力的なかたちと愛撫に翻弄される。自分の空洞を彼の想いに塞がれて、くり返し熱くこすりつけられて嬉しい、いやらしい、綺麗、もっと欲しい。

「も、っと……挿《い》入れて、奥に、」

無意識に、夢中で切望した。朦朧《もうろう》とする意識の狭間《はざま》で、そんな自分にもすこし驚いた。

裕次さんが俺の腰を左腕でひき寄せて、右腕で脚を抱えあげて、俺の願いどおりひといきに最奥へ突きすすんでくる。俺も彼の首に両腕をまわして、らせん状に駆けあがってくる快感を持てあましてうち震える。

「裕次、さっ……」

夢のなかの出来事みたいだった。物語の一場面みたいだった。

自分が裕次さんに抱かれていることも、裕次さんを抱きしめていることも、とても現実とは思えなかった。陶然《とうぜん》として、正気を失っているせいもあるのかどうか、もっと奥にきて、そこを突いて、ここを吸って、と身体が疼く箇所を彼に教える。愛撫を請《こ》う。彼も荒々しく息をつぎながら応えてくれる。俺の欲するところを長い指と熱い身体でなぞって蕩《とろ》かしていく。

快楽が頭の芯から身体の隅々まで満ちて、満ちきって、痛いほどふくらんだ果てに昇りつめると、俺のすぐあとに裕次さんも達した。肩で大きく息をしつつも、崩れ落ちそうになる俺を力強い腕で抱きとめてくれる。汗で湿った彼の肩に顎をのせてしがみついていたら、やがてぬるい湯をシャワーでかけられた。

「……お湯と水で温度調整してる。冷たくない？」

「うん……もっと冷たくてもいいぐらい」

背中と後頭部の髪がさらに冷えていく。

「どう？」

「気持ちいい……」

胸に重なる裕次さんの体温とぬるいシャワーの感触が心地よかった。彼の身体に腕と脚を絡めて、自分の熱が下がるのを感じる。裕次さんも俺にシャワーをかけながら肩にキスをして、背中や尻を撫でる。おたがいの身体の端にまだ燻っている愛欲ごと冷めるのを待つ。

「色っぽい声で言うんじゃないの」

すこし笑って叱られた。

「……拓人はずいぶん大胆になったな」

俺の尻のあいだに指先を忍ばせて、液をながしだしてくれながら言う。

「すごく、夢心地で……裕次さんとこうしてること信じられないから、そうなれた」

「夢にするなよ」

「……うん、わかってる」

肩を嚙んでくれていた彼の口に、ふいに唇を塞がれる。彼の口腔に舌をさし入れて求めているあいだも、彼の指が底からまた快感を与えてきて、それを受け容れた。……わざと感じる触りかたをしてる。意地の悪い指の動きまで滑らかで、丁寧で、淫らなのに誠実さがあって、抵抗させてくれないことが恨めしい。

「また……したくなるっ……」

腰を捩って彼の身体にすりつけた。

「いくらでもしよう」

指が増えて、喘ぎ声が洩れた唇を舐められて舌を吸いあげられる。

「動けなくなるまでして、満足したら、服を着てパンケーキを食べよう」

情熱的に唇をむさぼる最中も、彼の声はやや掠れるだけで正しく綺麗な話しかたをする。

「腹もいっぱいになったら、そのあとはふたりで絵を描く」

「……うん」

「昼にはまた拓人の好きな料理を作るよ。食材がなければ一緒に買い物にいこう」

「ん」とこたえて、彼の後頭部の髪に指をとおす。搔き抱いてキスを続ける。

「今夜は事務所の仕事にいくの」

「……いかない。堀江さんが裕次さんといろって」

きつく抱き返された。

「なら、夕方まで絵の続きを描いたりしてのんびりしよう。夕飯も作るよ。外食してもいい。それで一緒にスタジオへいこう」

「外食するなら、スタジオのそばに、一緒にいきたい店がある」

「なに料理の店？」

「京都《きょうと》のお漬け物を扱ってて、お茶漬けを食べさせてくれる店」

「いいね」

平然と話す彼の指に刺激されて、湧きあがる欲望を抑えきれなくなる。声が切れ切れになる。

「最初はご飯と漬け物を食べて、次は、お茶を入れて、お茶漬けにする。何杯でも食べられる。おいしいよ、裕次さんといきたい」

「うん、いこう」

浴室にはシャワーの湯の澄んだ香りが充満しているのに、彼の首筋に唇をつけると生き物の汗の匂いがした。くちづけて舐めてみると塩っぱい。指には彼の頭皮の温かさが浸透してくる。肌の味も、熱さも、髪の質感も、息づかいも、声も、俺に触ってくれる手のしぐさも、優しさも、欲情して猛《たけ》るようすも、臆病さも、恵裕次という名前の響きと字面も、すべてなにもかも愛おしい。

「指……抜いて、もっかい、挿入れて、」

裕次さんの背を抱き寄せてしがみついて懇願《こんがん》した。彼がいくら俺のなかに想いをそそぎこんでくれようとも、掻きださなければお腹が痛くなってしまう。女性なら命にかえることができるのに。

「拓人」

右耳を口に含んで食べられ、シャワーの音がくぐもった。彼の吐息だけが近い。

ために。

「愛してる」

はっきりと聞こえた。

「俺も、愛してる……裕次さん」

息を吸いながら俺もこたえる。きちんと明晰に。傷つけあうためではなく幸福を分かちあうために。

パンケーキをぶ厚くする料理方法が知りたくて俺も朝食の手伝いをするつもりでいたのに、立てなくなった。

「いいから寝転がってな」

裕次さんは朝日があふれかえるキッチンへ入り、冷蔵庫や棚からなにかとりだしたり、かっかっかっ、と泡立て器を鳴らしたり、ウィーンとハンドミキサーまでつかって豪快になにかをまぜたりして、パンケーキを作っていく。俺は彼の姿をソファに転がって眺めていた。

「裕次さんはすごいね」

「ん？　なにが」

「俺ンちにはハンドミキサーなんてないよ。買おうとも思わない。……生活をつくるのって、人柄なんだね」

ひろいリビングとダイニングと、キッチンを眺める。このシンプルで清潔な空間と、食生活の豊かさをつくりあげて維持していくのも家主の裕次さんだ。そう思うと俺はとても貧相。

「料理は趣味だからなあ。俺もこだわりのない部分は適当だよ」

「たとえば？」

「キッチン以外の場所に物が少ないだろ。本とBlu-rayは仕事柄豊富にあるけど、なんだろうな。写真とかポスターは飾らないし、置物みたいな小物もおみやげでもらう以外増やさないし、洋服も一定数しか持たない。いらなくなったら捨てる。靴や時計を集めたりもしない」

「ああ……そういえば殺風景？　かな。でもごちゃごちゃしてなくてかえって心地いいしな」

「拓人は？」

「俺はやっぱり服とアクセサリーと靴と鞄が部屋圧迫してるな……」

「〝やっぱり〟か」

裕次さんが小さく笑った。

「拓人が越してきてくれたら、この部屋ももっと生活感がでるのかもね」

「え」

甘いパンケーキの香りがただよってくる。裕次さんは俺をうかがって唇だけで苦笑いする。

「生活感っていうか、人間味？」

「え、と……」

こたえようとして口をひらいたのと同時にピンポンとチャイムが鳴った。え、朝六時なのに来客……？

「あー……あいつほんと空気読まないな……」

裕次さんがげんなり肩を落としてインターフォンに『はい』とでる。『いいよ、入れよ』とあっさりむかえいれて、キッチンへ戻っていく。

「え、入れって、」

なに、誰？　と困惑していたら、がさがさ紙袋を揺らして筒井さんが入ってきた。

「おはようございます」

相変わらずの眼鏡とスーツと無表情で九十度に頭をさげる。

「おはようじゃねーよ、もうちょっと遅くこいよ」

裕次さんは雑な言葉づかいで文句を言う。

「遅すぎても拓人君が困るかと思いまして」

へ、俺が？

「拓人君、必要なものを持ってきました。なにか足りなければ言ってください」

「え、どういうことですか？」

「服です」

は？　と面食らった直後に、自分が裕次さんのワイシャツと下着姿のだらしない格好をしているこことに気づいた。慌ててボタンをとめて、しわを整えて、ソファに正座する。

「安心してください、サイズは黒井さんに訊きました。ブランドは恵の指定で、選んできたのは新商品と人気商品すべてです」

「すべてっ？」

「恵のプレゼントなのでお代も気になさらないでください」

「気になりますっ」

どういうこと？　と裕次さんに視線をむけると、フライ返し片手ににっこり微笑んでいる。

「俺の家にきてもらったら拓人の服がないなと思って、昨日筒井に頼んでおいたんだよ」

「一度家に帰ればいいだけの話じゃんっ」

「必要ありません」と制したのは筒井さんだった。

「拓人君はここにいてください。あとでクローゼットにしまっておきますので、今日着る服もお好きに選んでください」

それと、と筒井さんは続けて買い物袋の山のなかから紙袋をひとつとりだし、俺がいるソファの前の机へおく。

「これは絵を描く道具です」

「わー！」

でてきたのは木箱に入った二百色のパステル、百何十色もある色鉛筆の油性と水彩二種類のほか、水彩絵の具一式と、何本もの筆、何種類もの紙、キャンバス、スケッチブックだった。

「筒井さん多すぎですよ！　単なる落書き企画なのに！」

「ぼくは絵に明るくないもので、ないよりはあるほうがいいかなと、すすめてもらったいい品をすべてそろえてきました」

「やりすぎですっ、どうするんですか、元とれないですよこれっ」

海を演ったとき勉強したけど、友だちにも美術系の趣味を持っている奴がいて画材の値段の高さに毎度苦労しているから知っている。こんな高級品の数々とんでもない額に違いない。

「筒井はちょっと頭弱い子だから許してやって」

裕次さんもこっちへきて「描きがいがあるなー」とすずしい顔して眺めている。

「こんなにあっても、どうしたらいいのか……」

テーブルいっぱいにひろがる画材を見ていると、企画自体自分が突発的にひらめいたものだっただけに罪悪感まで湧いてきた。

「元をとるまでふたりでつかってください」

筒井さんが眼鏡の奥の尖った目で俺を見据える。

「なんでもいいと思います。連絡事項をしるしたり、おつかいの食材をメモしたり、写真の裏に愛してると書いたり」

「ちょ、」

「ふたりの生活のなかで、お好きにどうぞ」

ごり押ししてくれるこの強引さが、なにを訴えているのかはわかる。裕次さんを見やると、やっぱりすこし淋しそうに俺の返事を待って微笑んでいる。

「拓人君。これは全部、恵からの六年ぶんの誕生日プレゼントです。受けとってもらわないと困ります」

こんな幸せな負けもない。

「……降参です。わかりました。——ありがとう裕次さん、ここで、この家で、洋服も画材も大事につかっていくよ」

「よしっ」と裕次さんが腰の横で拳を握って小さくガッツポーズをする。若々しい反応に目をまたたいたら、筒井さんは「お願いします」と身を若干つめてきた。

「お願いします拓人君。恵にはあなたが必要なので」

目や頬がほとんど動かないロボットみたいにかたい表情で、こうもまっすぐ断言されると畏縮する。いえ、そんな、と視線をはずして狼狽するも、それも逆効果だった。

「自覚してください。ぼくはこれで肩の荷がおりると思ってます。あなたが恵を捨てた数年間、真面目に面倒くさかった」

「ま、真面目、」

「詳しくはまた追々話していきますが、恵はあなたがいないとティーンエイジャーなんです。酒を呑んで酔えば決まって泣き崩れて、あなたに会いたい会いたいとくり返して、ここへ連れて帰るまでにひどく苦労しました。ああいう目にあうのは二度とゴメンです」

「おい」と裕次さんが筒井さんの頭をはたく。その反動で後頭部の髪が跳ねても、筒井さんはかまわず俺を睨んでいる。

「恵の私生活の面倒はあなたにお願いします。昨夜はどうなるかと思いましたが、お幸せそうでよかった。できればもう恵から離れないでやってください。では服を片づけてきますね」

最後にようやく目もとをほころばせて微笑んだ筒井さんが、身を翻《ひるがえ》して買い物袋を抱え寝室へ運んでいった。……筒井さんも俺たちの関係をこんなに手放しに認めてくれているんだな。

俺も手伝いにいきたくてラグの上に足をついたら、下半身に痛みが走ってうっと息がつまった。

「いいって。座ってな」

裕次さんに腰を抱かれて、ソファへ戻されてしまう。おまけみたいにキスもされる。

「筒井さんに悪いよ、俺の服なのに」

　至近距離で裕次さんが嬉しそうに微笑んだ。

「拓人の世話ならあいつは嬉々としてやるから。むしろやらせてやって」

　額をつけてじゃれてこすられる。

「裕次さんの世話は面倒だって言ってたね」

　鼻から息を抜かして苦笑し、裕次さんは俺の口先を唇でくすぐるようなキスを続ける。

「……まあいいよ。拓人に隠したいことはないから。知りたいことがあれば筒井からなんでも訊きな」

「俺が知らない裕次さん」

「そうだよ、情けない裕次さん」

　笑う裕次さんの唇と声を逃さないように見つめた。

　俺のせいで不幸のどん底にいたあいだの裕次さん。

「……うん。落ちついたら筒井さんに訊いてみる」

　俺の髪を梳いて、裕次さんが「そろそろかな」ともう一度キスをしてからキッチンへ戻った。

　俺もテーブルの上の画材を片づけて食事の準備を整えていると、やがてパンケーキが焼けて、生クリームとフルーツがてっぺんにごっそりトッピングされたぶ厚いパンケーキがテーブルにやってきた。

「めっちゃおいしそう……！」

　バナナにいちごにブルーベリー。オレンジにキウイ。ミントの葉も飾ってある。五センチはある厚いパンケーキのフルーツ盛りは絵本からでてきた、きらきらの夢のケーキみたいだった。

「これこのままお店にならべられるよっ」

「ずいぶん手抜きな店だな。焼いて切ってのせただけだぞ」

「……裕次さん、それ役者は台本憶えてしゃべるだけだ、って言ってるのとおなじだから」

「拓人もできるって」

「そうやってドラマも誘ったよね……」

「できたろ？」

「あれは奇跡だよ」

海じゃなかったら失敗してた。

「うん、否定しない。幸せな奇跡だった」

笑う裕次さんがフォークをくれて、俺もため息まじりに笑んで受けとる。

すると「では帰ります」と筒井さんが戻ってきた。

「おー、サンキューな。おまえも食べてけよ」

裕次さんの誘いを、筒井さんは「いいです」と冷淡に断って帰り支度をする。

「わたしは二十時にはスタジオへむかう予定です。なにかあれば呼んでください」

「ああ、俺らは俺らでいくわ」

「わかってます。くれぐれも気をつけて」

「んー」

俺も「筒井さんありがとうございます」とお礼を投げる。手脚をそろえて一礼でこたえてくれた筒井さんは、裕次さんと一緒に玄関へむかっていった。

しんとしずまるひろいリビングで、ほんのひとときひとりきりになる。裕次さんは筒井さんの前では人格が違うな、とパンケーキを見つめながら思った。俺といるときより幼くて若々しく感じる。ティーンエイジャーだ、と筒井さんはたとえていたけど、俺には単純に気を許しているように見える。

別れていたあいだも筒井さんがかわらずマネージャーを務めていたようだし、仕事中は片時も離れず傍にいて支えている。酒に酔って泣き崩れる裕次さん以外にも、きっといろんな面を知っているんだろうな。全部は無理でもせめて自分が傷つけた彼のことは教えてもらおう。

見つめていた生クリームの端から、ブルーベリーがころんと落ちた。甘いクリームと瑞々《みずみず》しいフルーツとパンケーキの焼けた匂いにごくりと唾を呑んでいたら、「悪い悪い」と裕次さんも帰ってきた。

「じゃあ食べようか」

朝日を受けてにっこり笑顔を浮かべる裕次さんも、俺のむかいに腰かける。

さっき気がついた。彼が腰に巻いているエプロンは、俺がプレゼントしたものだってことに。時間の経過とともにだいぶ色褪せてきているものの、汚れやシミも目立たず、大事につかってくれていたのが見てとれる。

「どうぞ、食べて」

「うん、いただきます」

まずはバナナを食べた。「おいしいっ」と喜んだら、「そのうまさはバナナの力だから」と彼が唇をへの字にまげた。ははは、と笑って次はちゃんとパンケーキにフォークを入れる。

「すごい、外側さくさく」

　水に張った薄氷みたいにぱきぱき割れる。

「そう、そこはこだわり」

　裕次さんも得意げに言う。なかへ切り入っていくと今度は黄色い生地がふわふわに弾んだ。

「やばい、切っただけでよだれでるよこれ」

「おー、生姜鍋にもケーキにも勝ったな」

　パンケーキのこんがり焼けた匂いってどうしてこんなに食欲をそそるんだろ。ひと口サイズに千切ってひとまず生クリームだけ絡めて口に含んだ。とたんに頬の裏に味がしみてあまりのおいしさに顎まできんと痺れる。

「うンまー！」

「よしよし」

「めちゃくちゃおいしいっ。俺、このぐらいのパンとクリームの甘さ好き。フルーツの甘さとちょうどいいバランスだよね。うわもうわけわかんない、うますぎるっ」

　ふた口目はいちごとブルーベリーとパンケーキを刺して、クリームを絡めて食べた。予想どおり甘さがしつこくなくてさっぱりおいしい。朝食としてぴったりの味加減だ。

「ぶ厚さもすごくいいよ……パンケーキをしっかり嚙みしめて味わえる」

　裕次さんは眉をさげて笑っている。

「お菓子ってひくぐらい砂糖入れて作るんだよ。まともに作ったら拓人はすぐ太るだろうな」

「ひくぐらいって具体的には？」

「うーん……パウンドケーキなんかだと俺の拳一個分ぐらい？」

大きな左手をなにげなく握って裕次さんが首を傾げる。

「それ言いすぎでしょっ？」

「ほんとほんと。じゃないと味がつかないんだよ。無味」

「俺チョコチップの入ったパウンドケーキ大好きなんだけどやばくない？」

「やばいな。……そういえばさっき風呂で抱いたとき重たかったかも」

「っ」

噎《む》せそうになった。裕次さんが左手で口を押さえてくっくと笑う。

「……スタイル崩れないように気をつけるよ」

これは俺の決心。


食事を終えると寝室にあるクローゼットへいって、筒井さんがしまってくれた洋服を見た。以前裕次さんと半同棲していたころに俺がよく着ていたブランドと、別れたあと雑誌のインタビューで好きだとこたえたブランドの洋服だった。発売したばかりの夏物の新作が全部ある。好きとはいえ、ワイシャツ一枚一万から二万するクラスのブランドで、仕事を抑えている現在ではなかなか買えない。

裕次さんがこのブランドを知っていてくれたのも、筒井さんがわざわざ買いにいってくれたのも申しわけないぐらい嬉しいけどぞっとした。……いったい、いくらかかったんだろう。訊くのも怖い。裕次さんと自分の金銭感覚には大きな差があるな、と意識がくらりとする。

とりあえず白と青のボーダー柄サマーニットと黒のクロップドパンツに着がえた。サイズもぴったりで、筒井さんは黒井さんに訊いたって言ってたっけ、とふり返る。

もうすぐ八時。まだはやいからメールしようと思い立ってリビングへ戻った。ソファにある鞄からスマホをとって文字を打つ。

『おはよう黒井さん。今日は裕次さんとスタジオへいくことになりました。詳しくはまた午後にでも電話して話すね』

メール画面をとじてスマホを戻そうとしたらぴりりと着信音が鳴りだした。はやい。

『拓人っ！』

なんて声だしてるんだ、っていうひきつった大声。寝ぼけてるな。

「うん、おはよう」

『恵さんといくの？　筒井さんの車？』

「裕次さんの車かな。八時から九時にはスタジオに入るね」

『八時から九時……わかった。……拓人、恵さんとのことは……その……訊いてもいい？』

怯えた遠慮がちな物言いに苦笑いして、足もとの陽光に照るフローリングを見た。俺を想い続けてくれたのは裕次さんだけじゃなくてこの人もだ。また俺たちふたりを会わせたかった、と言ってラジオの企画を考えてくれた黒井さん。

「もちろん報告するつもりだったよ。これからはずっと一緒にいたいと思ってる」

『うぁああっ……やった……よかったっ……！』

声がくぐもって遠退《とおの》く。どういう状態かは謎ながら、喜んでくれているのは伝わってくる。

男同士で芸能人同士の関係を心から祝福してくれる、この本来ならありえない想いと優しさも今後はきちんと受けとめていきたい。

「まだ裕次さんと相談して決めたいこともあるけど、全部定まったら堀江さんにも報告にいくから」

『俺もつき添うよ、なんにも不安にならなくていいからねっ』

「うん、ありがとう」

『拓人は真面目に考えすぎるところがあるよ。相談っていうのも、ふたりのことはふたりで決めるべきだけど、あんまり、その、自分たちを追いつめないで。幸せになることだけ考えて』

「うん、ありがとうね。悩む方向を間違えないようにする。――このあと裕次さんとラジオのための絵を描くよ。ほら、俺が勝手にさ、いきなり決めた企画の。筒井さんがめっちゃ高価な画材買ってきてくれてやばいんだ、焦る。頑張って描くから黒井さんも完成楽しみにしてて」

『うん、うんっ……』

洟《はな》をすすっている黒井さんにびっくりした。「泣くなよー」と笑うと、黒井さんも笑う。

裕次さんと別れたとき、俺をスカウトしたことにまで罪悪感を抱いてくれた人だからな……。苦しめ続けていたんだ、俺は。黒井さんのことも。

「じゃあ、ひとまずまたあとでね」

『うん、またスタジオで。恵さんにもよろしく伝えてね。運転気をつけてって』

「はいはい」

通話を切ってスマホをおろす。

モデルの仕事で海ばかり求められて葛藤していたころは、黒井さんにかなり迷惑をかけた。

──なるべく拓人自身の魅力をひきだせる仕事探すから。悩まなくていいよ、海だけが拓人のよさじゃないもんね、そんなの俺が一番よくわかってる。俺も拓人をもっとたくさんの人に知ってもらいたい。一緒に頑張ろう。

海を求められてなんで不快感を覚えるのかわからなかったし、わからないことにも苛立っていた。それで荒れる俺を黒井さんは否定せず、傷つけずに、慈愛をそそいで守り続けてくれた。だからなのか俺も黒井さんを哀しませたくなくて、モデルを辞めるか否か懊悩していたことは言えずじまいだった。

──黙っていいよ。知ったら黒井君倒れちゃうから。

堀江さんはそんな俺を許してくれる。

──黒井君にはぼくが然《しか》るべきときに言う。拓人はできる仕事だけやってなさい。

みんな俺を優しく撫でて大事に大事にしてくれる。いわば甘い毒だ。その毒に酔って甘えきっているだろ、と叱ってくれたのは裕次さんだった。

──結局どうなりたいんだおまえは。海になりたくないけど海の理解者でいたくて？　モデルは辞めたくて？　違うだろ。本当はおまえも死を選んだ海が疎ましいんだろ。前だけ見て生きてた自分をとり戻して、その自分を認めてほしくて燻ってるだけだ。おまえのまわりのおまえが信頼してる奴らはどうしてこんな簡単なことを指摘してやれないんだ？

芝居も料理も絵もそうで、裕次さんが〝作品〟をつくるために生まれて、生き続けてきた人だからできた叱責《しっせき》だったんだと思う。

「拓人、着がえたのか？」

「あ、うん」

洗濯をしていた裕次さんも戻ってきた。俺はソファから立って、腕をひろげて服を見せる。

「ありがとう、全部好みの服で嬉しかった。大事に着るね」

裕次さんが近づいてきて俺の腰を両腕で囲い、キスをしてからやんわり抱いてくれる。服と俺を痛めつけないためのような優しい抱きかた。

「似合ってるよ。……幸せすぎて言葉にならない」

裕次さんの腕の輪のなかで安心して、俺も彼の肩に頭をつけて寄り添う。

「次はふたりで買い物にいこう。一緒に選んでプレゼントしたいから」

「俺も裕次さんになにかプレゼントする」

「嬉しいけど服以外にしてほしいな。アニメキャラみたいに毎日それ着ることになる」

ははは、とふたりで笑った。

「じゃあそろそろ絵、描こうか。二階のベランダにいく？　いまテーブルセットおいて、ガーデニングも始めたんだよ」

「すごい」

「さっきパンケーキに飾ったミントもうちでつくったんだ」

見たい、と興味をそそられたものの、ベランダはたしか近所にまる見えだったはず。

「……いきたいけど、室内のほうがいいんじゃないかな」

「なんで？」

話す裕次さんの声が、彼の肩につけている自分の頭にまで響く。

「拓人は家にいても人目が怖い……？」

淋しげな声音になった。後頭部を彼の掌に覆われる。

「裕次さん……キスするでしょ」

「ン？」

「ナチュラルに五分に一回レベルでするから。気をつけるに越したことないと思う」

両腕でぎちぎちに抱きしめられて「こいつっ……」と笑いながら舌で耳の奥を嬲ってくすぐられた。俺も肩を竦めて口のなかで笑う。

「なら、家を建てよう」

「は？」

いいことをひらめいた、みたいに満面の笑みをひろげた裕次さんが、俺の手をひいてテーブルの横に座るよううながす。ならんで座って、筒井さんが買ってきてくれたスケッチブックをひらくと、彼は色鉛筆セットから焦茶色を一本とって真っ白な一ページ目に線をひいた。

「小さな公園みたいな庭をつくるんだよ。で、たしか中庭は運気を逃がすって聞いたことあるから、この庭を家全体の端っこに配置して、囲うように廊下と部屋を配置する。カウンターキッチンとダイニング、リビングは庭のそばにつくって、ガラス戸越しに木々や花を眺めながら食事したり休憩したりできるようにしよう。寝室はここ、部屋はやっぱりおたがいひとつずつあったほうがいいだろうから、ここらへんかな」

色鉛筆で四角く描かれた部屋が増えていくのを見て、えっ、と仰天した。

「待って待って、部屋はひとつずつって、もしかして俺の部屋もあるの……？」

え、と裕次さんも俺を見返して停止する。

「そりゃあるよ。一緒に暮らすんだろ？　拓人もここにいるって言ってくれたじゃないか」

「や、そういうつもりじゃなかった。裕次さんの家に遊びにくる、って意味で言ったんだよ。たまにここにきて、プレゼントしてもらった服もそのとき着るって……」

見つめあって沈黙がおりる。

「一緒に暮らそう」

裕次さんはきっぱり言った。目をつりあげて、叱るときとおなじ怖い表情をしている。

裕次さんと一緒に暮らす。

「……俺ね裕次さん。あとでまたちゃんと相談しようと思ってたんだけど、仕事のことも一晩考えたんだよ」

「……うん」と、彼が相づちをうつ。小さくてささやかなのに強い思慕を感じる相づちだった。

俺も姿勢を正して彼を見る。

「家のために渋々始めた気でいたけど嫌いなわけじゃなかった。服ひとつで大人っぽくなれたり格好よくなれたりしてがらっと変身できるのも、ポージングや表情を工夫して自分の魅力をひきだす研究をするのも、商品の評判で評価が返ってくるのも嬉しくてやりがい感じたよ」

「うん」

「裕次さんと会えたことも幸せだった」

「拓人、」と不安そうに腕を摑まれて、笑って首をふった。

「思ったんだ。このまま辞めたら〝海のせいにして逃げた〟って思いだけ一生残って、モデル時代の楽しかったことも裕次さんとの想い出も汚しておしまいにすることになるって。とり返しのつかない人生の汚点にしちゃう。裕次さんに昨日叱ってもらって、それは嫌だと思った。だからもう一度、ここから新しい自分を探してみたい。それには裕次さんが必要だよ」

「うん」

「ひとりで道を拓けるように頑張るけど、俺がまたばかな方向に落ちこんだり悩んだりしたら叱ってほしい。作品づくりの大先輩の、裕次さんにしかできないことだから」

　自分の脆弱《ぜいじゃく》さを海たちのせいにして、逃げて、全部穢《けが》すところだった。そんなうじうじした過去にしたくない。海とふたりで、岡崎さんと裕次さんに恋した想いも、海と一緒に苦しんだ時間も、裕次さんが俺に綺麗なものをたくさんくれた想い出も。

「わかった」

　裕次さんが俺を抱いて、背中をぽんぽん叩いてくれる。

「……嬉しいよ。これ、って決めたらおまえは本当に格好いいな、惚れ惚れする。俺にできることがあるなら力になるよ。独占できないのはちょっと残念だけど、モデルの拓人を見守っていられるのもやっぱり嬉しい。おたがいに支えあっていこう」

　俺も裕次さんの腰に手をまわして「うん」とうなずいた。

「でも裕次さん、だから同居は慎重にするべきだと思う。俺はモデルとラジオの仕事中心で、またドラマにでたりする気はないけど、一般人じゃない以上、裕次さんの足をひっぱりかねないよ」

拓人、と裕次さんが身体を離して再び俺を睨み据えた。

「逃げるのはやめよう」

「うん、わかってる。逃げじゃない、対策を立てたいんだよ。同居してそれがばれたら、昔みたいに宣伝活動って言いわけはできない。友だちですっていうのも限界があるんじゃないかな。せめて俺のモデルの賞味期限が切れて辞めるまでは、表むき友だちでいるほうが、」

「俺は拓人といたい」

一瞬、裕次さんが子どもみたいに見えて瞠目した。

「……いるよ、会いにくる。けど、もしゲイだのバイだのってスクープされたら仕事に影響がでるかもしれないんだよ。裕次さんの才能に拘《かか》わらず恋愛作品もきづらくなるかもしれない」

「ラブストーリーはもう減ってるって言ったろ」

「いま以上にだよ。現場にいけば役者とかスタッフに〝女性相手でいいんですか恵さん〟って卑しい顔して嗤われるかもしれない。芝居が嘘くさいって、ばかげた批判にだってあうかも」

「それもどうでもいいって六年前も言った」

「俺は我慢させるのが辛い」

「そこで辛いと思うなよ、俺が耐えるのを一緒に耐えてくれよ、おまえだって自分が非難されるのは辛くもなんともないだろ？」

憤怒と焦燥に尖る裕次さんの表情に胸が痛くなって、愛しくなって、裕次さんを愛し抜いて未来で彼に降る不幸をすべてふりはらって守りたくなって掻き抱いた。キスをする。狂おしく嚙みついて舌を吸う。裕次さんも俺を嚙む。

髪を掻きまわして舌を搦《から》めて、思う存分おたがいを味わって昂奮が冷めてきてから、平静をとり戻してゆっくり口を離した。

「……裕次さんが言いたいことはわかる。裕次さんが我慢してくれることに罪悪感を持つのもやめるよ。我慢してくれてるぶん、幸せにする努力をする。めいっぱい大事にする」

うん、と嬉しそうに、裕次さんが俺の口先にまた小さくキスをする。

「だけどね、浮かれて自分から我慢する状況をつくるのは子どもでしょ。中学生のすること」

今度はがっくり肩を落として唇をまげた。

「中学生に戻らせてくれ……外を一切遮断した新居を建てるから」

「……ずいぶん経済力のある中学生だね」

「一緒に暮らそう拓人。六年待ったんだ、もう離れたくない」

抱きしめられて、右肩に顔をこすりつけて甘えて懇願された。想いを受けとめるために俺も彼の背中を強く抱く。

「離れないってば。でも金銭的に裕次さんに頼りきるの嫌だから、そのためにも仕事立てなおしていきたいし、母親にも引っ越すこと説明しないといけないし。ゆっくり堅実にすすめていこうよ」

俺を抱いたまま微動だにせずに黙っていた彼が、「……聞いてないよ」と小声で呟いた。

「え？」

「拒絶ばっかりで、拓人が結局俺とどうしたいのかちゃんと聞いてない」

拗ねた声と主張がたまらなくて、さらに強く裕次さんを抱き寄せた。

「うん、ごめんね。俺も裕次さんと一緒にいたいよ、同棲したい。……裕次さんは撮影に入ったら生活が不規則になったり、家を長期間留守にしたりするでしょ。きっとさ、同居しててもすれ違うはずだもん、別々に暮らしてたらほとんど遠恋と変わらないだろうから当然淋しい。いまはもう一秒でも長く一緒にいたい。本心ではちゃんとそう想ってる」

想いをこめて一心に抱きしめた。そうだよね、正しいと思うことばっかり言ってちゃ駄目だ。大人ぶらないで、ガキっぽく〝好きでしかたないんだよ〟って事実だって伝えないと。

「六年ぶん、俺も裕次さんとなんにも考えないで四六時中いちゃいちゃしてたい。好き！」

「あー……俺今日のために生きてきたんだな……」

しみじみ息をつく裕次さんと笑いあって、おたがいを抱きしめあった。髪をやわやわ梳かれて気持ちよくて、彼に身を委ねて目をとじる。

「拓人の言うとおり、撮影に入ったら身動きとれなくなるんだよな……。しかたない、同棲は新居の建設計画立てながらすすめていこう。そのあいだは俺も会いにいくよ。拓人もうちに好きに出入りしていいから」

「うん。俺も仕事頑張りながら会いにくるね」

長いあいだ抑えていたモデルの仕事を、ここから改めて軌道に乗せるのだって容易じゃない。ラジオの仕事とともに頑張って、裕次さんとの未来を見据えながら収入も安定させていきたい。新居のお金もできる限りだしたいしな。母さんにはどう説明すべきか……。

「じゃあ絵を描こうか」

ほがらかな裕次さんの一声を合図に、身体を離しておたがいを見つめた。

「うん」

大丈夫。なにがあってももう間違わない。

ふたりで画材を選んで、俺は色鉛筆とクレパス、裕次さんは水彩絵の具をつかってそれぞれスケッチブックに絵を描いた。「美術の授業みたいだよね」と笑う裕次さんの言葉に俺も同意する。絵を描いて集中しながら、弾む無駄話。

『白の傷跡』がテーマということで、俺は岡崎が好きな食パンとトマトジュースを描くことにした。裕次さんのスケッチブックを覗きこむと、なにやら風景を描いている。「どこを描いてるの？」と訊くと、「だめ。完成までのお楽しみ」と隠すふりをして笑う。むかいあって座っているうえに裕次さんは絵の具をつかっているから隠してたってちょっと見えるのに。

「拓人は美術の授業好きだった？」

「うーん……俺はそっち系は苦手だったかな」

「好きな科目は？」

「体育と給食」

「給食は授業じゃないだろ」とお決まりのつっこみをもらってへらへら笑う。

「裕次さんは？　好きな科目」

「ないな」

「ぶっ」

「大人になってから興味が湧いたよな……歴史とか美術とか科学とか、家庭科とか？」

「あー、なるほど～……」

俺も学生のころはそもそも拘束されるのが苦手で、勉強は全部嫌々やってたな。

「それ裕次さんとおなじかも。やれって強制されるものより、自分からやりたいと思うもののほうが熱中するよね。俺修学旅行で京都と九州《きゅうしゅう》にいったけど、どっちもいまいったほうが勉強を楽しめるだろうなって思うもん」

「じゃあいくか」

絵の具のチューブの蓋をねじってあけながら裕次さんが誘う。裕次さんはいつでも、すぐに簡単に約束をくれる。

「うん、いく」

俺ももう嘘で繕わずに応える。

「夏は撮影で忙しいから秋にいこう。京都の紅葉はきっといい」

「紅葉か……」

お寺と紅葉、旅館に温泉、湯豆腐とハモしゃぶと茶そば、千枚漬け八つ橋わらび餅……。

「楽しみすぎて狂いそう……」

「拓人、食うこと考えてるだろ」

「っ、それ以外も考えてるよっ」

「いま妄想よだれ垂らしてたの見えたしな～」

「く……じゃあ裕次さんはなにが楽しみなのさ」

「拓人の浴衣」

「えろいことじゃんっ」

「心外だなあ、モデルさんの浴衣の着こなしが純粋に楽しみなだけだろー？」

「にやけてるし」

ン〜、と唸って水色の色鉛筆をしまい、赤色をとる。トマトの色を塗る。

そういえば浴衣のことは六年前にも言ってたな。まあでも、俺も裕次さんの浴衣楽しみかも。

この肩幅と腰つきと手脚の長さに浴衣を身につけたシルエットは、きっとどこの誰より美しい。

想像するだけでうっとりする。

「裕次さんのほうがモデルの仕事あいそうだよね」

「は？」

「雑誌の記事で撮りおろし写真があるときも格好いいから。ゆったりしたセーターとパンツ姿でモノクロ写真のやつあったでしょ。あれめっちゃ格好よかった」

二年ほど前、恵裕次特集でロングインタビューが掲載された記事だ。背景が真っ白な空間に、裕次さんが立っていたり椅子に座っていたりするシンプルでシックな写真が数点載っていた。ポケットに手を入れてうつむき加減に微笑んでいる横顔、瞼を伏せて佇む静謐《せいひつかん》感あるアップ、椅子に座って長い脚を投げだすリラックスした姿、ななめうしろからの肩と腕、そのライン。

「俺は写真は苦手だよ」

「芝居を撮影されるのは平気なのに？」

「芝居と、ああいう自分の記事はべつなの。芝居をとおして役の人間を見てほしいんであって俺を知ってほしいわけじゃないから、役の写真を撮らせろってことなら喜んでって感じかな」

俺と真逆だ。

「俺は個人的に、芝居をするうえで役者本人の個性は邪魔だと思ってるからね。岡崎にしたって、俺が恵まれて育って家族愛に不自由しなかったたっていう違いがばれてるのはどうなんだろうと思うしな」

「どうって?」

「たとえば重たいシーンも〝でもおまえの両親は離婚してないだろ〟〝親の愛情を知ってるんだろ〟って視聴者を現実にひき戻す余地をつくることになるだろ。こっちの事情を謎にしておけば、みんな物語だけに酔っていられる。だからインタビューで自分のことをべらべら話すのも本当は嫌だし、恵裕次の写真を撮るのも苦手。素っ裸にされてる気分で恥ずかしいしなあ」

素っ裸か……とうなずく。裕次さんには俳優としての信念や考えがあって、聞けば聞くほど生まれながらの役者なんだと思い知る。

「自分を魅《み》せる才能がある拓人を尊敬する」

裕次さんが筆を動かす手をとめて俺の目を見据え、激励をくれた。

彼の姿勢を間近で見て、聞いていると、結局のところ俺は役者じゃなくてモデルなんだとも思えた。

俺はカメラをむけられた瞬間、自在に自分の魅力をひきだして、操作して、表現しながら、服や商品のよさを訴えるのが好きだ。承認欲求はないからプライベートを知られたくないのは裕次さんとおなじだけど、俺たちそれぞれが得意とする表現方法や、つくりたい作品は違う。

そして俺は役者としては、海だけでいたい。

「裕次さんが俳優を目指したきっかけってなんだったの？」

出会ったときから〝俳優でいるのが当然の人〟という意識を持っていたから、こんな大事なこともいままで訊こうとしなかった。

「高校のとき演劇部に誘われて入ったのがきっかけだよ」

「そうなの？　なにか映画を観て感動して、とかじゃないんだ」

「芝居する楽しさを知ったのが先だったな。憧れの俳優はそのあとにたくさんできたね」

ああ……誰の影響もなく自分の身体で、本能で、芝居の魅力を見つけていたわけか。

「……俺、やっぱり裕次さんが好きだな」

こみあげた想いをあふれたままこぼしたら、はは、と笑われた。

「なんか好感度アップしたっぽい？」

「うん……格好よすぎてとほほだよ。お手あげ」

「やったー」

三十九歳の〝やったー〟も狡《ずる》すぎて途方に暮れる。

「俺は拓人に殺《や》られ続けてるけどね。拓人のまっすぐな性格が眩しくて大好きだよ」

「ゆがみまくってるところ見せたのに」

「ゆがんじゃいないよ。他人が望まなかろうが、拓人は自分の思いにいつも猪突猛進《ちょとつもうしん》するだろ。ひっぱたいてしつこく言い聞かせないとこっちをむかない。それが正義だろうと悪だろうと、俺はかまわないんだよ。翻弄されるのも結局は幸せなの」

「話を聞かないばかなだけじゃん」

「暴走機関車だよねえ……それが憎たらしくて可愛くてしかたない」

「……裕次さんはマゾだ」

濃く塗りすぎたトマトの赤色を消しゴムで消す。裕次さんの想いが嬉しくて、いたたまれなくて、喜ぶな俺、と苛ついたら拗ねた非難になった。裕次さんは楽しそうに笑っている。

「恋愛に溺《おぼ》れる奴なんてみんなマゾでしょ」

……じゃあ俺はマゾな暴走機関車ってことになる。

「拓人はスカウトからかもしれないけど、俺は拓人の天職はモデルだと思うよ」

「そうかな」

「写真も映像も、拓人がいると見入って意識奪われて、時間が一瞬で過ぎるんだよ。視線のながしかたとか、睫毛と唇の動き、指のしなやかさ、髪の揺れかた、ひとつひとつが魅力的でまばたきも忘れて見てる。カメラにも好かれてるんだろうな」

真剣に色を塗りながらも、裕次さんはどこかうっとりした声で言う。

真昼に近づいて淡く軽くなった日ざしが、俺たちのスケッチブックにななめにさしていた。白いスケッチブックに反射する陽光が、幸せそうに微笑む裕次さんの頰も照らしている。

「……ありがとう。俺と裕次さんは、会う前から自分たちの〝作品〟を好きだったってことだよね」

「拓人が興味あったのは俺の身体だけだろ」

「裕次さんは身体こみで芸術でしょ」

手をとめた裕次さんが目を細めて不満を訴えてきて、俺が吹くと彼も笑った。

「でも拓人のラジオも好きなんだよ。拓人はリスナーに対して礼儀正しくて、番組の雰囲気もゆったりしてるから、深夜に仕事疲れて帰ってきて聴いてると癒やされる」

褒められすぎると、どんな顔をして受けとめればいいのかわからなくなってくる。

「ありがとう……裕次さんにずっと聴いててもらえたのが本当に嬉しいよ。飯田さんも俺の話しかたは深夜にむいてるって褒めてくれるんだよね。なんだろう、声質なのかな」

「拓人、俺飯田さんに妬《や》いてるからね」

「は？」

え、妬……？

「飯田さんは妻子持ちだよ」

「お父さんは面倒見もいいんだろうな。拓人もあからさまに懐いてるもんなあ」

裕次さんを見返して、俺も色鉛筆を持つ手をとめていた。

「……なにその顔」

指摘されて、自分の口がぽかんとあいているのに気づく。

「……裕次さんも、こんな、力いっぱい嫉妬するんだなと思って」

「するさ」

「裕次さんがフラれるとか浮気されるとかってこと俺のなかにないから、嫉妬って、宇宙人語聞いてる気分になる」

「宇宙人語？」

「この人なに言ってるんだ、日本語かな？　みたいな」

嫉妬。嫉妬って……裕次さんが持つ必要のない感情トップ3に入るだろ。

「そう言う拓人に俺は一回捨てられてるんだからな。バツイチだし、飯田さんと俺とどっちが立派な人間かは明白じゃないか」

「飯田さんはともかく、結婚と子どもは立派の基準にならないよ。裕次さん好きになったあと、結婚も子どもも自分はあげられないってことやっぱ悩んだけどさ、いまはそう思う」

「まあ、子どもつくって虐待する親もいるしな」

「うん。立派って、自分以外の人たちもきちんと幸せにできる人のことだよ。たくさんの人を感動させて幸せにしてる裕次さんは、俺にはとんでもなく素敵な人だよ」

あと、と小声で続ける。

「抱かれたいって想うのは裕次さんだけだから。身体の好みもこみで」

頬杖をついた裕次さんの目がじとっと据わる。

「最後は絶対身体だよなー……」

またふたりで笑いあった。

「丹下さんもなんだかんだでいい人だしな」

パレットの青色を筆で掬って、裕次さんが続ける。

「あー……うん。苦労かけてるなとは思う」

「ん？　なにその歯切れ悪い感じ」

トマトに立体感をだすため、輪郭を縁どって濃く塗り、真んなかあたりは薄く塗っていく。

そうしつつ、丹下さんに出会ってラジオ番組を続けてきた今日までのことをふり返る。

「なんていうか……ラジオ始めたのって黒井さんが提案してくれたからで、たぶん丹下さんは俺のことよく知らないのに嫌々ひき受けてくれた感じなんだよね。会う前に昔の雑誌のインタビューとか見て調べてくれてたらしいんだけど、いまの俺と全然違うからがっかりさせたっぽくて〝昔がいい昔がいい〟って言われ続けてて……俺も最初のころは自分らしさに敏感になってたせいか、ちょっと偏屈な態度とったまま三年経っちゃってさ」

こんな子どもみたいな接しかた駄目だ、と反省して感謝のみでむきあおうとしても、丹下さんに再び〝昔のおまえはよかった〟と説教されて堂々めぐりっていう悪循環を断てず、ずるずる時間だけ経過してしまった。いまではこの微妙な壁をどう崩せばいいのかもわからない。

「ごめんね、なんか」

裕次さんにもまだ今日明日の二日一緒に仕事してもらうのに、うち明けるべきじゃなかった。甘えたな、と内心で後悔しながら笑ったら崩れた苦笑いになった。

「へえ、拓人はそんなふうに思ってるんだ」

「うん……」

「俺は丹下さんが拓人にオファーしたって聞いてるよ」

「え」

「昨日みんなと話してたときそんなこと言ってた。もともと奥さんが『白の傷跡』を観てて、自分も観てみたら五分もしないうちに拓人に興味持ったんだって。でも完璧に惚れたのは当時拓人が載ってた雑誌らしいよ。飾らない等身大の高校生って感じが新鮮でよかった、って鼻息荒くしてふんふん興奮しながら話してたな」

「嘘」

「ほんとほんと。やばかった、あれただのファンだよ。拓人の魅力は性格にもあるから、ラジオでしゃべらせたら人気がでるって踏んで、粘り強く何回もオファーしてたんだって」

そんな話、一度も聞いたことない。

俺の性格に魅力？　しゃべりに期待してくれていた……？　いや、そもそも黒井さんの努力のたまもので得た仕事じゃなかったっていうのか？　粘り強くオファーってなに。わけがわからない、丹下さんに好いてもらっていたなんて全然納得できない、まるで意味がわからない。

自分が見てきた世界が一変する。

「……まさか、それで丹下さんは昔の俺になれって言ってくれてた……？」

「そうじゃない？　バラエティ番組なんかで活躍するモデルは近ごろ個性的な子も増えたろ。拓人のこともああいうふうにラジオから出世させたかったみたいだよ」

嘘だろ、そんなの罪悪感が増しまくって本気で困る。

「俺、丹下さんのことといかにも業界人だなと思ってた。プライド高くて腹黒い、みたいな」

「はは、たしかにその雰囲気はあるな」

番組を面白くするために努力はしてきたつもりだ。でも自分に期待と夢を抱いてくれていた人に、俺は卑屈でつまらない面ばかり見せ続けてしまったのか。おまけに偏見を持って、本当の人柄を知ろうともしていなかったなんて。

「あー……やばい、罪悪感きつい」

頭を抱えた。

「こんなんありか……みんないい人だなんて」

「ははは」と裕次さんの笑い声が降ってくる。

「やー、丹下さんは全然気にしてなかったぞ。いまはいまで可愛いとは言ってた。懐かない猫はたまらん的な」

「俺そこまでツンデレ？」

「丹下さんにとってはそうなんじゃない？」

うな垂れて恥じ入る。

「……俺ほんと仕事頑張る。モデルもラジオもこっからいままで以上にガチでやって、世話になってる人たちに恩返ししていく。この六年間ありえない、とり返していく」

うつむく頭をなだめるようにぽんぽん叩かれた。

「そうやってぎらぎら輝いてるおまえを、俺たちは見ていたいんだよ」

優しい声だった。見返さなくてもどんな表情で見守ってくれているのかわかる。いまやっと裕次さんや丹下さんたちが言う俺らしさを見つけられた気がした。あのころみたいに胸がざわつくから。やりたい、やってやる、じっとしていられない、走りだしたい、絶対結果をだして応援してくれる人たちに、支えてくれる人たちに、感謝を返していきたい、と腹の底から熱が湧きあがってくるから。この感情には十七歳のころの自分とか昔とかいまとか関係なかった。俺自身が情熱を持つこと、生きることに怠惰《たいだ》にならないことが、ただ単純に大事だったんだ。

「頑張る」

顔をあげると、裕次さんが幸せそうに微笑んでいた。そこにいてくれた。

午後、裕次さんが作ってくれたサンドウィッチを食べたあと、一緒に昼寝することにした。

朝がはやすぎたから仕事のためにすこし寝よう、ラジオが終わったら拓人を連れていきたいところもあるんだよ、と誘ってくれた裕次さんは、俺を胸のなかに抱いて、眠りに落ちるまで俺の後頭部の髪を梳き続けた。とさ、と自分の頭から手が落ちる瞬間、彼が眠ったのを知る。昔一緒にいたころも、裕次さんは必ずこうやって眠っていた。掌の動きが気になって、俺はいつもだいたい彼の意識が途切れるまで、目をとじて大きな手指のしぐさを見つめることになる。煩わしさも幸福なんだと、教えてくれたのはこの人だった。

目が覚めたのは、テレビの音が耳に入ってきて、ゆるい意識で手繰っているうちに、それが自分と裕次さんの声だと気づいたときだった。ひどい声で号泣《ごうきゅう》している俺と、なだめてくれる裕次さん。『白の傷跡』で岡崎が海に、もう耐えなくていいんだよ、逃げておいで海、と同棲を切りだして、海の父親に告げにいく場面だ。

息子を連れていくなら父親の自分を養え、と息巻く父親に、岡崎さんは、海君をください、と頭をさげ続ける。そして殴って蹴られながら、俺に微笑みかけてくれる。俺のために傷つくことも幸福なんだと、教えてくれる。

裕次さんは俺の横で、ベッドに腰かけてその場面を観ていた。日が暮れて薄暗くなっていた室内で煌々《こうこう》とひろがるテレビの光が、彼の横顔の瞳のなかでも星になって大小に変容する。

海といたこのころ、この人が傷つくことはほんの小さなひっかき傷でさえ辛かった。罪悪でしかなかった。この人が幸福だという困難の多い未来が、俺には地獄同然の不幸だった。

一緒にいると決めたいまでも、これが正しかったのかどうかは判然としない。

自分のために傷ついてくれる彼を、今後本当にきちんと癒やし続けていけるのか、苦しさが軋轢《あつれき》を生んでおたがいを苛んでしまわないか、愛情が憎悪に変わってしまわないか、考えれば不安はいくらでも増していく。見えない未来を一心に信じられるほど若くもない。でも正しかったのかどうかは、死ぬときにしか答えのでない選択なんだろう。ただどうなろうとも、この人がくれた想いや記憶を恨んだり憎んだり、不要だったと思ったりする日はこないとわかるから後悔はない。

嫌いだ、って言われる日がきても、嫌いだ、って言うときがきても絶対〝いま〟を汚さない。綺麗で温かい想い出のまま感謝し続ける。

まだ俺が目を覚ましていることに気づかない裕次さんの腰に腕をまわしてすり寄ると、ん、と彼も小さな声で反応して、俺の頭に手をおいた。ワイシャツの生地のやわらかさ、彼の匂い、腰のかたちとかたさ、夕方の部屋のしずけさと色あい。自分の頭から背中に移動して、優しくさすってくれる掌の温度。

『白の傷跡』最終回の明日は、岡崎が指輪を買って家へ帰る。海が待っていると信じてふたりだけの結婚式をするために。海が実家の風呂場で自害しているのも知らずに。

そろそろ仕事へいこうか、と裕次さんが言うまでと決めて、もう一度俺は目をとじる。

生きて――海が遺した言葉を心のなかでくり返す。生きて。

裕次さんに紹介したお漬け物屋さんは大好評だった。

お味噌汁から始まって最後にお漬け物とご飯がそろうと、まずはそれぞれのお漬け物をご飯で味わって、次にお茶を足してお茶漬けを堪能する。「やっぱり日本人はご飯と漬け物だな」と喜んでくれる裕次さんとふたりで、ご飯をおかわりして夕飯をしっかり食べた。

そしてお腹を満たしたあとは裕次さんが運転してくれる車でスタジオへ移動し、仕事モードに切りかえて打ちあわせに入った。内容が変わらないぶん、ながれ確認のあとは雑談になる。

「ごめんなさい、ひとついいですか」

「なんだ拓人」

丹下さんにうながされて、席を立って頭をさげる。

「昨日はすみませんでした。ひとりだったら、あの場を繋いでいけなかったかもしれません。裕次さんに頼ってしまったのはやっぱり甘えがあったからだと思います。パーソナリティーとして改めて責任持ってやっていきますので、よろしくお願いします」

丹下さんと飯田さん、越野さんと佐野さん、裕次さんに筒井さんと黒井さんほか、スタッフみんなの目を見て頭をさげた。

「は？　どーしたおまえ」

とたんに笑いだした丹下さんの横で、飯田さんが「佐野、あれちょうだい」とプリントの束を受けとり、俺の前におく。

「拓人が立ちなおれたんなら俺たちは安心だよ。そんなことより世間が話題にしてくれてるのは、恵さんと拓人が日に日に本物の恋人同士みたいになっていくってとこだしね」

「本物の？」

「SNSもネットニュースも、リスナーからのファックスとメールも」

これね、と見せてくれたのはリスナーの声だった。裕次さんも隣から俺に身を寄せてきて、一緒に眺める。

『昨日のラジオ楽しかったです。ベッドシーンもふたりが心をこめてやっていたのが伝わってきて、いやらしい目で見られなくなりました』

『たしかに恵さんと拓人君が恥ずかしがったり面白がったりして演じていたら、あのベッドシーンはなかったと思います。ふたりの想いの真剣さがドラマに反映されていたんですね』

『拓人君がべつの俳優さんと恋人役するのを想像して嫉妬しちゃう恵さんが可愛いです』

『わたしも拓人君は恵さんの恋人でいてほしい！』

「なにこれ恥ずかしいんですけどっ」

スタッフ全員が吹いて大笑いになった。みんなの晴れやかな顔を見ていると、海への意見に関したいざこざが遠離《とおざか》っているのを感じる。もしかしたらこういう声をもっとたくさん見聞きしたから、かもしれない。隣で裕次さんも「可愛いって言われちゃったー」と笑っている。

「このドラマのテーマは軽々しく扱えるものじゃないからな、恵さんと拓人にはバランスよく真面目で楽しい番組をつくってほしいんだよ。LGBT《エルジービーティー》って放送当時よりいまのほうが注目されてるだろ。失言したらそれこそ抗議で潰れかねない。拓人だからまかせてるんだからな？」

にやつきながらも、丹下さんが褒めてなだめてくれるから当惑する。

「……はい。丹下さんの期待にも応えられるように努力していきます」

「おー？　珍しく拓人がかわいーぞ」

からかわれて、スタッフの笑い声もさらに大きくなった。「もー」と羞恥《しゅうち》を耐えて怒る。

『恵さんと拓人君のベッドシーン大好きです』

『ラジオを聴いていると、ふたりが岡崎と海だったからドラマを好きになれたんだなって思いました』

手もとにある声を読み続けた。

『「白の傷跡」はドラマだから綺麗事だと思う人もいるんでしょうね。でもわたしは綺麗事でいいです。海が亡くなったあと、カレシに会いたくなって電話したのがいい想い出です』

『ラジオは本当は怖かったです。わたしにとって岡崎さんと海君は救いで、とくに海君のおかげでいま生きているので、演じたおふたりが他人事みたいにちゃかした態度でふたりのことを話したらショックを受けるって思っていたからです。でも聴いてよかったです。毎日楽しみです。岡崎さんと海君を演じてくれたのがおふたりでよかったです』

きっと好意的な声ばかりを集めたプリントなんだろう。あるいは深夜の企画ラジオまでつきあってくれるのは、こういう人たちってことなんだ。人間は十人十色、絶賛だけ百集まる作品なんてないはずだから。それでもとても嬉しかった。自分たちが心をこめてつくったドラマに、おなじように心を寄せてくれる人も、現実に存在しているってことが。

この人たちは、同性愛をとっくに受け容れている。岡崎と海の苦悩を優しく見つめている。ドラマを離れた自分の生活や恋人との時間にも、ふたりを連れていってくれている。ひょっとしたら俺たち以上に人生の支えにしてくれている。

「たっくん、泣いてるの……？」

一緒に読んでいた裕次さんが肩でつついてきた。

「感激してるだーけ」

明るい口調でこたえて喉の痛みを強引にはね飛ばす。裕次さんはほっこり微笑む。

「俺は泣きたくなったけどな」

……その返しは狡い。肘でつつき返してやって、ふたりで笑う。

今夜はラジオ放送四日目。これを終えればとうとう残り一日だ。

「よし、じゃーそろそろ始まるぞー」

丹下さんのかけ声を合図に俺たちもブースへ入って準備をした。

「よろしくお願いします」

深呼吸して気持ちをむける。支えてくれるスタッフや黒井さんたちみんなに。マイク越しのリスナーさん全員に。そして秒読みにあわせてストップウオッチを押した。

「——こんばんは。『白の傷跡』再放送記念企画ラジオ四日目。パーソナリティーを務めます榊拓人です。今夜もぼくと一緒にリスナーのみなさんと楽しくおしゃべりしてくれるゲストはもちろんこの人、俳優の恵裕次さんです」

ぱちぱち手を叩くと、裕次さんも「今夜もよろしくお願いします」と低い声で紳士っぽく挨拶した。

「裕次さんいま格好つけたね」

「は？」

「声がダンディだったから。よろしくお願いします、って」

低い美声を意識して茶化したら、ふはっ、と裕次さんが吹いた。

「普通に言ったよ。挨拶だからちょっと意識したけど」

「えー、なんかすごく格好よくしてたじゃん」

「それは常日頃から拓人が俺を素敵だと思ってるからでしょ」

「思ってるけど」

裕次さんが「なんだよ」と笑いだす。

「さて、では今夜もみなさんからいただいた昨日の感想メッセージを早速紹介していきます。毎日本当にたくさんありがとうございます。今日もね、さっき放送前にも裕次さんといくつか読ませてもらっていたのですが……」

プリントをめくって、赤線がひかれた文章のでだし部分から頭に入れていって口をひらく。

「まずはこちら。ラジオネームあいりさん『ベッドシーンのことは役者さんに訊いていいことだと思えなくて、話題になってびっくりしたんですけど、興味津々だったので聞けて嬉しかったです。わたしも大好きなシーンです』照れくさいけど嬉しいです……ありがとうございます。次はひろさん『セックス場面って演者さんは恥ずかしいだけじゃないんですね。やっぱり役になりきって愛しあうんだと知って脱帽です。本当に恵さんと拓人君は嫌悪感とかなかったんですか?』ぶり返すなーっ」

リスナーさんにつっこんだら裕次さんも肩を揺らして笑った。

「ちゃんと気持ちごと愛しあったよね」

それでフォローのような、尋問のような言葉をくれる。邪気のない笑顔で。

「……うん。愛しあったね」

　俺も正直にこたえる。

「じつはさっき裏で読ませてもらったメッセージにもベッドシーンの話題がたくさんあったんですよ。それが全部温かくて、俺も〝からかわないで観てくれてありがとうございます〟って感謝の気持ちで胸がいっぱいになりました」

「ン、俺も拓人と同意見です。セクシャルな目で観てもらえるのもそれはそれで嬉しいんですけど、岡崎と海の場合は感情の部分をしっかり伝えたいと思っていたから、好意的な声をたくさんもらってありがたかったです」

　目をあわせて、微笑んでうなずきあう。

「続き読んでいきますね。ラジオネームじゅんさん『自死の話題がありましたけど、わたしも当時友だちをいきなり亡くして、辛さと後悔に襲われていました。前日まで明るく元気に笑っていたのになんにも告げてくれずに逝ったからです。でも「白の傷跡」の最終回を観ていて、わたしは友だちに対する申しわけなさと辛さで号泣しました。海みたいに、わたしたちに迷惑をかけたくない一心だったんだろうと思えて、海と友だちがシンクロしたからです。優しくて、優しすぎる子でした。もっと我が儘になってよかったのに。自分の幸せを考えてよかったのに。彼女にとって最期の我が儘が死になってしまいました。亡くしてから、わたしは彼女のことを愛していたんだと気づきました』」

　喉の痛みを咳払いで整えて続けた。

「『あれから六年経ち、再放送を観ていて、岡崎さんと海が初めて結ばれるベッドシーンでは胸が締めつけられる思いでした。ふたりから幸せや淋しさはもちろんのこと、自分に対する憤りも感じさせられて、喜怒哀楽、感情の全部が湧いてきました。恵さんと拓人君が心をこめて真摯に演じてくれたおかげなんだと、ラジオを聴いていて感じました。嗤わず、面白がらず、恥ずかしがらず、演じてくれてありがとうございます。最終回をまた観たときどんな気持ちになるのか、わたしも改めて大事に観たいと思います』」

読み終えて、ペットボトルの紅茶を飲んで心を落ちつかせてから再び口をひらいた。

「このあいだも言ったけど、俺はあのころ海と一緒に恋することに懸命にむきあってました。観てくれるみなさんを〝こう思わせなくちゃいけない〟って意図して芝居を工夫する余裕がなくて、まんまの自分で体あたりしてたんです。だから俺は、役者としては駄目だったと思う。でもそれでも伝わることがあったんだって、いま毎日感じてて、本当に恐縮してます」

「意図は、芝居を曇らせるんじゃないかな。純粋に恋をしてた拓人の芝居は本物だったよ」

「ありがとうございます……なんか本当に、何回も思うけど、こうやって声をいただくと俺らもいろんな角度から『白の傷跡』を観られるね」

「そうだね」

「海のことも、観る人によって思いはさまざまなんだと感じます。じゅんさんも大事なお話を聞かせてくださってありがとうございます。ぼくもみなさんにもらった思いをふり返りながら、明日の最終回を観ますね。六年前とは全然違うんだろうな。あと、海としても榊拓人としても言いたいんですけど、じゅんさんも、これからも苦しい日も辛い日も、ご自身の幸せを考えて大事に生きてください、どうか」

マイクにむかって、心から告げた。裕次さんも目の前でゆっくり深くうなずいてくれる。

「俺も、岡崎としても言いたいです。自責の念に駆られて自分の人生を見失わないでください。優しすぎる子なら、じゅんさんの幸せを願っていると思うんですよね。――そうだろ海？」

ふいに裕次さんから質問を投げられた。海に。

昨日はできなかった海の芝居を求められている。

「……うん」と、こたえながら目をとじた。海、海、と呼んで、あのころと同様に海に心をあわせる。

「不幸にしたくて逝ったわけじゃないから。元気に、いっぱい笑っていてほしいよ」

セリフを言う、というより、自然と浮かんだ言葉をこぼす、のを意識して話しかけた。あ、まだ海がいる。俺のなかにいる、と気づいた。

目をあけると裕次さんが薄く微苦笑して俺を見つめている。

「……と、では次のメッセージも読んでいきます。ラジオネームけいさん『長年ファンなので恵さんがずっと拓人君のファンだったのは周知ですが、ほかの役者さんと恋人役をやられたら嫉妬する宣言にはいっそ感服しました。恵さん、拓人君と共演できて本当によかったですね。楽しそうな恵さんが珍しくてわたしも毎日楽しいです』」

「あはは。ありがとうございます。俺の嫉妬も結構リスナーさんからつっこまれてたよな……そんなに意外だったかな」

ちょっとびっくりする。

「裕次さんのファンって、裕次さんと俺が共演したこと喜んでくれるんだね」

「それは六年前からだよ。『念願叶いましたね』ってみんな祝福してくれてたよ」

「しゅくふく?」

「再婚相手が拓人でも驚かれないんだろうなあ」

からから笑っている裕次さんが、気の抜けた無垢な笑顔をひろげている。

「じゃあ結婚しますか」

俺がそう言ったとたん、口をひらいたまま停止した。急速に頬が赤くなっていく。

「裕次さんその顔っ……真っ赤だよ」

あはは、と笑ったら「あたりまえだろ」と怒られた。

「ていうかおまえが言うなよ、いまのながれだったらプロポーズするのは俺だろっ」

「ながれって」

サブでみんなも笑ってくれている。

「じゃあ不意打ちプロポーズも喜んでもらえたところで、最後のメッセージ読んでいきます。ラジオネームてつじさん『友だちにゲイだってカミングアウトされたところに「白の傷跡」がやっていたので興味深く観てました。彼と友だちをやめる気はなかったから「俺を巻きこむなよ」なんて笑っていましたが、それも彼を傷つけたんじゃないかって、ドラマを観ながら気づかされたりしてました。紆余曲折《うよきょくせつ》あって、いまそいつと付き合ってま――』えっ『――いまそいつとつきあってます。まわりの友だちも半分面白がってるんだろうけど、認めてくれて幸せにやってます。ありがとうって、こちらこそありがとうだよな」

「ありがとうって、こちらこそありがとうだよな」

「本当だね、『白の傷跡』きっかけでカップルまで生まれてたなんて感謝しかない……ええと、まだあるよ。『追伸。女友だちは、格好よければゲイでも許すって勝手なこと言いやがります。恵さんと拓人君ほどじゃないですけど、彼のためにも男を磨いていきまーす』わー……好きな人のために自分を磨くって愛を感じる」

「作品からの影響ってさまざまあるんだろうけど、こういう温かいエピソードは嬉しくなるね。てつじさんと彼氏さん、末永くお幸せに」

「うん。俺も心から感謝とお祝いを贈ります。幸せでいてください。ん〜……なんか、ほんと嬉しいな……羨《うらや》ましいな……」

　裕次さんとしみじみ喜びを分かちあう。印刷された文字からも至福感が湧きあがってくるようで、いつまでも見ていたい衝動にまで駆られた。ラジオをとおしてリスナーさんから本当にたくさんの幸せをもらっている。

　ストップウオッチは、ちょうど曲紹介とＣＭの時間をしめしていた。

「さあ、ではほかにも紹介したいんですけど、時間なのでここで曲紹介にいきます。嬉しいな幸せだな、って思いにみなさんともっと浸れそうな明るい曲です。聴いてください」

　丹下さんに合図したら、絶妙なタイミングでポップでハッピーなイントロがながれだした。カフを操作して息をつき、裕次さんもヘッドフォンを首にかけて紅茶を飲む。

『拓人、いまのプロポーズのあとめちゃくちゃたくさんメールがきてるぞ。佐野がチェックしきれないって嘆いてる』

　丹下さんが機嫌よく弾んだ声で話しかけてきた。

「そんなにうけましたか?」

『ぽいな。恵さんのファンから「拓人君なら許します、おめでとう!」「恵さんよかったですね!」みたいなのがいっぱいきてるってよ』

「えぇ」

『「白の傷跡」ファンも「岡崎さんの叶えられなかった夢が叶うんですね」ってよ。意外だな、この企画自体、俺はもっと批判が届くのを覚悟してたのにそんなのは微々たるもんで、優しいリスナーばっかりだ。でな、今夜はこのあとも長文メッセージが続くから頑張れなー』

岡崎さんの叶えられなかった夢。優しいリスナーばかり。

「拓人?」

裕次さんも訝しげな表情で呼びかけてくるから、はたと我に返って笑顔を返した。

「メールがたくさんきてるって教えてくれたんだよ」

「メール?　いまの会話か」

「うん。裕次さんと『白の傷跡』のファンが俺たちの結婚を祝福してくれてるんだって」

にぃ、と左右の唇をひいて頬にしわを寄せ、裕次さんが心底嬉しそうに微笑む。

「幸せだなあ、俺のファンは俺がゲイだとしてもがっかりしたりしないんだよなあ、祝ってくれるんだよななあ」

なにが言いたいのかはわかる。

「……予想外だったよ」

俺は六年前から、抗議が飛んでくることしか想像していなかった。

「まあ『白の傷跡』のおかげだけどね。あの物語があるから拓人との結婚なら許されるんだよ。俺たちの関係から岡崎と海は切っても切り離せないってこと」

うん、とうなずきながら俺も岡崎と海を想う。ただし、これ以上ここで話すには内容が危険すぎだ。

「どこで結婚しようか拓人。海外旅行の約束もしてたもんな」

アップテンポな曲にのってにこにこ計画する裕次さんを尻目に、手もとにあるプリントの余白へ文字を書いて彼のほうにむけた。

『こっちにサブの声は聞こえないけど、俺たちの会話は全部サブに届いてるから気をつけて』

読んだ裕次さんが、俺の手からペンをとってなにやら返事を書いてよこす。

『愛してる拓人』

裕次さんの字で自分の名前を初めて見た。一瞬たりとも崩れないにっこり笑顔で彼が目の前にいる。三十九歳の大人の男なのに、いたずら好きの子どもみたいに。

『この紙、捨てられなくなったじゃん』

曲が終わってCMに入り、再びラジオへ意識をむける。紅茶を飲んで丹下さんの合図を待ち、裕次さんもヘッドフォンをつける、ストップウオッチを押して番組再開。

「――はい、ではここからは質問と感想のコーナーです。まずはラジオネームみおさん『拓人君、恵さんこんばんは』こんばんは『昨日ベッドシーンの話になりましたが、キスシーンはどうでしたか?』またこういう質問をっ……」

裕次さんが「ははは」と前髪を掻きあげて楽しそうに笑った。

「どうって、どういう意味だろうね。拓人とのキスが気持ちよかったかってことか？」

「ばか。キスに抵抗はなかったか、って意味でしょ」

「ばか言われた」

「変なこと言うからだよ」

「照れ屋め」

……くっ。

「いまなら言ってもいいのかな。最初の公園でのキスは台本になかったんですよ。俺と拓人が岡崎と海に同調してできた場面だったんです」

裕次さんの返答を聞きながら、俺の頭にも夜の公園での撮影風景が蘇ってきた。

「そうだね……最初のキスはふたりで勝手にしたね」

俺が裕次さんへの想いを自覚して泣いた瞬間、彼がしてくれた。スタッフにも〝自分たちで考えた〟と嘘をついてその場をやりすごしたあのとき、俺たちは喧嘩、というか……ちょっとすれ違っていた。それで帰宅後に仲なおりして星を観にいって。

「あぁ……いろいろ想い出して恥ずかしくなってきた」

両手で顔を隠したら、裕次さんにまた「ははっ」と笑われた。

「そのあとはベッドシーンに入ったし、キスはして当然の行為でもあったな」

「岡崎さんはキス魔だしね」

裕次さんとおなじで。

「そうそう」と裕次さんが笑って、俺も羞恥心を隠して苦笑する。

「俺のなかにはね、役者さんってキスシーンの前はめっちゃ歯をみがいてブレスケアして挑むってよく話してるようなイメージがあるんだよ。みおさんもそういう裏話こみで訊いてくれたんじゃないかと思うんだけど、裕次さんどうだった？」

「あー、たしかに女優さん相手だと気をつかうかも」

「さりげなく俺を排除したな」

「ごめん、拓人にはナチュラルにしてた」

恋人扱いしてたよ、と聞こえた。

「拓人はなにかケアしてたの？」

「え。や、俺も食事のあとの歯みがきだけかな。たまにタブレット食べてるからそれがブレスケアって言えばそうかな、みたいな」

「そういえば、たまに爽《さわ》やかな味がしたかも。俺はくさかったりした？」

「ううん、裕次さんはときどきコーヒーの味がしてたぐらいだよ」

……やばい、ほんとに恋人同士の会話になってしまう。

「なんていうか、えー……ベッドシーンの回答と重複しちゃうんですけど、やっぱり裕次さんも俺も、岡崎と海の気持ちで芝居してた感覚が強くて、カメラの前では意識が現実に返ることも少なかったんだと思います。……って感じでこの質問は終えていいでしょうか」

「逃げたな」

「うん恥ずかしい」

正直に言ってプリントをめくる。裕次さんがくすくす笑っている。

「はい、じゃあ次いきます。ラジオネームなみきさん『突然ですがわたしはレズビアンです。二年前に恋人ができて、いまは彼女と同棲もしています。こうやって報告できるようになったのも、「白の傷跡」がきっかけでした。放送当時男性恐怖症だったわたしは、単純に苦手意識が強いだけで、自分もいつかは男性と結婚して子どもを産んだりするんだろうと考えていました。男性との性交渉は気持ち悪くて想像できないながらも、いい出会いがないだけだと思っていたんです。なぜなら女の自分は男性を好きになるのが〝あたりまえ〟で〝普通〟のことだと教えられて育ったからです。そして女性の身体やしぐさに興味を持つのは単なる憧れだと決めつけていたから』」

……うん、と相づちをうって深呼吸し、続きの文章を目で拾う。

「『けれど「白の傷跡」で海が同性愛に悩む姿を観ていて、もしかしてと気づき始めました。決定的に〝そうだ〟と認めたのは、岡崎さんが海を好きになったころからです。同性を好きになるたびに告白もせずに諦めてきた海が、岡崎さんに肉体的にも徐々に受け容れられていくのを観ていると涙がとまりませんでした。よかったね、もう幸せになっていいんだよ、という思いと、自分も男性より女性に受け容れられたい、という願望がせめぎあいました』」

声をつまらせたら、裕次さんが俺のプリントを持つ左手を右の掌で握ってくれた。

「『今回、わたしにとって人生の転機となったそのドラマのラジオ番組がやっているとネットニュースで知って聴くようになり、主役のふたりを演じた恵さんと拓人君が、同性愛をとても自然に受け容れているようすに、またびっくりさせられました。おふたりは同性愛に対して〝異常〟で〝非常識〟という意識をまるで覗かせませんね。それどころか岡崎さんと海を好きな視聴者の気持ちを、さらに深くさせてくれます。岡崎さんと海を演じてくれて本当にありがとう。恵さんが、拓人君がもしべつの男優と恋人役をやったら嫉妬するとおっしゃっていましたが、わたしも嫌かもしれません。そのかわりおふたりが現実でもカップルになってくれたら全力で応援します。当時のおふたりの熱愛報道もすごく嬉しかったです』……なみきさん、こちらこそありがとうございます。……胸いっぱいでどこから話したらいいかわからない」

裕次さんに笑いかけると、微笑み返してくれた彼が俺の手を撫でてからそっと離した。

「人生の転機って言っていただける作品に携われて、岡崎を演じられた喜びがまた強くなりました」

「うん、俺も海を演れたことを誇りに思います。……LGBTに対する理解がひろがっているのは事実でも、やっぱりまだすべての人に受け容れられているわけじゃないんですよね。だから性指向を認められたってなみきさんが言ってくれて、しかもそれが岡崎と海が結ばれていく過程で、って教えてくれて、嬉しい反面、おめでとうって言っていいのか……ごめんなさい、俺は、迷いがないって言ったら嘘になる。辛い想いも、きっといっぱいしてるんじゃないかって考えちゃうから。でも恋人と同棲してるなみきさんのいま現在の幸せは心から祝福します。ほんとに……胸が熱くなるぐらい、自分のことみたいに嬉しいです」

「海らしい返答だな」と裕次さんが苦笑する。

「俺は手放しで祝福する。偏見を持たない人間が増えることで、新しい幸せな未来をつくっていけると思うから。異性愛も同性愛も、人を愛せば苦しくて辛いのは当然なんですよね。その苦しさごと大切にしながら、ずっと幸せでいてほしいです」

俺も苦笑して「岡崎さんらしい返答だね」と言った。岡崎さんは女性も愛せるのに海の人柄に惹《ひ》かれて愛し抜いてくれた、純粋で強靱《きょうじん》な人だった。

「俺と拓人の報道のことまで言われちゃったね」

裕次さんは臆さずに、きわどい話題もひっぱりあげる。

「うん」

「俺らは当時からこんな感じで仲よく役にとり組んでたから餌食になったけど、週刊誌やワイドショーがＬＧＢＴに対して言う内容が〝世間の声〟なら、俺らがいまリスナーさんたちからもらってる声も〝世間の声〟だから。世の中には偏見を持たない人がもっといるはずだよ」

ああ……そうか。そうだ。

「そうだね。岡崎と海を想ってくれるリスナーさんがたくさんいる。これも〝世間の声〟だ」

世界が拓けたような衝撃だった。裕次さんの言うとおり、批判を投げてくる週刊誌やテレビだけが〝世間〟じゃない。ないんだ。時を超えて、当時裕次さんを傷つけたライターやワイドショーのコメンテーターにも反論してやれた。リスナーさんの支援つきで。

「なみきさんは俺たちが恋人になったら応援してくれるって拓人。強力な味方じゃない？」

「あー……うん、もしそういうときがきたら守ってもらおうね」

照れつつも素っ気なくうけながす。裕次さんはうつむいて肩を揺らし、くっくくっく笑う。

「拓人、大人になったな……昔ならこんな冗談言うだけで真っ赤になって騒いでたのに」

真実を、裕次さんは巧みに〝冗談〟にかえて隠してしまう。

「そりゃラジオで勉強させてもらってきたし、すこしは口も達者になったよーだ」

裕次さんの話術には相変わらず敵《かな》いませんけどね。

「はは。みなさん、俺の一途な恋が実って拓人と恋人になれたらぜひ祝ってください」

「ばか」

もう、なに呼びかけてんの、と言ってふたりして笑う。

「さあ、じゃあ次にいきましょう。ラジオネームしのさん『もしかしたらわたしみたいなのは珍しいかもしれませんが、わたしは拓人君をラジオで知りました。三年前の大学受験の時期、深夜勉強中に人の声を聴いていたくてつけたラジオからながれてきたのが拓人君の声でした。拓人君のしゃべりかたは優しくてリラックスできます。リスナーにも温かく接してくれるので、大学へ無事に進学したいまもかかさず聴いています』嬉しいです、残りの大学生活も楽しんでくださいね。『今回は「白の傷跡」の再放送おめでとうございます。あのころすごく人気で、学校の友だちもみんな観ていました。でもわたしは友だちが男同士の恋愛を冷やかしてるようにしか見えず、ベッドシーンの話で盛りあがっているのもいやらしく感じて〝女子が好きそうなネタを格好いい俳優に演らせて、視聴率に繋げている卑しいドラマだ〟と嫌厭《けんえん》していました。だから拓人君があのドラマの主役だったこともあとから思い出しました』ああ、たまにラジオのリスナーさんが〝『白の傷跡』からファンです〟って言ってくれるから、もしかしたらそこで合致したのかもしれませんね」

「人っていろんなタイミングで出会うものだね」

「うん、ほんとに」

裕次さんとうなずきあったあと、咳払いで喉の調子を整えてから続きを読む。

「『いまは拓人君のファンとして初めて再放送を観ています。ひとつ言わせてください。拓人君も恵さんもネタバレしすぎです！』あああすみませんっ『当時、エンディングもかなり話題になっていたからすでに知っていましたが、おふたりもリスナーもしれっと話すから初見むけのラジオじゃなさすぎます』本当にすみません……『でも、みなさんが海君の死を現実として発言するようすには作品への愛情を感じます。みなさん海君の友だちみたいに彼のことを嘆いたり怒ったりしますよね。その気持ちわたしもわかります。そして海君の運命を知ったうえで岡崎さんと海君を見守っているわたしは、ごく単純に〝辛いことがあっても生きていかなくちゃ〟と思います。海君と一緒に現実から逃げたくなっても、このあとひとりになる岡崎さんを想うと、駄目だ生きなきゃ、と思うんです。最後に。恵さんだけにタメ口をつかう拓人君が微笑ましいです』しのさん本当にありがとうございます。……うん。なにからこたえようかな」

苦笑してこめかみを掻いたら、裕次さんが〝どうした？〟という心配そうな表情になった。俺はひとつうなずいて〝平気〟と返す。みんなに自分の口で話したいことがある。

「ぼくモデルなんですけど、ここ数年ラジオ中心に仕事をしてきて、パーソナリティーの矜持もかたまってきたところだったから〝ラジオから知ったよ〟って言っていただけるのも嬉しいです。『白の傷跡』もぼくの人生を形成した大事な作品なので観てもらえてとても幸せです。……で、海のことなんですが、しのさんの言うとおりみなさん真剣に考えて声をかけてくれるんですよね。言ってしまえば空想上の人物でしかないのに、リアルに生きてる人間同然に扱ってくれる。それも本当に嬉しいです。嬉しいから正直にうち明けるんだけど、昨日ぼくは咄嗟に海を守りたいと想いました。六年経っても俺まだ海だったんです。だから〝俺が死んだのは岡崎さんを想っての決断なんだ綺麗事じゃない〟って憤慨《ふんがい》したんですよ。でも放送後裕次さんが叱ってくれて気づいたんです。海の意思を尊重したい反面、榊拓人としては〝海のばか野郎〟って想ってたこと。〝死んでんじゃねえよ〟って、本心ではぼくも海の選択を責めてました。……海に生きててほしかった。現実世界で友だちだったら、俺も海と自分を許せない。ただ、裕次さんが、海は空想上の人物として使命をまっとうしたってことも教えてくれて、俺は海を責めて悔いて、親友として大事に想いながら、海のぶんまで大好きな人と生き続けていこうと想えたんです。しのさんとおなじ」

あは、と笑って空気を軽く和ませながら羞恥心もごまかした。

「ほんと、いまさらそんなこと言ってんのかよって感じだし、ネタバレどころか俺が披瀝《ひれき》していい範囲超えてるんですけど……――うん。さっきも言ったように、明日の最終回、みなさん感じかたはそれぞれだと思います。俺も今度は榊拓人の目で海が遺した思いを受けとめます。なのでまた、夜はここでその思いについて、ぼくらと一緒におしゃべりしてください」

裕次さんにも、なにかこたえたいことはある？　と目で訊くと、しずかに頭をふった。

「うん、じゃあ次いきますね。ラジオネームみなみさん『恵さんと拓人君は岡崎さんがどんな現在を生きていると思いますか？　もしくは、どんな未来を生きていてほしいですか？』」

仕切りなおすつもりで読んだのに、一瞬真っ白になった。岡崎さんの現在。

「拓人」と裕次さんが呼んだ。

「これは岡崎と海でこたえよう」

「え」

「――きみは俺にどう生きていてほしい、海」

　岡崎さんの声。眼ざし。誰よりも純粋で世界一強靱に、俺を愛してくれた淋しげな佇まい。

「岡崎さん」

　不思議だ。海は想い出で、過去で、もういないはずなのに、ここへ戻ってくる。俺のなかに何度でもあのころの年齢、性格のまま、蘇ってくる。海には現在も未来も無いのに、昔の姿で生きている。

「……幸せでいてほしい」

　何千、何億、と、数でも表せないほどの膨大な想いを内包したひとことが口からこぼれた。同時に涙もあふれだした。とめどなく、右の目からも左の目からもあふれて大きな粒になって手もとのプリントの上へ落ちてシミをつくってひろがっていく。

　ごめん、とは言えなかった。俺が言うわけにいかない。

　謝れない。俺がいないことであなたが幸せになれるんだって、俺は信じ抜かなくちゃいけないから。それが俺の覚悟だから。あなたの孤独と哀しみも背負って逝くって、後悔しないって、あなたを幸せにするって、俺が自分で決めたことだから。俺の最期の願いだったから。

「世界で一番、誰より、幸せでいてください……岡崎さん」

　顔をあげて微笑みかける。

　裕次さんは俺の左右の手をひとまとめにして握りしめた。番組がそっとCMに切りかわる。

　裕次さんの表情は涙にゆがんで見えない。

　これが、海の使命――。

放送が終わってブースをでると、スタッフみんなが満面の笑顔でむかえてくれた。たくさんファックスとメールがきてる、昨日までの比じゃない、と佐野さんたちは大わらわで、越野さんは黒井さんの背中を叩いて、きみのおかげだ、と喜び、飯田さんもお疲れさまと笑顔をむけてくれる。丹下さんは、最高だった、と賞賛をくれた。

「今日みたいなおまえが好きなんだよ」

ありがとうございます、とこたえた声が、すこし震えていたかもしれない。

裕次さんとふたりでファックスやメールをいくつか眺めてみんなと談笑したあと、俺は裕次さんに誘われて一緒にスタジオをでる支度をすませた。

黒井さんと筒井さんも一緒に駐車場へきて、車に乗りこむ俺たちを見守る。終始険しい表情で心配している黒井さんを察し、裕次さんが俺のいる助手席側の窓をあけてくれた。

「拓人、今夜は出待ちのファンもたくさんいると思うから気をつけてね」

「うん」

「なにかあったらすぐ連絡して」

「わかってる」

「恵さん、くれぐれも拓人をお願いします」

裕次さんは「責任もって守ります」と笑顔でうなずく。

「……なんか俺、ひ弱なお嬢さまみたいじゃん」

照れて拗ねたら裕次さんも黒井さんも、筒井さんまで笑った。

そして手をふりあってマネージャーふたりから離れ、車は駐車場をゆっくりでると真夜中の道を走りだした。赤いテールランプ、オレンジ色の街路灯、人けのないひそやかな深夜の街。

どこへいくの、と行き先は訊かなかった。なんとなく海じゃないかなと予感していたから。裕次さんが途中コンビニへ車をとめて、飲み物とお菓子を買おうと言って選ぶのを見ていたら、その予感は確信に変わった。

運転中、裕次さんは手を繋ぐ。ジュースを飲んだり、チョコを口に入れたりする一瞬だけ離しはするものの、それがすむとまた当然のように繋いで運転を続ける。

変わらないな、昔とおなじだな、と俺が感じているのを俺の照れた顔や反応から察したのか、裕次さんも楽しそうに笑う。

「オートマ車はいちゃいちゃするためにあるんだよ」

「……違うと思う。てか裕次さんもしかしてマニュアルも運転できるの？」

「できるよ。最近はみんなオートマを選ぶんだってね。マニュアルをとる意味がわからないって思うらしい。運転が楽しいのは断然マニュアルなのに」

「すみません、俺もオートマです……」

「拓人も免許とったのか。はー……時の流れを感じるわ」

感慨深くため息をつくから、「なんでそんな」と笑う。

「車持ってるの？」

「堀江さんにセカンドカー貸してもらってる。片想い相手の人とつきあい始めたら返せ、って言われてるいわくつきの車」

「片想い？　へえ」

「言っていいのかな。いいか。それ黒井さんだよ」

「え」

「本人は行動する気なさげだから、次の車検のころにでもゆずってもらおうかなって計画中」

「ああそうなんだ……」

裕次さんが繋いでいた手を離してジュースを飲む。なにか思うところありげな横顔を見て、首を傾げた。堀江さんもゲイ、というかバイだって知って驚いた？

「この業界にも多いって堀江さんよく言ってるよ。あの人はたらしっぽいから、好きになったら性別はどうでもいいって雰囲気だけど」

裕次さんが神妙に二度うなずく。

「まあ拓人はこれから俺の運転で行動することが増えるんだし、車は必要ないんじゃない？」

「うん……ありがとう。けど、ひとりでドライブするのも楽しかったよ。あの星の場所と似たところ見つけて、よくいってた」

ペットボトルをおいて手を握りなおした裕次さんが、恋人繋ぎにかえる。喜んでくれたんだ、とその強さと温かで知る。

一時間半後、ついたのは案の定湘南《しょうなん》の海だった。ところが今夜は海のようすがすこし違う。

「なんだか真夜中なのににぎわってない？」

海岸沿いの駐車場にとめた車からおりて周囲を見まわす。三時過ぎなのに、月明かりのもと駐車場にも海岸付近にも人が見てとれた。

「そう、今夜は特別な日なんだよ」

おいで、とうながされて駐車場脇の石段から砂浜へおりる。月が明るいとはいえ、外灯が遠くなると闇が濃くなって足もとや海との距離感が摑めなくなった。

「裕次さん」

「うん」と、砂に足をとられてよろける俺の手を、裕次さんが摑まえてひいてくれる。

ようやく前方に視線をむけられた刹那、気がついた。海の波が青く光っている。

「わ、……なんで？」

人工のライトの光とは違う、どこか幻想的な淡くしずかな光が波にそって横一筋に浮かびあがっている。遠くで小さく生まれた波が浜辺へ近づいて大きくなるにつれ、左右にあわあわと光をひろげていって強くきらめく。そしてうち寄せて朽《く》ちていく。

「赤潮だよ。ニュースになってたの知らない？　今年湘南の海に発生したって聞いて拓人とこようと思ったんだ」

「あかしお？」

「プランクトンが増殖する現象。これ自体はよくあることなんだよ。ただ、湘南でこんなふうに夜光虫を見られるのは珍しいみたいでね」

うん、たしかに初めて知った。ニュースも観てなかった。

「すごく綺麗……」

波が海に青いラインをひいて、のびて、さらさら溶けていく。夜光虫がつくる光はやわらかくて静謐で優しかった。

波音と潮の香りと月明かり。海に連なる青い光のリボン。

「命の光って温かいんだね」

「うん、人間の手がつくる光は目に痛い」

「太陽も痛いよ」

「ああ、そうだ。……さすがに高校生のころとは違う感想がでるな？」

褒めてもらって、昔の自分が恥ずかしくなる。

「ちょっとでも成長できてるなら嬉しいよ」

あの日の約束どおりに。

「ありがとう裕次さん。裕次さんはいつも綺麗なものを見せてくれるね」

暗闇のなかで裕次さんも俺を見返して微笑んでくれているのが薄ぼんやりとうかがえた。

ざざんざざん、とさざめく波音を聴きながら、波面に浮かんでは消える青い命の光を眺めた。

遠くにてんてんといる人も夜光虫に見入っているし、話し声までは聞こえてこない。俺たちが恵裕次と榊拓人だということはばれていない。でも繋いでいた手はそっと離した。

「写真撮るよ」

そう理由をつけて、ポケットからスマホをだす。ふ、とかすかな笑みを洩らした裕次さんも「じゃあ俺も」とスマホをとって波にむける。

夜光虫はきちんと写真におさめられた。タイミングをあわせるのが難しくて、ふたりして失敗をくり返して笑いつつも、成功すると綺麗な青色の温かみごと鮮明に残せて嬉しかった。

「俺が知らない綺麗なものって、世の中にはもっとたくさんあるんだろうな……」

景色だけじゃない。〝世間〟を批判的な人間の括りだと思っていた視野の狭い俺が、やっと味方っていう〝世間〟を見いだせたのもそう。

「……なんかまだ胸いっぱいだよ」

「ん？」

「ラジオのこと」

「ああ。今夜は熱いメッセージが多かったね」

「うん。四日目ともなるとやっぱりすこし違ってたな。三日間会話重ねてきてるのもあるし、明日で終わりってのもあるし」

「ン。やっと温まってきたのに終わりって感じだ。長いようで短い、濃い時間だった」

——海が生きて帰ってきてくれたみたいで泣きながら聴いていました。

——放送当時、夢や恋愛に悩んでいたわたしにとって『白の傷跡』は救いでした。

——わたしが同性愛を受け容れられたのは、おふたりの恋人の姿が幸せそうでとても自然で、偏見や軽蔑を感じなかったからだと思っています。

——岡崎さんと海を演じてくれて本当にありがとう。

リスナーさんたちにもらったたくさんの声が胸に満ちていく。

「俺、モデル辞めようと思ってたころもラジオは続けていくって意思が漠然とあったんだよね。それ、ここ数年リスナーさんに支えられてたからかもしれない。モデルらしい仕事できてなかったのに『モデル時代からファンです、拓人君のペースで仕事頑張ってください』って急かさないで待っててくれたり、『白の傷跡』からファンでいてくれた子が『ドラマの影響で俳優を目指してます』って教えてくれたり、恋愛相談もらって一緒に悩んだら『拓人君のおかげで結婚しました、子どもも生まれます』って報告してくれたり、俺自身がすごく癒やされてて」

「ああ、憶えてる。拓人がラジオ始めて喜んでるファン多かったよな。俳優目指してる子は元気な男子高校生で、恋愛相談の子は友だちに片想いして悩んでたのがうまくいってね」

「そうそう。俺めっちゃ嬉しくてさ……俺にとってラジオはリスナーさんとつくる癒やし空間で、んー……家族っていうと言いすぎだけど、友だちの輪？　みたいな。そんな必要不可欠なもうひとつの居場所になってたんだよ」

「わかるよ。聴いてるこっちもあのアットホームさに癒やされる」

「ありがとう」とはにかんで裕次さんを見あげたら、彼も唇で笑みを返してくれた。

尊敬している俳優でリスナーでもある彼に好いてもらえると喜びも一入《ひとしお》だ。褒めてもらえたよ、とリスナーさんと一緒に嬉しさを分かちあいたい衝動が湧く。

「でもさ、今回の企画ラジオで『白の傷跡』を観てくれてる人と話してたら、癒やされてる、救われてる、って意識がもっと強くなったんだよ。作品ってつくったら終わりじゃないんだね。観てくれる人もなにか感じてくれてて、その感じたことを俺たちに返してくれて、おたがいに救いになってて。批判的な意見も勉強になるし、それはそれで感情のやりとりで」

「ン」

「支えてくれるリスナーさんたちのためにもモデルの仕事頑張っていきたいって思った」

みんなにとって恥ずかしくない人間でいたいから。

「これも海が遺してくれたものなのかな……」

──仲のいいふたりに和みます。ずっと続いてほしいです。

──同性愛を気持ち悪いものだと思っていましたが「白の傷跡」を観て変わりました。

──恵さんと拓人君のベッドシーン大好きです。

──おふたりが現実でもカップルになってくれたら全力で応援します。当時のおふたりの熱愛報道もすごく嬉しかったです。

「俺も拓人とおなじだな。こんなに味方がいるのは予想外だった」

「だよね……けど裕次さんは何作もつくってきてるんだし、ファンと支えあってるってことも俺より知ってたんじゃない？」

「人生にどれだけ影響を与えたか、ここまで赤裸々に教えてもらえることは滅多にないよ」

「ああそっか……」

「本当に拓人と結婚しても許されそうだよな」

「はは」

背後から大声で騒ぐ大学生っぽい集団が近づいてきた。裕次さんが「すこし歩こう」と身を翻して、俺も隣にならんで海岸沿いをゆっくりすすむ。

冷えた潮風がゆるくながれてきて頬や腕や服をなぞってすり抜けていく。裕次さんの髪も煽られている。この人はシルエットでさえ綺麗なかたちをしている。

「拓人」

「うん？」

「俺も好き好き押しつけるだけじゃなくて、リスナーを見習って改めてうち明けておくよ」

え、と見返すと、彼の真剣な横顔が月明かりのなかに見えた。頬や唇や瞳の動きだけがほのかにうかがえる。

「ずっと昔、結婚生活がうまくいかなくて別居してたころにね、料理する気力もなくてひとりでひとりぶんのレトルトカレーとかカップラーメンとか買って帰る途中、公園で幸せそうにしてるカップルがいて、のどかでさ。俺には得られない未来なんだなあと思ったら無性に泣けた。あの真っ暗な生活を変えてくれたのが拓人だよ」

「……うん」

「俺はおまえに会うまでほとんど笑わなかったんだよ。芝居だけが生きがいで、評価も批判もどうでもいい、自分の芝居に納得できれば満足して次へいく、ってタイプだった。そのせいでクールってイメージがいまだにあるんだろうな。拓人のファンになったのもそういうころだったんだけど、実際会ったらずっと笑っていられるし、わくわく胸が弾むしときめくしで、忘れてた感情……っていうか、死んでた感情が全部生き返ったんだよね。拓人には猛烈な吸引力があるよ。他人を巻きこむぎらぎらの光だ」

「……はちゃめちゃな高校生だったからじゃないかな」

「いまもちゃんと光ってるよ。あのころより大人になったぶん落ちついて、ちょうどこの夜光虫みたいに目に優しい感じだね。昔は圧倒されてばかりだったのが、寄り添いやすくなったな。どっちも愛おしい」

「ダイヤから夜光虫になった」

ぱん、と軽く腕を叩かれて、裕次さんの照れが伝わってきて苦笑してしまった。

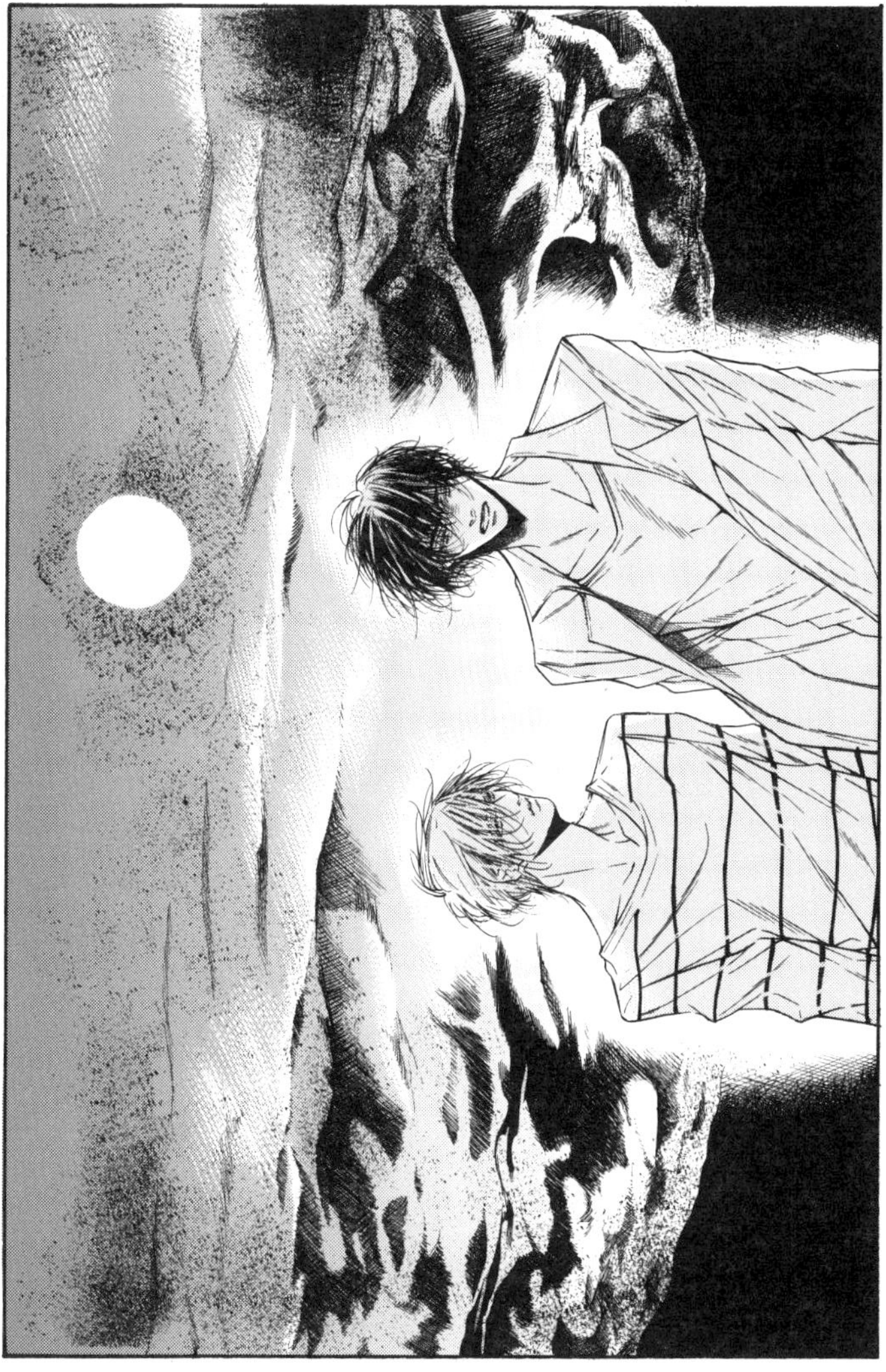

「無理して笑ってろって言いたいわけじゃないんだよ。俺には拓人がいつでも、どう変わろうと輝いて見えるの。だからこれからも悩んでもいいし八つあたりしてもいいし、泣きわめいてもいい。綺麗でいようとしなくていいから、俺にだけはありのままの姿を見せてくれないか。そうやって俺のことも拓人の癒やしの場所にしてほしいよ」

無人の浜辺まできて立ちどまり、裕次さんが俺を見てくれる目に微笑み返した。俺に力があったわけじゃないよ、裕次さんの気持ちが俺を輝いた存在にしてくれてるだけだよ、と、畏れ多く思ってしまうけど、彼が弱っていた時期に自分がモデルをしていて彼の目にとまったことや、ドラマで共演できたことや、恋をした奇跡は、つまらない謙遜で無しにしたくなかった。

「……うん。俺もまだ二十数年しか生きてないけど、自分の人生に必要な人とはきちんと出会えるんだってわかってきたよ。裕次さんも、岡崎と海も、『白の傷跡』を観てくれてた人たちも、黒井さんや堀江さんや友だちも」

「ン」

「裕次さんがいるこの人生を生きるのは、俺が生まれたときから決まってたことなんだと思う。だから俺も裕次さんの癒やしの場所でいられるように努力するね。魔法使いで旅人で変態で、寂しがりやな兎の裕次さんに、もっといろんな面を見せてもらって支えていきたい」

「変態だけがちょっとなー……」と彼が笑って、俺も笑う。「甘えん坊ってことも最近知った」とつけ加えたら、頭をぽんぽんと撫でられた。

「それは拓人のせいでできた面」

わ、と顔が熱くなる。

「……赤い顔してるな？」

　にやけた声で覗きこまれた。

「そこまでは見えないでしょ」

「見えるよ、拓人の顔のあたりだけ赤く光ってる」

「嘘だね」

「俺だけに見える光だよ」

「ンなわけないしっ」

　裕次さんの肩を押して顔をそむけたら、「ははははっ」ともっと笑われた。

　こんなふうに笑っている裕次さんしか俺は知らない。離れていた六年のあいだもこの人は笑えずにいたんだろうか。俺のせいで日々に絶望していたんだろうか。これからはずっと笑っていてほしいから、俺も彼がくれる想いを受けとって、二度と選択を誤らないようにしたい。

「いこうか。べつの夜光虫スポット探しがてら、もうすこしドライブしよう」

「うん」

　ふたりでまた砂に足をとられて笑いながら駐車場へ戻り、車に乗りこんだ。再び走りだして、ジュースを飲みつつ他愛ない話をする。と、ジーンズのポケットでスマホが震えた。メールだ、相手は恭子らしい。

『結婚することになった』

「はあ⁉」

　思わず声をあげたら、裕次さんが「わあびっくりした」と目をまるめた。

「ごめん裕次さん、ちょっと友だちに電話していい？」

「こんな時間に？」

「うん、まだ起きてるっぽいから」

たったいま決まったことなのか？　恭子いまどこにいるんだ、結婚って相手誰だよ、いや、つうか彼氏いたのかっ。

『はい』

「はいじゃねーよっ、なに結婚って？」

『拓人こそこんな深夜になんなの、恵さんとちゃんといるの？』

「いるよ、仕事終わっていま一緒にドライブしてる。や、てかおまえの話聞かせろって」

『恵さんといるなら明日でいいよ。あ、明日はラジオ最終日だから、そのあといつでも』

「いま聞くっつーのっ」

冷静な恭子にイラッときた。裕次さんは隣で運転しながら、ふふ、と笑っている。

『恵さんの声がした』

「は？　うん。で、相手はどんな男なの。会社の人？」

『拓人、せっかくだからスピーカーにしてよ。恵さんに挨拶したい』

「なに言ってんだばかっ」

もう～っ……、と憤りつつも、長電話になると裕次さんに悪いし、恭子にもずっと恋愛相談にのってもらっていたしで、しかたなく「裕次さん、友だちが裕次さんとも話したいって言ってるんだけどいいかな」と訊いてみた。

「長いつきあいの親友で、裕次さんとのことも全部知ってる子なんだよ。一昨日裕次さんがうちにきてくれたとき帰ってくれた子。いきなり結婚するとか言いだしてさ〜……」

「はは、べつにいいよ」

　ごめんね、とスピーカーにして、正面中央にあるナビ横のスマホホルダーに立てかけた。

「恭子、裕次さんもいいって。──裕次さん、この子恭子ね」

「恭子ちゃんか。初めまして、恵です」

『こんばんは、初めまして恭子です。デート中にすみません、お話できて嬉しいです』

「こちらこそ。拓人の友だち紹介してもらえて嬉しいよ」

　俺は唸ってしまう。

「紹介はこんなかたちじゃなくて、あとで改めてちゃんとさせてよ。とりあえずいまは恭子のこと聞かせて」

『べつにたいしたことじゃないよ。二年前からつきあってる彼氏がいて、父親に結婚反対されてたの。彼の学歴がどうの収入がどうのって比較、差別がひどくてうるさくてしかたなかった。でもようやく納得させて結婚できることになっただけ』

「だけじゃないよ、彼氏がいたこともお父さんとのことも初耳だよっ」

『わたしは拓人に余計なこと考えてほしくなかったからいいの。しんどいときは泊めてもらってちゃんと癒やされてたし、彼氏とのことは彼氏とちゃんと話しあってたよ』

「それでも俺は恭子に頼りすぎてたろ」

『いいの。だってそのころ恵さんいなかったんだから』

言葉につまったら、裕次さんが小さく笑った。

『恵さん、今日から拓人のおもりは恵さんにも半分まかせますね。それでわたしも彼氏のこと拓人に相談できるようにさせてください』

「うん、わかりました。俺が拓人と別れてたあいだ、恭子ちゃんに助けてもらってたんだね。ありがとう、あと結婚おめでとうね」

『ありがとうございます。恵さんも拓人と幸せになってください。頑固で面倒だけど、拓人は自分の利益のために動けないばかだから、そのぶん恵さんが守ってやってくださいね』

「はい。ははは、恭子ちゃんお姉さんみたいだ」

『明日のラジオも楽しみにしてます。あ、わたしもふたりの結婚、全力で応援しますから』

「心強いよ」

ふたりのやりとりが恥ずかしいやらありがたいやらでいたたまれない。

「ともかく、また詳しく聞かせてもらうからな恭子」

『はいはい。やっと言わせてもらえるわーって感じ』

「っ……うん、そんでおめでとう」

『ありがと。じゃあ寝るよ、おやすみ。デート楽しんでね』

「うん、わかった。おやすみ」

『恵さんもまたー』

「はーい、おやすみ恭子ちゃん」

通話を切ってスマホをしまう。裕次さんは愉快そうに喉で笑っている。

「恭子ちゃんかー……類は友を呼ぶな。なんとなく拓人と似た雰囲気があった」

「え、全然だよ。仲間内でも恭子は裕次さんも言ったように姉さんで、俺らは悪ガキだから」

「はは。なんかなー……そういうところなんだよなあ」

「ん？」と首を傾げると、裕次さんが赤信号で車をとめて俺の手を繋いだ。

「普通友だち同士で褒めあったりって照れてできなくないか？　拓人と恭子ちゃんはばかばか言いあいながら〝こいつはいい奴だから〟って言えちゃうんだよな」

「あーまあ、言ったかな」

「あとちょっと自惚《うぬぼ》れ入ってるかもしれないけど、恭子ちゃんが〝キャー芸能人キャー〟とか言わない人柄なのも好みだった」

「あいつもミーハーなとこあるよ。でも裕次さんはもう俺の彼氏って感覚なんじゃないかな」

「いい関係だよ。拓人がつくる輪にいると俺は心が浄化されていく」

羨ましげに微笑んでいる裕次さんを見つめる。そんなに特別な環境なのか俺にはわからない。けど人の性格や価値観の成り立ちが、育った環境によるものならば、裕次さんに好いてもらえる自分にしてくれた親や友だちにも感謝したいな、と思った。

そうだ。俺ももうひとり連絡しないといけない人がいる。

「拓人、見てごらん」

再び走りだした海岸沿いの道路の海側を、裕次さんがしめす。ここからもうっすらと夜光虫が輝いているのがうかがえる。

「本当だ」

波にそって一列に光る青い命。月明かりと、地平線上にほんのかすかにひろがり始めた朝日。夜の群青色が溶けだしている。

「また朝焼けが見られるかな」

見られるよ、と裕次さんが言う。

これからだってずっと何度でも、と。

「おはようございます」

『はい、おはよう。どうしたのこんな時間に。今日も恵さんといるんでしょ？』

「います。さっき遅めの朝ご飯食べたところです」

『へー』

「仕事のことも裕次さんと相談したんで、ひとまず電話で先に報告させてください」

『ほう、どうなったの』

「続けていきます。モデルの仕事も、あと二年頑張らせてください」

『その二年っていうのは？』

「モデルの限界も見極めたいからひとまず二十五まで全力でやってみようと思ったんです」

『ほうほう、なるほどね』

「迷走時期もあったけど、ここからは過去にも現在にも囚われずに未来だけ見据えていきます。だから新しい榊拓人にもう一度期待してほしいんです」

『うん』

「それで、裕次さんとのつきあいも、すみません、続けさせてくれませんか」

『続けるためにどうすればいいかはわかってるんだよね』

「はい。堀江さんたちが守りたいと思える、価値のあるモデルになります」

『よし。その言葉を待ってたよ。あー……よかった。ほんとによかった。言っておくけど拓人はうちの看板だからね。二年と言わずいつまでも続けていけるように頑張ってちょうだいよ』

「善処します」

『して』

「嬉しいです。じゃあ出勤準備しますね。失礼しま、」

『ちょっとたんま』

「ん？」

『……あのさ、最近きみのマネージャーのようすおかしくない？』

「黒井さんですか。や、べつになにも感じませんけど」

『恵さんしか見てない拓人に訊いてもしかたないか』

「は？　むかつくな。なにかあったんですか？」

『いや。……ぼくの気のせいならいいんだけどね』

「気のせいですよ」

『適当な返事するんじゃないの』

「なにか心配事？　俺にできることがあるなら言ってくださいね」

『やけに優しいじゃない』

「恩もあるので。あといい加減、片想い長すぎなんで」

『……うん、まあ大丈夫でしょう。拓人は今夜のラジオ最終日、頑張りなさい』

「はい。堀江さんも片想い頑張って」

『はは。はーいはい』

白の傷跡——恋文

シルバーのシンプルなペアリングを買った。

海《かい》の薬指のサイズは、今朝手を握っていたときに憶えた感触で選んでみた。あの子は手も指も華奢《きゃしゃ》な子なので、たぶんあうだろう。あわなければまたなおしにだせばいい。もう焦る必要はないのだ。

途中、昔律子《りっこ》に教えてもらった洋菓子店にも寄った。ささやかではあるし、たったふたりだけの小さな結婚式だが、ケーキのひとつくらいあっても悪くはない。

店で人気が高いというホールケーキを選んだ。海は喜んでくれるだろうか。それともこんなに浮かれる俺を子どものようだと笑うだろうか。その笑顔にいますぐ会いたい。

愛している、と心のなかで復唱する。

この言葉のなかにある安堵感《あんどかん》を、今日初めて知った。

また言おう、海に。嫌がるまで、しつこいぐらい毎日言おう。

明日も、一年後も。

十年後の今日も。

『岡崎さんへ

好きな人に、こうしてラブレターみたいな手紙を書くのは初めてです。

それだけじゃなくて、前にも言ったけど、好きな人に好きだと言ったり、キスをしたり、抱きしめてもらったり、叱ってもらったり、嫉妬をしあったり、愛してると言ってもらうのも全部、岡崎さんが最初で、最後の人でした。


俺にとって同性愛っていうのは、人としてしてはいけない、汚れたことでした。だから自分は生まれてきてはいけない失敗作なんだと思ってた。


母が病気になって父が俺に辛さをぶつけるようになってからは、自分の夢も結局いつまで経ってもいいほうにはいかないし、先は真っ暗で、俺はこのままどうなっていくのかなと、塞ぎこんでた。

ひとりで孤独で、毎日が怖かった。

それでもどうして生きていられたかというと、岡崎さんがいてくれたからです。

本当に辛くて、ひとりでどうしたらいいのか不安でしかたなかったとき、いつもコンビニにきてくれていた岡崎さんのことを想い出していました。

深夜に仏頂面できたかと思ったら、トマトジュースとパン。

スーツをびしりと着こなして厳しい表情で、いつもおなじものを買っていく不思議な人。

好きになっても報われないと思っていたから特別なにかを求めたりはしなかったし、
岡崎さんが俺を好きになってくれるなんて絶対に思えなかったから、
また片想いで終わるって決めつけていた恋だったけれどそれでよかった。

なにも求めなくても、岡崎さんが店にきてくれると胸が弾んで、
そうやって片想いしているだけで、俺は生きていられたんです。

でも岡崎さんも、俺におなじ想いをくれたね。
優しくしてくれて、俺の唇に、嫌な顔なんかしないでキスをして、
俺の痣《あざ》だらけの身体を抱いたあとには、綺麗だなんて言ってくれた。
俺も人を好きになっていいんだと思った。
もう気持ちをおさえつけて、我慢して偽らなくていいんだと思った。
嬉しかった。

本当に、本当に本当に、幸せだった。
初めて生きててよかったと思えたよ。

最初、一緒に食事をしにいった夜、岡崎さん、手を繋いでくれたね。

はっきり言いはしなくても毎日さりげなく家に誘ってくれて、キスして一緒に寝てくれた。

海の朝焼けも憶えてる。深夜に岡崎さんとドライブなんて、夢みたいでわくわくした。

ずっと黙って手を繋いだまま、日の出を見たね。きらきら輝く水面が綺麗だった。

なかなか自分に自信が持てなくて、
律子さんのことでも岡崎さんには辛い想いをさせてしまったし、
俺はまたおなじ過ちを繰り返しているのかもしれない。
でも岡崎さんのことが好きです。
嫌いだから、こんなことをしようと思ったわけじゃないんです。
愛してます。愛してます。
岡崎さんがくれたたくさんの愛情や幸せは、この胸のなかにしまって持っていくね。
だからあなたも、幸せになってください。

今朝、岡崎さんの口から初めて愛してるって言ってもらえて、
また生まれてきてよかったと思えました。

あなたに愛してもらえて寝顔を見つめながら、何度もこのまま死にたいと思ってた。

幸せなまま。このまま。

また会えたら、岡崎さんを好きになるね。
俺も愛しています。

八月十一日　岡崎《おかざき》海』

五日目

これが『白の傷跡』の本当の最後の仕事になる。

ストップウオッチのボタンに指をのせて、ヘッドフォンから丹下さんの合図がくるのを待つ。手もとにはリスナーから届いたメッセージ。正面には、強い輝きを放つ目で笑む裕次さん。

「――はいこんばんは、今夜も始まりました『白の傷跡』再放送記念企画ラジオ最終日。パーソナリティーを務めます榊拓人です。ぼくと一緒にみなさんとおしゃべりしてくれるゲストは今日もこの人、俳優の恵裕次さんです」

「こんばんは。最終日もどうぞよろしくお願いいたします」

「お願いします。――はー……とうとう終わりがきたね」

「そうだね。あっという間だったな」

「短い時間だってわかってたから大事に過ごせたとも思うんだけど、やっぱり淋しいよ」

「うん。またいつでもゲストに呼んでよ」

「えっ、きてくれるの？」

「いいよ。準レギュラーにしてください」

裕次さんがサブにいる丹下さんのほうをむいて頼む。丹下さんが両腕をあげてまるをつくり、オッケーの合図をして笑い返すと、スタッフもマネージャーふたりも俺も、みんな笑った。

「はは。リスナーさん、ディレクターからもオッケーがでましたよ。裕次さんのファンのみなさん、今後も楽しみにしていてくださいね。……ってことで、まずは今日一日、最後まで後悔のないようにみんなでおしゃべりしていきましょう。リスナーさんからいただいたメッセージもできる限り読んでいきたいし、宿題になっていた絵も紹介していかなくちゃいけないしで、盛りだくさんだから一時間じゃ全然足りない」

話しつつプリントをめくる。

「で、今夜はラジオとドラマへの感想も、ぼくらへの質問も、全部ランダムにどんどん紹介していきますね。まずはこちら、ラジオネームまろさん『「白の傷跡」きっかけで同性愛に理解をしめすリスナーさんがいましたが、わたしも「ドラマを楽しんで観てるよ」と友だちに言ったらカミングアウトされたひとりです。普通だと思っていた友だちがゲイで、彼のこれまでの苦しみを聞いているうちに〝普通〟ってなんだろうかと考えるようになりました。友だちに秘密をつくらせてしまうことや、異性愛者だと嘘をつかせていたことにはやるせない思いも湧きました。いまでは彼もゲイとして恋愛相談をしてくれます。話せて嬉しい、と言ってくれます。「白の傷跡」を観ていなかったら友だちを受け容れるまでもっと葛藤していたかもしれません。ありがとうございました』……いえ、まろさん、こちらこそありがとうございます」

「ありがとうございます」

「今日も番組が始まる前にリスナーさんから届いたメッセージをいくつか読ませてもらってたんですけど、『白の傷跡』が発端で身近な人が同性愛者だって知ったよ、という声をまろさん以外にもまたたくさんいただいてました。〝嘘をついているほうも辛いし、嘘をつかせるほうも苦しいですね〟ってみなさんが親身に、真剣に受けとめていて、読んでいるぼくらも温かい気持ちになりました。ね、裕次さん」

「うん。誰も悪くはないのに、信頼してる相手にすらうち明けづらいこともあるんですよね。『白の傷跡』がきっかけになったのもありがたいです。みなさんが友だちや知人と理解しあうための手助けになれたなら嬉しい、っていうか……もう、恐縮です」

裕次さんが頭をさげて礼を言う。

「いま裕次さん、頭下げて感謝してますよ」

「はは、そうだ、リスナーさんには見えないね」

「うん、電話越しにぺこぺこしてる人みたい。あれ俺も無意識にしちゃう」

「見えなくてもついな……いつも思うんだけど、俺は役をもらって芝居してるだけで、物語を創っている人たちはほかにいるんだよね。だからみなさんからドラマを褒めてもらうたびに、俺も岡崎を演らせてくれてありがとうございますって気持ちになる」

「ああ……うんわかる。俺も海を生んでくれて出会わせてくれて、ありがとうございますって一生感謝するよ」

ふたりで目をあわせて、すこし照れて笑いあった。

「こうやってお声かけてくださるまろさんもお友だちも、ほかのリスナーさんたちも、改めてありがとうございました。みなさんと大事な人の関係が末永く続いていきますように、祈っています」

「俺も祈ります。信頼関係、育み続けてください」

「ン。では次にいきます。ラジオネームはがさん『最初のキスはおふたりが勝手にしたことだって知って感激しました。拓人君にはナチュラルにキスをしてたって言う恵さんも素敵です。本当に恋人同士みたいですね』」

「こいびとどうしですー」

「こら。ちょっと立て続けにいきますね。ラジオネームあまねさん『拓人君のプロポーズ最高でした。恵さんおめでとうございます。ずっと恵さんのファンをしてきましたが、拓人君との再婚なら許します』次がラジオネームけいこさん『恵さんと拓人君の熱愛報道ありましたね、ラジオ聴いていて思い出しました。リスナーのわたしたちの声も世間の声だっていう恵さんの言葉が響きました。「白の傷跡」で同性愛に目覚めた人も、理解するようになった人も世間ですよね。幸せになってほしいです。偏見をなくすためにも恵さんと拓人君からご結婚お願いします』お願いってなんですかっ。も〜……うっかりプロポーズなんかしちゃったもんだから、昨日番組中からこの手の声がひっきりなしに届いてたんですよ。あの束はとてもじゃないけど読みきれません」

「嬉しいことだろ？」

「あの、普通に照れるんでやめてください。裕次さんも。——じつはね、俺この企画ラジオで裕次さんと一緒にリスナーのみなさんと話してきて、自分のなかでも新しい発見とか、学びがあって、それでいままでお休みしてたモデルの仕事を本格的に再開しようって決めたんです。リスナーさんにとって恥ずかしくない人間でいたくて」

「おー」と裕次さんが笑顔でぱちぱち手を叩く。

「で。で、ですよ。このことを裕次さんに話したら、一緒に暮らそうって言ってくれたんです。俺がモデルとして限界まで挑戦するのを支えてやるからって」

「あ、それ言っちゃうの？」

「言うよ。同棲だなんだってパパラッチされたら困るじゃん」

「あー……。そういうことか」

「みなさん、もし今後俺と裕次さんがルームシェアしたとしても温かく見守ってくださいね」

「どうせいですー」

「ばか。熱愛報道とかほんとまじで二度と勘弁だから」

「そんなに嫌うなよ」

「裕次さんが嫌いなわけじゃなくて」

「なら好き？」

「さ、次いきましょうねー。ラジオネームまきさん『恵さんの一途な恋、わたし応援します！』はい、ありがとうございました！」

「あはははっ」

タイミングよく丹下さんが曲に切りかえた。『白の傷跡』の挿入歌だった繊細なピアノ曲。カフとタイムウオッチを操作しつつ、サブにいる丹下さんとにやっとうなずきあう。こういう絶妙なコンビネーションがきまると俺たちも気持ちいい。

曲のあとはCM。その間に進行を頭に入れて準備していく。裕次さんは俺を見つめている。

再び番組が始まる。

「――はい、『白の傷跡』再放送記念企画ラジオ最終日、今夜もぼく榊拓人とゲストの恵裕次さんのふたりでお送りしています。さて、ここでいったんメッセージを読むのはお休みして、ミニコーナーにいきます。コーナーといってもぼくがいきなり勝手に提案した例の絵の宿題のご紹介で、いまちゃんとぼくたちの横にあるんですけども……裕次さん、どうやって紹介していく？　せーの、で見せる？」

「そうだね、時間もないからせーのでいこうか」

裕次さんが俺から隠すようにして自分のスケッチブックを持ち、俺もそろって胸に抱える。おたがい描いているときも最後の仕上げは見せないよう注意していたから完成は知らない。

「じゃあ裕次さんいくよ、せーの！」と声をあげて、勢いよくふたりでスケッチブックのむきを変えた。

「おー、拓人はパンとトマトジュース？　可愛いね。俺が……じゃない、岡崎が買ってたのとおんなじだ」

ははは、と笑う裕次さんのスケッチブックに、俺は意識を奪われていた。

「裕次さんのは、景色だね。下に人がふたりいる」

「そう、これが岡崎でこっちが海」

「……えっと、ちゃんと説明していきますね。俺のは裕次さんが言ったとおり、パンとトマトジュースです。岡崎さんが買ってた食パンと、パックのトマトジュースね。これだけだと淋しいから野菜のトマトもいくつか描きました」

「パステルと色鉛筆の優しい絵だよ」

「ありがとう。それで裕次さんのは水彩絵の具で、これはどこかの森かな？　その湖の前に、ぽつんとふたりの人が手を繋いで立ってる絵なんです。いま裕次さんが岡崎と海だって教えてくれたけど、人物は背中をむけてて米粒ぐらいの小ささだから、左の人のほうが身長が高くて身体つきもたくましいかなって程度で、そんなに岡崎と海！　って強く主張する感じでもない。で、その人物だけ白くて、森林に囲まれたこの湖と空の全体は、水彩のすごく綺麗な色で描かれてるんです。たぶん昼から夕方になるころかな……空は緑がかった青で、雲の影は黄色とか桃色とか水色、灰色で塗られてる。木々も緑色の葉、茶色い木、じゃなくて黄色や桃色が影として入ってるの。透明感があって、なんて表現したらいいんだろ。七色の幸福な世界かな」

幸せ、という想いに秘められた色が全部入っているように感じられた。温かいのも暗いのも。なのに全体を俯瞰《ふかん》で見渡してみると温かくて美しい、そんな世界。

「そう。これは岡崎と海がもう一度会える場所をイメージして描いたんだよ。天国でもいいし来世でもいい。なんとなくこんなふうに、こう……寒色もありながら暖色のほうが強く満ちた優しい世界っていうか」

「ふたりが会う場所……すごく素敵で見入るよ」

「結局ね、人と人がいれば辛いことはあると思うんだよ。自分たちふたりで衝突することも、周囲の人間がぶつけてくる感情で関係が揺らぐこともある。実際岡崎と海はそうだったよね」

「……うん」

「何度会っても何度恋人になっても困難は必ずあるだろうけど、一緒にいるための努力をしてほしい。ここはふたりがつくる次の、新しい幸福な世界だよ」

　左目の瞼に無意識にあふれた涙粒を拭った。

「うん……わかる。リスナーさんに見せられないのがもどかしいんですけど、見つめてると心が吸いこまれて絵のなかに自分の意識が根こそぎ入っていきそうになる。それぐらい魅力的な絵です。あとでちゃんと番組ブログとSNSのほうにもアップしてもらうので、リスナーさんも楽しみに見てくださいね。ぼくのもおまけで見てください」

「拓人の絵も絵本みたいな優しい絵で、海が描いてくれたのかと思うと泣けてきますよ」

「ハードルあげんなー」

「や、本当に。描こうと思って頭に浮かんだのがパンとトマトジュースなんて、俺はたまらないよ。出会いのきっかけで、毎日一緒に食べてたなにげない朝食のメニューが、海にとっては一番の幸せの象徴だったのかな。いつかまた一緒に食べよう、って、そう思えて涙がでる」

　洟をすすったのは俺のほうだった。

「もうやめてよ、泣けるから。泣くとしてもまだはやいからっ」

「ははは」

　なんにも考えずに描いていたけど、裕次さんの言葉を聞いていて想い出した。死を待って目をとじていたあの最期の瞬間想い描いていたのが、岡崎さんとパンとトマトジュースの朝食を食べてキスをしていた情景だったことを。

「……うん、そんなわけで『白の傷跡』をテーマに絵を描いてみましたが、裕次さん、芝居ではなく絵で表現してみてどうでしたか？」

「海の愛を感じて嬉しかった」

「にやついてる……。水彩絵の具のつかいかたがびっくりするぐらい上手ですけど、やっぱり絵も楽しいなーって再確認したりは？」

「そうだね、楽しかった。岡崎と海を想いながら描くのは、趣味で適当に描くのと全然違った楽しさがあったよ」

「お。じゃあ俺の提案も結果的によかったってことかな」

「よかったよかった」

「あはは、ありがとうございます。リスナーさんにも喜んでもらえますように！　──じゃあこのながれで、今夜放送された『白の傷跡』最終話への感想も読んでいきましょうか」

「いよいよだね」

　プリントをめくって裕次さんの柔和な瞳を見る。

「……うん。俺たちも夕方ふたりで観てきました。初見のかたの声も、何度も観てくれているかたの声も、それぞれ受けとめていきます。まずはこちら、ラジオネームちさとさん『自殺はよくないと思い知りました。海君、岡崎さんが幸せだと思いますか。天国で反省してほしい。海君は岡崎さんもあとを追うとは考えなかったんでしょうか？　海君がいなくなってすべてがうまくいくわけないじゃない、すべてが狂う可能性だってあったんだよ。海君は浅慮すぎます。最期、幸せそうに微笑んでいる海君を観ていて涙がとまりませんでした。来世では岡崎さんと絶対に幸せになってください』……うん。次もいきますね、ラジオネームののさん『最終回、観ました。やっぱり海に死んでほしくなかった。拓人君が、本心では海の選択を責めてたって言ってくれたのが、わたしには救いになりました。海は命の尊さを教えてくれました』ありがとうございます。ラジオネームまなさん『昨日恵さんと拓人君がネタバレについて話してましたが、わたしも初見で心がまえできていたとはいえやりきれなかったです。岡崎さんが可哀相でしかたないです。拓人君は、昨日海君の言葉で「幸せでいてほしい」と言っていましたが、岡崎さんが幸せになれるわけがありません。自殺で大事な人を失うのがどんなに辛いことか学びました。でも一方で海君を責めることもできない。初めて自分を好きになってくれた人に、暴君の自分の父親を背負わせるなんて無理すぎるし、夢まで残酷なかたちで失って、絶望と哀しみにうち拉がれていたのはわかるから。現実を乗り越えるのってしんどいです。乗り越えて絶対幸せが待ってるって確信が持てるわけでもないから、もしかしたら乗り越えても乗り越えても辛いことが続くかもしれないから。現に海君はそうだった。岡崎さんと幸せになっても辛いことばかりで、何度人生に光を見いだしても突き落とされてきたから。生きるって大変です。でも失った人に一生会えないまま生き続けることもとても辛い。岡崎さんに幸せでいてほしい。でも海君にもいまは笑っていてほしいです』みなさん本当にありがとうございます」

涙声にならないよう注意して、隠れてティッシュで目と洟を拭っていたのに、裕次さんが「待ってね、拓人泣いてるから」とリスナーさんに報告してしまった。

「言わないでよ」

「フォローだろ？」

「一生懸命ばれないようにしてたんだから」

「無理無理、声が震えてたもん」

裕次さんの腕を叩いて、ふたりで笑う。

「みなさんが海を叱ったり一緒に憐れんでくれたり、岡崎さんを心配してくれてた声、ほかにもいっぱい、ほんとにめいっぱい束になって届いています。俺は榊拓人として〝そうだよね、海はばかだよね〟とも思うし、海として〝生きててよかったんだよって言ってもらえるだけで充分幸せです〟とも思うんです。海が生きていることで好転することもあったのかな。父親もまた真面目に働いてくれて、岡崎さんとのつきあいも認めてくれて、イラストレーターの仕事ももう一度踏ん張れたら——ううん、幸運な変化なんかなくて結局辛いままの現実だとしても、岡崎さんとふたりで困難を半分こして生きていく未来に幸せを見いだすこともできたのかな。……どれだけ想像してもわからないや。でもいまは、海にもっと岡崎さんを信じて未来に希望を持って、生きていてほしかったって思えてならないです」

「ン」

「だから俺は、今後どんなに辛いことがあっても、無茶でも綺麗事でも、希望を持ち続けて、海のぶんまで生きていきます」

「心が折れたときに希望を持つって、強い精神力が必要だよね。俺だったら自分のまわりのあらゆるものを呪って道づれにしてやりたいって思うかもしれない。〝生きていればきっといいことがあるから〟なんて他人だから言えることだし、〝じゃあいいことくれよ、って請うたらどうせおまえは黙るんだろ〟って反発心も湧くかも。それぐらい荒れて壊れていきそうだよ」

「うん」

「まあでも、反発するような俺みたいな奴は図太いから生き続けるわけだ。海みたいな子は、優しいんだろうな。優しすぎて甘え下手なんだよ。〝自分でなんとかしなきゃ、大好きな人にこんな辛いこと絶対頼めないから、背負わせたくないから〟って全部ひとりで抱えようとする。海ももちろん強い子だけど、少なくとも最期の選択だけは俺が望む方向の強さじゃなかった。俺には弱いところを見せてほしかった。だから拓人がようやく〝海のぶんまで生きていく〟って言ってくれてほっとしたな」

肩を竦めて、やれやれというしぐさをしながら裕次さんが笑う。俺も苦笑する。

この人が本気で他人を呪ったり苦しみの道づれにしたがったり、自己中に反発したがるような人じゃないのは知っている。

「自分が我慢することで好きな人が幸せになれるならいいやっていうのはいまも思ってるよ。ただそれも綺麗な感情なわけじゃなくて、好きな人になにか要求して嫌われたくないっていう保身もあるんだよね。だって好きだもん。自分のこともできれば好きでいてほしいんだもん。岡崎さんが俺の父親のことを〝いいよ平気だよ我慢するよ〟って言ってくれても、いつか心底苦しくなったとき〝こうなったのは全部おまえのせいだ〟って言わせて、それで失ったら本気で立ちなおれない。そんなふうに嫌われるぐらいなら愛しあっている幸せな時間におしまいにしておきたかった。俺も欲望まみれだった。怖かった。未来を信じられなかった」

「ン」

「でも何度も言うけど、今回の企画ラジオで裕次さんとリスナーさんとこうやって話しているうちに、そうするべきだったんだって思えた。岡崎さんを信じて生き続けて、喧嘩でもなんでもするべきだった。嫌われるならそれが自分っていう人間が招いた結果なんだって、受けとめるべきだった。たとえ別れることになっても逃げないで、岡崎さんを想い続ければよかった。

別れたまま寿命がきて死んだとしても関係ない、ひとりで彼を愛してればよかった。普通の恋人同士が経験していくような苦しいことから、ずっと逃げてた。普通になりたかったくせに。恋する資格もなかったのかもしれない。綺麗事で終わらせようとしたのは俺だ。汚くたって、泥沼になったって、どうせ俺は岡崎さんを愛して感謝し続けるのに。最後の最期に岡崎さんになにもかもを背負わせて、一生ぶんの後悔を植えつけて、自分だけ逃げて、ひとりにさせた。心の根っこまで傷つけて捨てた。……いちばんしちゃいけないことをした」

「拓人」

「……うん。裕次さんとリスナーさんと、それと岡崎と海のふたりから教わったこの想いを、俺は胸に刻んでおきます。ありがとうございました」

二度目のＣＭに入った。丹下さんが右手の親指を立ててグッドの合図をしている。苦笑して俺は涙を拭う。

裕次さんが俺の左手を握って離さないまま、ＣＭがあける。

「──はい、残り時間が減ってきています。次のリスナーさんからのメッセージいきますね。ラジオネームゆづきさん『拓人君が海君っぽく、恵さんが岡崎っぽくリスナーさんの言葉に回答するようすが素敵でした。おふたりは本当に役を大事にお芝居してるんですね。ほかのリスナーさんも言っていましたが、岡崎と海君を演じてくれたのがおふたりで本当によかったです。ありがとうございます』とんでもないです。みなさんそろって〝岡崎と海を演ってくれてありがとう〟って言ってくださるんですよね……このドラマを観ていてくれたかたは本当に温かい人たちばかりだなって感謝でいっぱいです」

「俺もです。演ってくれてありがとう、なんてなかなかもらえる言葉じゃないな」

「こちらこそ演らせてもらえてよかった、岡崎と海に出会えてよかった、って、くり返しになっちゃうけど思うね」

「ほんとに」

「あともっと言うと、観てくれてありがとうって思わない？」

「ああ、思うね。ドラマもいくつもあるからなあ……気にかけて毎週、再放送なら毎日観てもらえるっていうのも嬉しいことだよね。飽きたらそこで終わりになっちゃうわけだから」

「うん。観続けるってすごい労力がいることだと思うんだよ。録画も、わざわざリモコンぴっぴして行動してもらわなきゃだし。自分だったらそうとう好きにならないとしないって想像できる。だから俺たちも視聴者さんから奇跡みたいな喜びとか感謝をもらってるんですよ」

「本当にありがとうございます」

「ありがとうございます。たぶん今夜はもう何度もありがとうって言っちゃうね」

「はは、そうだね」

笑いあう俺たちと一緒に、スタッフも微笑ましそうに笑んでいる。

「では次いきます。ラジオネームたくみさん『拓人君の「結婚しますか」を聞いたとき胸がぎゅっとなりました。恵さんと拓人君には岡崎さんの叶えられなかった夢も叶えられるんですね。本当にふたりが結婚してくれればいいのに』……はい。ではここで、みなさんからいただいた温かい声に甘えて、裕次さんとぼくからサプライズっていうか……ひとつあるのでおつきあいください」

裕次さんも無言でうなずいて、ふたりで丹下さんに視線を送り合図をする。丹下さんもうなずく。

『白の傷跡』に使用されていたしずかなピアノのＢＧＭが響きだす。目をとじる。

「――海」

ひとこと呼ばれただけで涙があふれそうになった。

「どうしてあんなことをした。なんでなにも言わずに逝ったりした……？　俺はそんなに頼りなかったかい」

淋しそうで、決して俺を傷つけようとしない優しいしずかな問いかけに、心を深く抉られる。

涙が堰を切ってあふれだす。

「……ううん。頼りなかったんじゃない、頼るのが怖かった。俺は岡崎さんが『もう耐えなくていい、逃げておいで』って言って父さんに会ってくれただけで充分だったんだよ。岡崎さんが父さんに殴られて、蹴られて、それでも我慢してくれただけで充分だった、限界だった」

「あそこで俺が我慢したのが悪かった？　俺もきみの父親を殴ればよかったのか？」

「違うっ……」

「俺はなにも辛くなかったよ。きみはあれ以上に毎日延々と耐え続けてきたんだろ？　耐えたところで父親が改心してくれるかどうかもわからないのにずっと我慢してきた。でも俺は違う。耐えればきみと過ごせる未来が待ってた。辛いわけがないじゃないか。きみを失うこと以外に辛いことなんかなかった」

「岡崎さん……っ」

「きみが父親を捨てきれなかったのはわかる、俺に家族の負担をかけたくなかった気持ちも。なぜならそういうきみを俺は愛したから。父親なんかどうでもいいから逃げて幸せになろうって言えてしまう子だったなら、俺は愛してなかったよ。だけど、だから俺は、恋人としてきみが抱えているものをわけてほしかった。きみと一緒に耐えたかったんだ。そして説得を続けていきたかった。そんな毎日でも、きみといられれば俺は幸せだったのに。あるいは〝一緒に死んで〟って誘ってくれたとしても嬉しかった。おまえは不要だ、って思い知らされるよりは。……こうやって俺がきみを想うことも、きみには重荷でしかないのかな」

　拳を握って歯を食いしばって懸命にこらえた。泣くのを。悔しさを、やるせなさを、後悔を。

　裕次さんが席を立って俺の左隣にある椅子へ座り、肩を抱いてくれる。

「……嘘でいい。この夢の世界でだけでいいから、きみの本音を聞かせてくれないか。それで最後にしよう」

　拳を握って痺れる両手ごと抱きしめられる。左のこめかみに彼の唇がつく。

「あんな父親の子どもになりたくなかったっ……普通になりたかった、普通がよかった、絵の才能が欲しかった、もっとたくさん絵が描きたかった、人の心に届く絵が描きたかった、俺はここにいていいんだって思いたかった、生きてていいって思いたかった、幸せになりたかった、でも……どうしても、父さんのことも好きだったっ……母さんにもっと長生きしてほしかった、そうすれば父さんもあんなふうにならなかった、母さんが死んで哀しいのは俺もおなじだったから、父さんを責めきれなかった、俺が受けとめなきゃって……岡崎さんとふたりきりの、なんにも苦しいことなんかない、あったかい、幸せだけの世界でずっと一緒にいたかったよ、自分は失敗作じゃないって、俺も岡崎さんを好きになっていいんだって、ずっと思っていたかったよっ……。もっと恋人同士みたいなこともしたかった、いろんなところへいきたかった、岡崎さんとふたりで。岡崎さんを幸せにできるって、自信がほしかった。傷つけて嫌われて、幸せだったことも岡崎さんのなかで憎しみに変わる日がくるぐらいなら、どうして死んだりしたんだ、って叱ってもらえるほうが幸せだったたっ……」

「ばかだなきみは。最後だって言ってるのにおなじじゃないか、我が儘にもなにもなってない、文句も言えない、憎まれ口も叩けない、自分の望みだけを吐きだせばいいのに、こうなってもすっきり終わらせてくれない。きみは俺に好きだと想わせる一方だ」

「岡崎さん……」

「なんでまだ父親を好きだって言える？　自分の責任にする？　きみの苦しみに気づいていながら自殺をとめられなかった俺を責めない？　どうして淋しかったって言わないんだっ……」

裕次さんに強く抱きしめられて背中が痛んだ。彼の肩に顎をのせ、無気力に涙をこぼした。

岡崎さん、と意識もせずに呼んでいた。

「……俺は充分我が儘だよ」

「どうして」

「こんなに幸せなのに泣いてるから」

「ばか野郎」

「岡崎さんの乱暴な言葉づかい新鮮……」

笑ったら今度は乱暴なキスをされた。

「……海」

「うん」

「そっちは寒くないか。……暑すぎたりは？」

「大丈夫。岡崎さんは……？　また今朝もちゃんとトマトジュースとパン食べましたか」

「……あまり食欲がないよ。海が作ってくれるサラダなら食べられるだろうにな」

「わかった。じゃあこっちで、たくさん、おいしい料理を勉強しておくね。……また会えたらごちそうするために」

「いますぐいきたいよ、どんな味だろうと海と食べられるならおいしいんだから」

「岡崎さんにはもうすこしゆっくりしてきてほしいな」

「じゃあ約束してくれ。俺がそちらへ逝く日はきみがむかえにきてくれ、いちばんに。そしてもう一度こうやって抱きしめるから」

「……うん、約束する」

「愛してる海」

　上半身を離して、裕次さんが涙のたまった瞳で俺を見つめる。

「ありがとう岡崎さん……俺も愛してます。心から」

　裕次さんがキスをくれる。ラストのＣＭに切りかわっても彼はしばらく口を離さなかった。

　俺たちはこの芝居を最後に岡崎と海を演らないと決めていた。このキスが最期――そう想いながら続いた抱擁もやがて終わり、目をあけると正面に裕次さんがいた。彼のしずかな笑顔が、俺には裕次さんにも、岡崎さんにも感じられた。

ＣＭあけには、『白の傷跡』の監督やスタッフから寄せられたメッセージも紹介した。途中リスナーさんから届いたリアルタイムの感想メールも読み続けて、残り一秒まで裕次さんと一緒に感謝を伝えて企画は終了した。

ブースをでると、スタッフ、取材陣、とたくさんの人たちからの拍手とカメラのフラッシュにむかえられた。丹下さんに大きな花束までもらって、裕次さんと肩を寄せあって写真撮影し、頭をさげてお礼の挨拶をする。

なんだか、理由も判然としないまま涙がとにかくあふれてとまらず、嬉しいのになんで泣いてるんだろ、と笑う俺を、裕次さんは終始撫でたり肩をさすったりしてなだめてくれていた。

「恵さん、言質《げんち》とりましたからね。また遊びにきてくださいね」と丹下さんが握手を求める。

「ええ、もちろん。仕事の都合がつけばいつでもきます」と彼も丹下さんの手をかたく握る。

「いんや、拓人の頼みなら恵さん毎週でもきてくれるでしょ？　拓人経由で依頼しますから、覚悟しといてください」

「あー……それ俺ほんとにレギュラーになりかねませんね……」

はははは、と取材にきてくれている人たちまで全員で笑う。

ふたりで短めの囲み取材をうけて、最終日の今日届いた花々の前でも番組用の写真を撮り、俺たちの絵も撮ってもらったあとようやく全部の仕事が片づいた。

打ちあげはまた改めて浅い時間からやろう、とみんなで話しあって決めていたので、今日のところはこれで解散だ。

「拓人、もしかして恵さんと帰るの?」とつっこんできたのは飯田さん。

約束はしていなかったものの、そうなるんだろうと勝手に思っていた。裕次さんに視線をむけて問うたら、彼が「はい」と俺のかわりにこたえた。

「拓人は俺がもらっていきますよ」

で、またその場にいたみんなが笑いだす。

「……なんか俺、もう裕次さんとセットの人みたいだな」

呟いたら、裕次さんに「嫌なのかよ」と不思議そうな顔をされた。

「嫌じゃないけど恥ずかしい」

「慣れろ慣れろ」

頭をぽんぽん叩かれて、みんなからも「諦めろ」「いいコンビだよ」とからかわれる。

そしてふたりで頭をさげて、マネージャーの黒井さんと筒井さんとともに退室すると控え室へむかった。

「……『白の傷跡』のおかげだよね、俺らがナチュラルにコンビとか言ってもらえるの」

「ああ、たしかにべつのドラマだったら嗤って気持ち悪がられて終わりだろうな」

胸に抱えている大きな花束をきちんと抱えなおす。熱い余韻がまだ体内で踊っている。

おたがいいったん控え室へ戻って、荷物をとってから駐車場で合流した。

「拓人、気をつけて帰ってね。今日のことはまた後日まとめて褒めるからね」

黒井さんはさっきからずっと涙目で「すごくよかった、素晴らしすぎるラジオ番組だった」とくり返し絶賛してくれている。

「必要ないよ、裕次さんに助けてもらってできた番組だし」

「拓人の力もある！　よかったところメモしといたから、ちゃんと言うから！」

「うん……あんがと」

照れて笑って裕次さんの車へ乗る。花がひっかからないように黒井さんが押さえてくれる。

「黒井さんも気をつけて帰ってね」

「俺は大丈夫」

「深夜なんだから寝ぼけて運転しないよーに」

「平気って。恵さん、拓人のことお願いします」

笑いあってガラス窓をあける。じゃあね、と手をふろうとしたら、筒井さんが黒井さんに身体をむけた。

「黒井さん、わたしがおくります」

「え……大丈夫です、そんな」

「マネージャー同士、ゆっくり話して帰りませんか」

おー、と俺も嬉しくなった。

「いいね。筒井さん、うちのマネージャーよろしくお願いします」

「はい。拓人君と、恵も気をつけて」

裕次さんも運転席から「筒井頑張れよー」と声をかけた。

ふたりに手をふって、裕次さんの運転で車がゆっくり発進する。筒井さんと黒井さんの姿が遠く小さくなって、車は地上へでていく。

「裕次さん、どこいくの」

「んー。花もあるし、今夜は家にまっすぐ帰ろうか。拓人どこかいきたい？」

「ううん……俺も休みたいかな」

「ン。まだ身体も辛いしね」

裕次さんが俺の腰を撫でる。くすぐったくて、身を捩って笑う。花をくるんでいる包みもぱりぱり鳴る。スタジオから離れてしばらく経つと裕次さんが俺の手を繋いだ。

「ねえ、さっきなんで筒井さんに頑張れって言ったの？」

甘やかに微笑んでいる彼の横顔に訊ねた。

「あぁ……。筒井な、黒井さんのこと好きになっちゃったんだってえ。

「今回、結構頻繁にふたりで行動してたでしょ。そうしてるうちに惹かれたらしいよ」

真っ先に堀江さんの顔が浮かんだ。

「そ、うなんだ……筒井さんまで」

「まあ、本人が納得いくまで好きにさせてやって」

黒井さんも堀江さんもどうでるんだろう……。堀江さんの長年の片想いにようやく終止符がうたれるならいいことだと思う。けどあの三人が三角関係になってどんな結果になるかなんて、まるで想像がつかない。

「ひとまず、俺は……堀江さんに借りてる車の心配だけしておこうかな」

ははは、と裕次さんが笑う。

「俺との未来もちゃんと考えておいて」

裕次さんの言葉にこたえて手を握り返す。

「うん」

車が走っていく。街路灯の光をくぐって、月明かりをひき連れて、俺と裕次さんを乗せて、新しい次の物語へむけて――。

バックステージ

玄関の鍵をあけて部屋へ入った。施錠したのは無意識で、靴を脱いで最奥の自室へすすみ、ローテーブルの前へしゃがみこんでからようやく徐々に正気をとり戻した。

――あなたが好きです。

筒井《つつい》さんの無感情な横顔と声を思い出す。

――恋愛感情で、という意味です。

恋愛感情。

なんで俺なんか、と思いながら真っ先に口走った自分のひとことに失望した。

俺がいちばん言っちゃいけない言葉だった、言いたくない言葉だった。最低で最悪だ。結局自分はそういう人間なんだろうか。違うと信じたくとも、意識せずにでた言葉こそ本音なはず。最低で、最悪な人間なんだ。昔からひとつも変わっていない。

床を睨みつけて愕然としていたらスマホが鳴った。どき、としてスーツのポケットからだし、相手を確認すると『堀江功一《ほりえこういち》社長』とある。

『お疲れ黒井《くろい》君。帰宅してる？』

「あ、はい。いま家です」

社長は一日の報告のためにほぼ毎日電話をくれる。

『拓人《たくと》のラジオ最終日、とてもよかったよ』

「はい、俺も感動しました……社長にも喜んでもらえて嬉しいです。ありがとうございます」

『いやいや。丹下《たんげ》さんたちのようすは？』

「みなさん絶賛してくれていました。というか社長、お時間大丈夫だったんですか？」

『ああ、まあ用事があったから車のなかで聴いた』

「やっぱりお仕事かなにか」

『プライベート』

「あ、すみません……」

『なんで謝るの？』

「立ち入ったことを、うかがってしまったかなと思いまして……」

『はは、黒井君に訊かれて困ることなんかないよ、なんでも訊いて』

そう言われると、訊かないのも悪い気がしてしまう。

「じゃあどんな用事だったんですか」

『友だちと食事』

「友だち」

『そう、友だち』

会話がとまり沈黙がおりる。しばらく待っても社長が話しだす気配はないので、俺はため息をついた。……この人はこういう人だ。訊かれて困ることはない、と笑いながらはぐらかす。

俺はその友だちが社長にとってどんな友だちなのか一生わからない。

『拓人も無事に帰った？』

「はい、恵《めぐみ》さんの車で一緒に帰りました」

『あー。ラジオで同居するって言ってたねえ。あそこで宣言しておくのはなかなか巧かった。ふたりはもう同棲始めてるのかね？』

「それはまだだと思います。今後のことについては拓人と話しあって後日報告にいきますので、よろしくお願いいたします」

『いいでしょう、待ってます』

「はい……」

ラジオを褒めてもらえて嬉しい。拓人の話をしていると気持ちが安らぐ。社長の声も綺麗で耳に心地いいからやっと落ちついてきた。

『黒井君はどうしたの？　なんだかようすがおかしいね』

「へ……お、かしいですか」

『おかしいよ。きみに恋してる俺だから気づく些細な違いだろうけど』

またこの人は。

「社長はいつも明るくて面白いですね」

『面白がるんじゃないよ、人の真剣な告白を』

普段なら笑えた社長の返答が、今夜は胸に刺さった。

「すみません、そうなんですよね……」

『……。おや。どうしたのほんとうに。言ってごらんなさい』

はあ、ともう一度ため息をついて通話をスピーカーにかえ、キッチンへ移動してスマホをおくと、マグカップをだしてコーヒーメーカーの用意をする。

「冷静になるために飲み物いれながら話しますね」

『はいはい。冷静にならなくちゃいけないぐらい、きみを惑わせたのはどこの誰だい』

「惑わせるって……。じつはさっき、恵さんのマネージャーの筒井さんに告白されたんです」

『ほう』

「でも俺、そのときすぐに『筒井さんはゲイだったんですか』と驚いて訊いてしまいました。……情けないです。今回のラジオの内容も、恵さんと拓人とリスナーの絆も全部素晴らしくて心から誇らしかったのに、俺は無神経に偏見をぶつけてしまったんです。拓人のマネージャーとしていちばん言いたくない言葉でした」

『ほうほう。それで落ちこんでいたと』

「拓人ならすんなり受け容れて誠実にこたえてた。俺みたいな反応は絶対にしない」

昔から俺は駄目な人間だった。言動が変だとやっかまれて小学生のころはいじめられていた。人間に通知表があるならきっとオールマイナスのでき損ない。もちろんなんのとり柄も才能もないカースト下位のその他大勢。

みんなの中心で輝いている人がずっと羨ましかった。もっとも憧れたのはテレビや雑誌できらきら光っている芸能人たち。才能があって、身体の内側から常に自信があふれだしている。

そんな彼らを傍で支えたくてこの仕事に就《つ》いたのに、無論自分がそうなれるはずもなく俺はいまも変わらず駄目人間なうえに、打算や差別に磨きがかかった汚い大人になりはてている。

『きみがなにを考えてるかわかるよ黒井君』

「……本当ですか」

『でもいま悩むべきはそっちじゃないねえ』

「え」

『え、じゃないよ。告白されて筒井君とどうするつもりなの？』

「どうって……一応、今度食事する約束をしました」

フィルターをセットしてコーヒー豆を入れたコーヒーメーカーのスイッチを押す。ミルの音が響いてコーヒーのいい香りがただよいだす。

『きみは筒井君と恋人になる意思があるのか。黒髪ロングストレートの清楚《せいそ》で可憐《かれん》な大和撫子《やまとなでしこ》と結婚して、子どもはひとり犬を一匹飼う夢は？』

「……筒井さんにいきなりゲイかどうか訊いてしまった手前、自分は男性経験がないからって理由で断れなくなってしまったんです。考えてみれば、俺筒井さんのことなにも知らないし、自分のなかにある差別や偏見を克服するためにもちゃんとむきあってみようかなと……」

『要するに罪悪感を払拭するために筒井君を利用したいと』

「意地悪い言いかたしないでください……」

『いいんじゃない？　人間ってそういう生き物だよ。拓人と恵さんの関係もあるし、黒井君にとって筒井君は邪険にしづらい相手でもあるんでしょう。食事して、仲よく同性同士の恋愛についておしゃべりしておいで』

……なんだか棘《とげ》のある物言いだ。俺のばかさ加減に呆れているのか。

「わかりました。すみません……一社員でしかないのに、社長にこんな相談をしてしまって」

『かまわないよ。社員の心のケアも俺の仕事だからね』

「はい……ありがとうございます」

小さな笑い声が聞こえた。

『まあそうへこまずに。俺はなにがあっても黒井君の幸せを祈ってるよ』

そしておやすみと続けて、通話は切れた。


土曜日の今日は一日オフ。掃除洗濯をして午後から大好きな映画『ローマの休日《きゅうじつ》』を観た。王女であることにうんざりして逃げだしたお茶目でやんちゃなアンと、最初はスクープをとってやるつもりで近づいたジョーが、秘密のデートをしているうちに惹かれあう恋物語。子どものころ、この映画を観たときから俺はジョーに憧れていた。きらきらの王女さまが、一般人の自分にほんのひととき恋の想い出をくれる。羨ましくってしかたない。添い遂げられなくてもいいんだ。王族になって贅沢《ぜいたく》な生活をしたいわけでもない。あんまり幸せすぎるとその後不幸まみれになる気がするから、一生で一度の想い出だけもらえれば充分で、そんな光り輝く時間が刻まれた人生を生きてみたい、と焦がれた。

でも実際はこの平凡な毎日が続いて終わるんだろうな。俺みたいな駄目人間にも生きる価値があればいいのに。あ、拓人のような人たちの輝きを際立たせるための影とか？　そうだな、それぐらいの価値しか見いだせない。俺は影じゃなくてせめて支える存在でいたいんだけど。

――黒井君は器がでかいんだよ。

テレビを消してベッドに転がると社長の言葉が過った。

――たとえば『逆あがりできないんだね！』って黒井君が言ったとする。相手にとってはコンプレックスで恥ずかしい欠点だったとしても、きみは気にしてないから笑って言っちゃうわけだ。逆あがりなんかできなくてもきみは相手を嫌わないからね。

――黒井君から距離をおいたり逃げたりする人はね、保守的で自己愛に満ちた人間なんだよ。『うんできないんだ。一緒に練習してよ、教えてよ』って自分の欠点を認める余裕も、黒井君の優しさに頼る度量もない。ただし残念ながら世の中にはそんな〝自分大好き人間〟のほうが多い。

知人に〝天然〟と叱られたとき、社長がくれた言葉だ。昔いじめられていたころの記憶まで蘇って、俺はあのとき全部暴露して縋ってしまった。でも社長は嗤ったり俺を責めたりはせず〝それは長所だよ〟と言ってくれた。

――黒井君を理解できるのは俺ぐらいなもんだよ。だから俺といなさい。

社長は俳優になるのを諦めて事務所を立ちあげた人だけど、商才に恵まれていただけで俺にとっては拓人たちとおなじきらきら属の人に違いない。頭脳明晰《ずのうめいせき》、眉目秀麗《びもくしゅうれい》、明朗快活《めいろうかいかつ》、人を賞賛する言葉がまるっとすべてあてはまるような人。

一生ついていきたいと思うほどには尊敬している。とはいえ、俺を理解してくれるのが社長だけだったら困ってしまう。プライベートを一切教えてくれないような遠いきらきらな人じゃ、こっちは淋しいばっかりじゃないか。

ぴぴ、とふいにスマホが鳴りだして画面を見たら筒井さんからの電話だった。

『黒井さんこんにちは。あの、食事の約束、今夜じゃ駄目ですか』

急だな。時計を見ると三時半。えっと……まあ、断る理由もないしいいかな。

「はい、今日はオフなのでかまいませんよ」

『よかった。じつはいま黒井さんの家のそばにいるんです。むかえにいっていいでしょうか』

「えっ、どうして俺のうち知ってるんですか？」

昨日仕事のあとにおくってもらったときは途中で別れた。というのも、おたがい車でスタジオへいっていたので、筒井さんが俺の車を運転してくれて帰るという奇妙な事態になったせいだ。俺が恐縮して、結局筒井さんの家からも負担にならない駅で解散した。

それ以前も、自宅を教えるようなタイミングはなかったはず。

『堀江社長が教えてくれました』

「は？」

『所用があって事務所へ電話したら社長が対応してくださいまして、黒井さんが今日お休みで家にいるはず、とも教えてくれたんです。……なんだか、勝手にすみません』

あの人は……っ！

「筒井さんはなにも悪くありませんよ……うん、わかりました。じゃあ準備しておきます」

『ありがとうございます。ついたらまた連絡しますね』

はい、とこたえて通話を切る。筒井さんと食事するのは嫌じゃないけど、社長に売られたような気分になってしまった。あの人にとっては俺が誰とつきあおうとどうでもいいんだろうな。

ため息をついてベッドの端に腰かけると、『ローマの休日』のDVDケースが目についた。

俺は『白《しろ》の傷跡《きずあと》』の海《かい》にも感情移入して観ていた。海が神さまの失敗作だと感じていることも、人の心に響く作品をつくりたいと努力しているところも、俺の駄目人間だという劣等感や、拓人たちタレントを魅力的な存在に育てたいという意気と重なるからだ。

海みたいに、深夜のコンビニ店内でも、たったひとり輝いて見えるような相手と結ばれて、幸せを得られたらいいのに。


「いいお店があるんですよ」と筒井さんが連れてきてくれたのは、国道沿いにあるファミレスだった。

「駐車場もあるしメニューも豊富だし、飲み物もドリンクバーで飲み放題なので好きなんです。学生のころはよくひとりで勉強しにきた思い出の場所です」

表情筋が死んでるんじゃないかってぐらいの無表情なのに、口調がちょっと弾んでいて得意げなのがわかる。

いつもブランドもののスーツと時計を身につけて、びしっとキメている筒井さんがファミレスの常連……？　彼が飲み物を何度もおかわりしている姿を想像するだけで唖然とする。

俺はくるの何年ぶりだろう。接待でもプライベートの外食でも長年利用していない。とくに社長がしょっちゅう高級料理店へ連れていってくれるからすっかり遠退いていた。

「黒井さんはなにを食べますか」

席へ案内されてメニューを眺める。和洋中なんでもそろってるな……。

「筒井さんはなにを食べるんですか?」

「ぼくは和風ハンバーグのセットで」

「ハンバーグ、ですか」

「ここへきたらこれですよね」

ですよね、って！　心なしか口角がすこしあがって見えて、吹きだしてしまった。

「筒井さん、子どもみたいっ……」

ファミレスでハンバーグを注文するのがあたりまえって、ほんと子どもの発想だよ。

「駄目ですか」

「いえ……じゃ俺も一緒のにしようかな。あ、でもこっちのチーズがたっぷり入ってるので」

「いいですね。ぼくもこれと悩みました」

「ならひと口あげますよ」

「ありがとうございます」

「いえいえ」

ははは、と笑ってしまう。あーあ、怖いイメージがあったのに拍子抜けしちゃった。相変わらず表情はかちこちだけど悪い人ではないんだよね。拓人たちのことも親身に考えてくれるし。

料理を注文すると筒井さんに「ドリンクバーお先にどうぞ」とすすめられ、また笑いを噛み殺しながら交代で飲み物をとってきた。俺は緑茶、彼はコーラとメロンソーダのミックス。

「ドリンクバーでこの組みあわせは鉄板なんですよ」

また得意げに言ってるっ。こっちは笑いがとまらない。

「あははは っ、嘘、全然おいしそうじゃないですよっ」

「飲んでみます？」

うん、とひと口もらう。色はほとんどコーラ色ではあるものの、味はコーラにメロンの風味が加わってすこしフルーティな炭酸ジュースになっている。

「あ、意外と悪くないかもっ？」

「でしょう」

「でもすごく甘い。これとハンバーグって、ほんと子どものメニューですね」

筒井さんがグラスから口を離してふっと吹く。

「黒井さんのその歯に衣着せない物言いが好きですよ」

あ、あれ……また失言してしまったのに、筒井さんも受け容れてくれた……？

「すみません、気をつけてるつもりなのに無神経で……そう言っていただけると助かります」

「六年前『白の傷跡』の撮影中もそうおっしゃってましたね」

「え、そうでしたっけ」

「はい。口を滑らせて人を傷つけることが多いから自分も台本が欲しいって。撮影中のなにげない会話だったので、黒井さんは憶えてないかもしれません」

憶えてない。自分は言動に問題があるんです、という謝罪は日常的にしてもいるから気にもとめなかった。この人、そんなこと憶えていてくれていたのか。

「黒井さん」

「え、はい」

眼鏡のずれをなおした筒井さんが、正面の席で両手を膝にのせ、睨《ね》めつけるような真剣な眼差しでかしこまる。

「お会いできて嬉しいです」

「昨日も会いましたよねっ」

怖い顔してなにを言うかと思えば素《す》っ頓狂《とんきょう》なこと！

「そうなんですが、嬉しかったから伝えておきたいと思いまして」

「はあ……ありがとうございます」

丁寧で優しい人だな……俺は天然で失礼で、小学校のころいじめられてたような男なのに。

「わたしはあなたと真逆です。思ったことを口にしないせいで誤解されやすい。そうやって、いつも人を傷つけて失ってきました。だからちゃんと伝えてみました」

「失う、って……」

「想像どおりでしょう？」

う。

「その……無神経に、こたえていいのなら……はい」

「はは」

笑った。筒井さんが笑った。

とたんにやわらかくなった笑顔を茫然と見返していたら、ちょうど料理がやってきた。筒井さんの前には和風おろしハンバーグ、俺の前にはチーズハンバーグで、おたがいライスセット。そろってナイフとフォークを持って食事を始める。筒井さんは左ききだ。

「黒井さんは今日お仕事じゃなかったんですね」

「はい。最近はちょっとのんびりでした。今後は拓人がモデルの仕事に復帰してくれるみたいなので土日も忙しくなりそうですが」

「ラジオで話してましたね。うちの恵は映画の撮影に入るのでかなり忙しくなります」

「そうなんですか……恵さんはお仕事途切れませんね。売りだし中の若手なら映画に連続で続けている子もいるけど、ベテラン俳優で恵さんのペースって滅多にない気がしますもん」

「ええ、本人の希望でもありますが、わたしも誇らしいです」

心なしか彼の無表情が嬉しそうに見える。……すごくわかる、その誇らしさ。

「どんな映画なんですか？」

訊ねて、チーズがどろりとあふれでてくるハンバーグをひと欠片《かけら》食べる。このチープな味。

「現代もののファンタジーですかね。小説が原作で、恵ももともと知っていたとかでやる気でして」

「ふうん？　あれですか、ウン十万人が泣いたベストセラー小説、待望の映画化、的な」

「まさにです」

あはは、とふたりでそろって笑う。あ、また笑った筒井さん。

「なんて小説ですか？　俺も読んだことあるかも」

「黒井さんは小説とか読む人ですか」

「読む人です。それこそうちのタレントが出演してくれたらいいなって気持ちで、売れている作品は結構チェックしてます」

「ぼくもです。なら一緒に本屋へいくのも楽しそうですね」

「あ、いいですね。書店によって推してる本って違うからめぐるの結構楽しいんですよね」

と、いうのは、社長からもらった知識だ。『書店員によって好みが違うから陳列もかわる、いろんな書店へ足を運んで出会いを探してみなさい』と社長が教えてくれた。

「で、なんてタイトルの小説なんですか?」

「知りたいですか」

はい、とうなずく。筒井さんは小さく切り刻んだハンバーグに大根おろしをのせて、フォークでさして食べる。

「不思議な作品です。ミステリーというか、SFというか、ラブストーリーというか」

「ああ、いろんな要素があるんですね」

「いまの流行なのかもしれません」

「流行か……たしかに人殺しがでてくるような小説でも感動ものって多いですもんね。それで泣ける泣けるって煽るの」

「ええ」

うーん、そういう系で最近売れたのってなんだろう……。

「黒井さんは映画もお好きですか?」

「好きです。恵さんが出演された作品も全作拝見しましたよ」

「ありがとうございます」

頭をさげてジュースを飲んだ筒井さんは、またハンバーグを口に入れた。

「筒井さん、俺のことといじめてます？　タイトル教えてくださいよ」

腕をひっぱったら、筒井さんの手が跳ねてフォークが落ちてしまった。

「あっ、すみません」と俺が謝ったのと同時に、彼も「すみません」と屈みこみ、フォークを拾いあげた瞬間にテーブルへ頭をガンっとぶつけてしまった。

「うわ、大丈夫ですかっ？」

すごい音がした。

「……平気です」

フォークをおいて、姿勢を正す彼の顔が見る間に真っ赤になっていく。人の顔ってここまで赤くなるのか、っていうぐらいのトマトみたいな見事な赤面。

「すみません。……ちょっと緊張しています」

俺の目を見ずに、筒井さんはそう言った。


食事を終えると、筒井さんにファミレスの隣にあるコンビニへ誘われた。

「このコンビニのソフトクリームおいしいんですよ」と言う。

それで彼が買ってくれたソフトクリームを車のなかで一緒に食べた。

「ん、ほんとにおいしいですね」

「でしょう」

五百円ぐらいする牛乳ソフトとも全然違う濃厚さと甘さがあった。コーンにも甘みがあって、まるごと全部おいしい。食後のデザートにちょうどいい一品だった。

「ソフトクリームもひさびさに食べたな……」

昼間観ていた『ローマの休日』のふたりが脳裏を掠める。

そういえば今夜の筒井さんはジョーみたいだ。一般人みたいなデートをして無邪気に喜んだアン。もしかしたら彼女がジョーとデートをしたとき、こんな気持ちだったのかもしれない。

残りのコーンを食べていると、ファミレスから親子がでてきて子どもが駆けていった。

土曜の夜とあって店内も走っている子どもや、泣いている幼児の声で騒がしかったっけ。社長なら席についたとたん〝帰る〟と言いかねない場所だった。騒がしいレストランも、飲み物を自分でとりにいかなければならないドリンクバーも、あの人はどっちも嫌いだから。〝コーラとメロンソーダをまぜるとかありえないね〟とも言いそう。〝なにそれ飲み物？〟と。

想像するとおかしくて笑える。

「黒井さん？」

「あ、いえ……すみません。——筒井さん、ありがとうございました。今夜とても楽しかったです」

食べ終えたソフトクリームの紙をまるめる。

「はい。ぼくも楽しかったです。次はぜひ本屋か映画へいきましょう」

「わかりました。筒井さんのお仕事が落ちついたら連絡ください」

筒井さんも包み紙をまるめて握りしめ、俺のほうへ身体をむけた。

「黒井さん。ぼくはふたりで会ってみて、やっぱりあなたを好きだと思いました。ゆっくりでいいのでこうして会いながら、ぼくとのつきあいを検討してください」

車内には周囲から街灯の光が入るのみでほの明るい程度なのに、筒井さんの顔がまた紅潮しているのがうかがえる。

「検討は、します……けど、しばらくはお友だちでお願いします」

「はい」

筒井さんが俺の手に触れる。どき、と強張ったら、アイスの包みを、と優しい声でうながしてくれた。ああ、と笑って渡すと、ごみ箱に捨ててくれる。続けて前方へむきなおり、ハンドルを握った彼は、おうちまでおくりますね、と車を発進させた。その横顔はまだ赤かった。

触られた手を見おろす。男を、生まれて初めて意識した。


翌朝、スマホの音に起こされた。窓からさす眩しい日ざしに瞼を刺激されて布団をかぶり、手だけベッドサイドにのばしてスマホを探る。

『おはよう黒井君』

……あ、社長だ。

「はい……おはようございます」

『眠たそうな声だね。筒井君との幸せな朝を邪魔しちゃったかな』

つついくんとのしあわせなあさ。

「は……。どういう意味ですか？」

『昨日ふたりでデートだったんじゃないの？』

寝ぼけていた意識がぱっと覚醒した。すこし痛む目を枕にこすりつけて頭を掻く。

「社長……よくも家をばらしてくれましたね」

『なにか問題が？』

「べつに問題はありませんけど……個人情報じゃないですか」

『俺はむしろ知らないことに驚いたよ。筒井君は仕事先でしか交流のない男に惚れたんだね。拓人たちの件もあったし、家を往き来するぐらい親しい仲だったのかと思った』

「違います……」

『俺も大事な社員の個人情報を教える場合は相手を選ぶ。きみも問題なかったって言ったね。というわけでこの話は終わりだ』

く……文句も言えやしない。

『で、筒井君はいまいるの？　いないの？』

身体を起こしてベッドに腰かけた。

「……いません。筒井さんとは食事して別れました。おつきあいのことも、しばらくは友だちでいてほしいってこたえてますよ」

『へえ。ゲイじゃないから無理って言えないかわりに、やっぱり生殺しを続けるわけか』

「しゃ、社長」

『なにか間違ってる？』

生殺し、という言葉に胸が痛んだ。……いや、というより一言一句間違いなく全部正しい。図星だ。

「でも俺は、……もし好きになれると想えたら、性別を越えてもいいと思ってるんです。最初に偏見じみたことを言ってしまった反省も含めて、筒井さんの人柄をきちんと知ってからこたえたいんですよ。真剣にむきあいたいんです。これも本心です」

『自分は同性愛者を差別しない人間だと証明できるまで、結局筒井君を利用したいと』

容赦ない。社員として、拓人のマネージャーとして、おまえの行動は中途半端で利己的だ、と軽蔑されているのを感じる。心臓が冷えた。俺はこの人に見限られるのがなにより怖い。

「……すみません。ちゃんと、誠意を持って対処します」

スマホ越しに、社長が鼻で笑うのが聞こえた。

「えっ、社長、」

『今日一時までに事務所へきなさい。待ってるよ』

通話が切れて、スマホの時計を見ると一時まで三十分もなかった。

慌ててベッドをでて服を着がえ、どたばた支度をすませて一目散に家をでる。


車を飛ばして事務所につくと五分の遅刻だった。

「遅刻しちゃったねえ」

社長は社長室の窓辺に立ってのほほんと笑っている。

「こんな無茶な時間指定して……なにかあったんですか」

たとえば拓人と恵さんのスクープとか。

「べつに。俺が黒井君に会いたかっただけ」

胸を押さえて呼吸を整えながらうな垂れた。……ひどすぎる。

「あからさまにうんざりした顔しないでよ」

「社長……今日日曜日で、俺オフなんです」

「じゃあデートでもしようか」

「ふざけないでください」

「つれないな。筒井君とはデートするくせに、もうかれこれ十二年近くきみに片想いしてる俺にはこの態度だ」

「社長のその冗談もうんざりです」

俺のことを軽蔑しておきながら、自分は長年この冗談を言い続けている。脳天気に照れていられた時期はとっくに過ぎた。はあ、とため息を吐き捨てたら、「こら」と咎められた。

「ため息つくと幸せが逃げるよ」

社長の口癖だ。誰のせいだと思ってるんだろう。

「コーヒーいれてきます」

諦めて身を翻し、俺は給湯室で自分と社長のマグカップにコーヒーをいれた。

戻ると、窓辺に煙草を咥えて外を眺めている社長がいた。だいぶのびた髪を掻きあげて煙を吐く横顔、口もとにうっすら生えた髭《ひげ》、疲れのにじみでる目尻。……昨夜なにしていたんだろう。筒井さんの電話にここででたらしいけど、仕事が残っていたんだろうか。自宅へ帰っていない可能性もある。

「社長」

近づいてコーヒーをさしだすと、「ン」とすこし微笑んで受けとった。

筒井さんより細身ながら、この人も上背があってスタイル抜群だし顔も整っている。どうして演劇を続けなかったんですか、と訊ねると必ず、俺には才能がないんだよ、と笑ってにごされてしまうから追及できずにいるけれど、この人が映画や舞台で活躍していたらきっとファンになったのに、と俺はいつも思う。

以前ふたりで恵さんの映画を観にいったとき、『人を感動させる使命を持って生まれた人間には敵わないよね』と洩らしていた。恵さんと同年代の彼には、俳優として活躍し続けている恵さんがどんなふうに見えているんだろう。

日々の行動も交友関係も、心の奥底も、この人について俺はなにも知らない。

ただ、彼がこの事務所を立ちあげてくれたおかげでいまの自分があるのはまぎれもない事実だった。念願の仕事に就けたうえに、拓人とも知りあえて生きがいを見いだすことができた。人生の分岐点で俺に必ず希望をくれる社長は、俺の尊敬する大事な人だ。

「……そんなふうに見つめてるとキスするよ」

社長がにやと笑んだ瞬間、八重歯《やえば》が見えた。

「しないくせに」

軽蔑し返してやっても、彼は表情ひとつ変えない。

「黒井君やさぐれたね」

「俺もう三十四ですよ。おとなしいだけじゃありません」

「いや、きみは俺だけに図太くなってる。拓人にはもっと可愛いもの」

「ご不満ですか」

「全然」

……ぷっ、とふたりで吹いて苦笑いになった。

「黒井君も成長したなー……」

マグカップに社長の薄い唇がついてコーヒーがすす、とすこし減る。この人がキスをしたり焦がれたりしてきた恋人のことも、俺は知らない。ファミレスにいったり、コンビニのソフトクリームを食べたりする女性じゃないのは想像がつく。それこそ上品で美人な大和撫子……？

「で？　三十四歳の大人になった黒井君は男相手に真剣なお友だち関係を継続中なんだっけ」

……また厭味っぽい言いかたを。

「やめてください」

「間違ってはいないよね」

「俺と筒井さんには、俺と筒井さんのペースがありますから」

「そうですか」

「一応、次は映画へいく約束をしました。……プライベートに社長を巻きこんでしまってすみません。ここからは自分で対処していきますので」

「淋しいことを言うね。〝社長〟なんかに介入されるのは迷惑か」

本当に淋しそうな目をしている。

「……。いえ」

自分は俺にプライベートをなにひとつ見せないのに。

「俺ばかり頼るのは、社長に申しわけないですから」

「俺も充分黒井君に甘えてるでしょう」

「どこがですか」

「どこもかしこも」

　嘘つき。

「俺は社長に甘えてもらった記憶も、助けてあげられた覚えもないですよ」

「きみに自覚がないのはきみの心の問題だからどうしようもない」

　ほら、俺のせいにしてごまかす。

「問題じゃありません。事実で現実です。ちゃんとわかってます、自分の無能さぐらい」

　――黒井君は器がでかいんだよ。

　――黒井君を理解できるのは俺ぐらいなもんだよ。だから俺といなさい。

　十二年間ずっと、救われてきたのは俺で、癒やされてきたのも俺で、居場所をもらえたのも俺のほうだった。俺がこの人を救ったことや癒やしたことや逃げ場所になってあげられたことはただの一度もない。知っている。わかっている、そんなこと。だから俺はこの人のことをなにも知らないまま、遠い他人の関係でいる。傍にいけたことはない。いかせてくれやしない。

「途方に暮れるよ、黒井君」

　口の端をひいて苦笑した社長が、煙草を持っていた手にマグカップを持ちかえた。至近距離に近づく唇の色としわを見つめていると、それがふいに自分の唇に重なって意識が弾け飛んだ。薄いのに熱い社長の唇は強引で、俺の口をこじあけて舌まで吸いあげる。

「……俺もまだ子どもだったんだな」

離れると、社長の自嘲気味な苦笑いが右耳あたりで洩れ聞こえた。


鼻歌をうたいながら三千円のステーキ弁当を買って帰宅した夜、筒井さんから電話がきた。

『黒井さん、なんだか今夜は機嫌がいいですね』

「え、そうですか？　いつもどおりですよ」

『でもさっきから声が弾んでます』

「気のせいです。今日はオフなのに社長に無駄に呼びだされて事務所へいってましたから」

『オフなのに？　それは苦痛ですね』

「まったくです」

食後のビールを片手に「うちの社長はほんとに困った人なんです」とため息をつく。口内にひろがるビールの苦みに至福を感じる。筒井さんはなぜか電話のむこうでくすくす笑っている。

『あの、映画の約束なんですが、今週の木曜の夜、新宿《しんじゅく》あたりでどうでしょうか』

「あ、はい。木曜なら大丈夫です」

『よかった。終わったら食事しましょう。ご案内できるのは夜景の綺麗なレストランや、個室でくつろげる懐石料理店などの高級料理店とファミレスになりますが、どこがいいですか？』

「筒井さんがいきたいのはファミレスでしょ？」

『はい』

ははは、とふたりで笑う。

『恵も自分で料理をするから店や弁当にうるさいし、仕事で高級料理店へいくことが多いので、ぼくはプライベートでは庶民的な店が恋しくなるんです』

「ああ、ありますね、そういうの……。うん、いきましょうファミレス」

『ありがとうございます。今度ちゃんとべつのお店も紹介しますので』

「楽しみにしてます。俺もいいお店があったらチェックしておきます」

『はい、ぜひ』

筒井さんは俺を自分のプライベートへ導いてくれる。まだ友人関係になって間もないのに、こんなにあっさりと。十二年一緒にいても、十二年分の壁をしっかり構築して距離を保とうとするどこかの誰かとは違う。筒井さんには、自分も誠実にむきあいたい。

待ちあわせ時間と場所を決めてくれたあと、筒井さんが『念のために、あとで文章でもお送りしておきます』と事務的な口調で言うから、また笑えた。

「仕事みたいですね」

『そうですか?』

「口調のせいかも。丁寧だから」

『ああ、じゃあ……あとでメールもしておくね、とか?』

「それそれ、そのほうが自然です」

筒井さんもふふと笑った。

『善処します。では木曜日、楽しみにしていますね』

「はい、俺も」

おやすみなさい、と挨拶をして通話を終える。

こういう友だちづきあいって、ほんとひさびさだな……。


数日後、CM撮影のために拓人と車でスタジオへむかった。

「CMはひさしぶりだね」

「うん」と短くこたえる拓人が緊張しているのを察知する。

夏に発売する炭酸飲料のCMだ。打ちあわせでは、元気いっぱいで爽やかな拓人をよろしく、と言われていた。昔の拓人らしいね、という言葉は禁句だけど、たぶん拓人もそう感じているはず。このCMで復帰できるのは拓人のためにもとてもいい。

「炭酸のジュース、一気飲み頑張ってね拓人」

「それなー……この新作ジュースおいしかったんだけど、一気飲みだけが心配で憂鬱《ゆううつ》だよ」

「練習してきた？」

「昨日の夜、裕次《ゆうじ》さんと一緒にね。ふたりしてげえげえげっぷして爆笑して終わった」

あはははっ、と笑ったら拓人も苦笑した。

「仲よさそうでよかった。昨日の夜も一緒にいたんだね」

「あー……うん。あのね黒井さん。堀江さんにも報告しようと思ってるんだけど、じつは裕次さんがさ、一緒に暮らすための新居建てるって言ってくれてて、それを世田谷《せたがや》にしようって誘ってくれてるんだよ」

「世田谷かー。いいんじゃない？　住んでる芸能人多いよね。社長もラジオで同居宣言したのは巧かったって褒めてたからお祝いしてくれるよ」

「や、そのさ……黒井さん知らない？　パートナーシップ宣誓書っていうの。同性婚とまではいかないけど、似たようなサービスを受けられるようになるんだよ。世田谷区はそれ受けつけてるから、いずれ俺が仕事辞めたら提出してパートナーとして生活していくことも視野に入れとこうって、裕次さんが言ってくれてるの」

「えっ、それほとんど結婚だよね⁉」

「法的には違うよ。それにすぐじゃない。新居できるまでも数年かかるだろうし、とりあえず今度裕次さんが俺の母親に挨拶にきてくれることになった」

　髪を掻きあげる拓人の左手で、きらと指輪が光る。……すぐじゃないなら大丈夫だろうか。ふたりの仲がまた危険にさらされるのは困るし、本人たちもそこは重々承知していて慎重にすすめるだろうけど、不安がないとは言い切れない。社長の意見を仰ぎたい。

「社長に、ちゃんと報告にいこう」

「うん、わかってるって。黒井さんもそんな心配しないで。ほんと、何年もあとの話だから」

「まずは拓人のお母さんに挨拶……？」

「そう。そこから始めないとね」

　……拓人は知らないけど、拓人のお母さんは『白の傷跡』を毎週録画して観てくれていた。雑誌もチェックして、拓人の記事をファイリングしている。芸能界入りを反対していたのも、応援しているのも、無論すべては息子を想ってのことだ。

恵さんとの熱愛報道があったときも、『あれは本当なんですか』と電話を受けた。俺は社長の指示で、どうあっても息子さんを守ります、息子さんの幸せを祈ってあげてください、と、曖昧にこたえた。

拓人がお母さんになんと伝えているのか知らないが、お母さんはおそらく、ほぼ気づいている。先日の企画ラジオを聴いていれば確信したんじゃなかろうか。拓人のお母さんは気丈で、すごく勘のいい人だから。

「……てかさ、俺のことはもういいよ。黒井さんはどうなの」

「え」

「知ってるよ筒井さんのこと。裕次さんに聞いてる。告白されたんでしょ？」

どことなく厳しい横目でじっと凝視された。拓人は綺麗で目力があるから、こうやって追及されると全身を雁字搦《がんじがら》めに縛られているような錯覚を起こす。

「どう、ってことはないよ。いまは友だちづきあいさせてもらってる」

「恋人になる気持ちがあるってこと？」

「もうすこし人柄を知ってから判断かな」

「ふうん……」

恵さんへの想いを純粋に、一心に貫いてきた拓人に詰問されていると、罪悪感に駆られて、今日からちゃんと筒井さんとつきあいます、と謝りたくなってくる。

「明日映画にいく約束してるよ。ひさびさにプライベートでも遊べる相手ができて嬉しい」

だから怒らないで。生殺しだ、と社長みたいに。

「黒井さんは堀江さんとよく遊んでるじゃん」

「あ、遊んでないよ失礼だな。社長が俺を外食に誘うのは、接待の勉強のためだよ」

テーブルマナーを身につけて料理の知識をつけ、舌を肥えさせて店を知れ、とよく言われる。簡単な手みやげでも人柄を判断されるんだから、と。

「堀江さんが黒井さんに会いたがるのは、黒井さんを好きだからでしょ」

「拓人までそんな冗談真に受けてるの？　もうほんと、やめてもらわないとな……」

「黒井さんって昔っから全然信じないね」

ため息がでる。

「あたりまえだよ。会社のトップの偉い人が、なんで俺なんか好きになるんだよ」

「なんでも」と拓人が断じた。澄んだ目で。また長いため息がでた。

「……社長みたいな人が好きになるのは俺じゃないんだよ」

変なところで、拓人はまだ純粋極まりない子どもだ。


木曜日、俺と筒井さんは約束した時間のきっちり十五分前に落ちあった。

「やっぱり、おたがい時間に正確ですね」と、いきなり改札口で笑いあって始まった今夜も、楽しくなりそうだなと予感する。

「黒井さん、おたがいいまから時計を見るのをやめてみませんか」

映画館についてシートに腰かけると、筒井さんにそう言われた。

「あ、いいですね。仕事は終わってるってわかってても、つい気になっちゃうんだよな……」

「ぼくは高校の入学祝いに父から腕時計をもらったあと、自分がその腕時計に縛られて生きてるのに気づいて、身につけるのをやめたんですよ」

「ああ……わかる。朝起きて、電車乗って、授業が始まってって、俺も常に見てました」

「ですよね。でもこの仕事に就いてからまた欠かせなくなった。だからあなたといるあいだは忘れていたいんです」

「賛成です」と、俺は腕時計をはずして鞄にしまった。筒井さんもそろってスーツの胸ポケットにしまう。

「……筒井さん」

「はい」

「でも、スマホがあるしなって、ちょっとほっとしてません?」

探るように覗きこんだら、珍しく筒井さんが吹きだした。

「ばれてますね」

「そりゃね」

あはは、と笑っているうちにライトが落ちていく。

映画は公開されたばかりの邦画で、俳優陣の豪華さも宣伝効果もあいまってふたりでコレと即決した話題作だった。小説が原作の現代ミステリー作品。

上映が終わると、ふたりで飲み物を捨ててファミレスへ移動するあいだも、ずっと感想を言いあっていた。

「以前、恵も世話になったことのある監督なんですけど、カメラワークがあの人らしいんですよね。ちょっと大げさで」「ああわかります。どーん、でーん、人物どアップ！　みたいなの好きですよね」「ええ。あの主役演ってた若手は演技が一種類しかなくて飽きるし」「あはは、そうそう、どれやってもおなじですね」と、話が尽きない。

ファミレスへ入ってからも、料理を注文してドリンクバーで飲み物をとってくる合間さえ焦れながら話し続けた。

筒井さんはさすがに恵さんのマネージャーだけあって、映画の観かたが深くて濃い。映像の技術の素晴らしさ、演出の巧みさ、監督や演出家、脚本家などのスタッフの特徴、癖を絡めて事細かに分析していて、その内容を教えてくれる。

「すごいですね……たった二時間の映画を一度観ただけでこんな細部まで理解できるなんて」

「ぼくが気にしてしまうのはあくまで裏側であって、物語の内容をきちんと噛み砕いているかと問われると微妙ですよ。気づいていない伏線や、読み解けていない部分も多いと思います」

「それでも楽しいです。正直つまらなかったけど、筒井さんのおかげで面白くなりました」

「ははは っ」

筒井さんが右手で眼鏡を押さえて爆笑した。びっくりだ。

「筒井さん、そんな笑いかたするんですね」

「だってあなた、いままで夢中で話してたのに、つまらなかったってっ……」

「そう思いませんでした？　ミステリーにしては犯人も最初にすぐわかったし、犯人探しじゃないなら心情描写で魅せてくれるのかと思いきや人物も全員薄っぺらいし」

「映像化にむかない作品だったんでしょうかね……原作はもっと面白いのかもしれませんよ」

「ですかね。ちょっと原作読んでみようかな」

これは読んでなかったんですよね、と肩を竦めてコーヒーを飲んでいたら料理もきた。今夜、筒井さんはデミグラスハンバーグ、俺はオムライス。

「でも本当に楽しいです。俺、社会人になってから学生時代の友だちと疎遠になってしまって、こんなふうに時間を忘れて遊べたのって数年ぶりだから」

「そうなんですか。黒井さんは友だちも多そうですが」

「ううん、俺人づきあい全然駄目ですよ。親友っていたことないんじゃないかな……なんか壁を感じるっていうか。俺の言動が悪いせいだと思うんだけど」

「……。たとえば、たったいま観た映画を〝つまらない〟って言うこととか、ですか」

「あ、はい……すみません、不愉快でしたよね」

「いいえ、ぼくは楽しかったです。ただまあ、普通はオブラートに包むところだからこそ、正直に言うあなたが面白かったかなと」

「はい……そういうことです。面白がってくれる人だけが許してつきあってくれてるんです」

うな垂れて「すみません……」と謝罪した。「いえいえ」と筒井さんは微笑んでくれる。

「黒井さんは歳上に好かれるタイプなんだと思いますよ」

「歳上。筒井さんはいくつでしたっけ」

「ぼくは恵と同い年です。学年はひとつ下ですが」

ということは三十八か九歳？

「たしかに筒井さんも歳上ですね。考えてみれば俺を見捨てないでいてくれる人はみんな歳上です。拓人も歳上括りでいい気がしてきた」

「はは。どうあれ〝みんな〟と言えるんだから安心です。あなたが孤独じゃないと感じている証拠ですから」

　筒井さんは今日もハンバーグを小さく刻んでから、ひとつずつソースを絡めて食べていく。最初は怖い人だと思っていたのに、話せば話すほど優しい人だと感じ入る。

「いままで俺を映画や食事に連れていってくれていたのは、うちの社長の堀江です。社員教育の一環ではあるんですけど、おかげで淋しさを感じる隙はありませんでした」

「社長ですか。社員想いのかたなんですね」

「はい、それはもう」

　オムライスを食べて大きくうなずく。

「黒井さんの事務所は比較的まだ新しいですよね」

「ですね。この業界でも新しいほうです」

うちの事務所は俺が入社する前年に社長が立ちあげて現在にいたる。もともと社長の親戚が大手タレント事務所を経営しており、当初はそのグループ会社として細々とタレントを育成していた。

　しかし容姿がよければ売れるわけでもなく、育てるには時間がかかるうえに数年かけてやっとものになってきたと思ったら、ご家族や本人の希望により活動を断念しなければいけなくなったりと、なかなかうちから看板タレントは生まれなかった。

　そのころに出会ったのが拓人だ。社長も俺の目を信じて拓人に期待をそそいでくれた結果、モデルとしても最短で成功したうえに、ドラマでも大成功をおさめたのだった。

「俺の先輩も同期もみんな本社にいってしまって、堀江のもとに残った一番古い社員は俺だけなんですよ。だから可愛がってくれるんでしょうけどね……」

　情けなく笑ってオムライスを咀嚼する。

「拓人君を発掘したのは素晴らしい功績だと思いますよ」

「かな。でも拓人本人が誰の目にも輝いてただけなんです。反対するご家族を説得してくれたのも堀江で、ドラマに誘ってくれたのも恵さんでした。ラジオも丹下さんが拓人を評価してくれたおかげで」

「今回のラジオ企画はあなたの力でしょう」

「いいえ。あれも恵さんと拓人を再会させてあげたかっただけですもの。ラジオの内容をつくったのはふたりとリスナーさんだし、俺はいつも周囲の人に助けられているだけなんです」

　傍にいてマネージメントしていても、傍観者という感覚を拭えずにいる。俺は拓人の時間を管理して仕事場へ連れていくだけ。成長して輝いていくのは拓人本人の意志で、力だった。

「そんなことありませんよ」

　筒井さんの眼鏡の奥の目が俺を睨んでいる。

「タレントのメンタル面を支えるのもわたしたちの仕事です。拓人君が今日まで仕事を続けてこられたのもあなたとの信頼関係があってこそです」

「……そうでしょうか。俺は恵さんのおかげだと思うんですけど……」

「恵を支えてきたわたしだからわかります。あなたもきっと大変だったはずです。恋人にしか埋められない部分も当然あるでしょうけど、我々にしか支えられない面もあるんですよ。彼らもちゃんとわたしたちに甘えてくれているんです」

「そうかな……」と苦笑したら、「はい」と筒井さんはうなずいてくれた。

「うん……筒井さんにそう言ってもらえると、誰に言われるより勇気づけられます。思い返してみたら、たしかに恵さんに対する態度はものすごく可愛いのに、俺にはとっても偉そうだ」

「そこです」

「お弁当食べてもお腹空いたって言っておにぎり買いにいかされるし、十分寝るって言うから十分後に起こしたら睨まれるし、駄目な子どもを持った母親みたいな気分になる」

「よくわかります」

「でもカメラの前で輝いてくれると嬉しい」

「まったくです」と筒井さんがため息をついて、一緒に笑った。

「堀江社長も、黒井さんが残ってくれて心強いんじゃないでしょうか」

「ですかね……そうならいいんですけど」

窓ガラスの外は、明るい夜道を埋める人であふれている。ここ数日、社長は夜に電話をくれなくなってしまった。忙しいのか、今夜どこでなにをしているのか、俺には想像もつかない。

「堀江に捨てられて困るのは俺のほうなんです。……あの人がいなかったら、自分がいまごろどうしてたのかわからない。考えるのも怖いほどですよ」

就職活動中、どこの芸能事務所へいっても落とされ続けていた俺を拾ってくれた人だった。

不採用通知を受けとっているうちに自分の存在意義すら見失ってひどく落胆していた俺に、あの人はほんの二分ほど会話をしただけで『採用します』とあっさり言ってのけたのだ。

——人手不足で猫の手も借りたい状況なんだ。明日からでもきてほしいぐらいだよ。

本当にいいんですか、とつめ寄ったら笑われた。いまでも当時の話をすると社長は笑う。

——きみは芸能事務所へ勤めたいっていうのに、業界大手のうちの本社には面接にいってなかったでしょ？　普通あっちで落ちてからうちにくるのに。……それが嬉しかったんだよね。

社長には社長なりの本社に対する複雑な思いがあるらしい。うちの事務所の人間には内密にバーを経営しているのも、そういう思いとなにか関係があるような気がしている。

普段は飄々《ひょうひょう》としているのに、時折しずかな焦燥をまとっていたり、物憂げな顔をしたりするあの人の内面は俺にははかり知れない。

「あなたにとって堀江社長はメシアですね」

「めしあ？」

「救世主です」

「そ、そんな大仰なものじゃないですよ。救われたのはたしかですけど……」

苦笑して否定しながらも、心の底では同意していた。

「……じつは拓人のラジオ番組、もっとひどい誹謗中傷《ひぼうちゅうしょう》がくるんですよ」

「そうなんですか」

「はい。今回の企画はとくにそうでした。メールだと捨てアドレスつくって、匿名《とくめい》でなんでも言えちゃいますしね。同性愛についても海の自殺に関しても、心ない言葉がたくさんきてた」

「放送中に拓人君が動揺してしまったような……？」

「いえいえ、ああいうのはいいんです。恵さんたちも言ってましたけど、俺も純粋な意見だと思います。作品を熱心に観てくれているからでてくる不満ですよね。そうじゃなくて、もっと単純な〝ホモ死ね〟とかそんなやつですよ」

「ああ……恵にも女性ファンから〝気持ち悪いからやめてくれ〟っていうのはきてましたね。SNSもですが、いまは匿名の発言が力を持つ時代ですよね」

「うん……でもうちの堀江が、拓人に絶対に見せないでくれって丹下さんたちに指示してるんです。きてるってチラつかせる発言も拓人の前ではするなって、それはもう厳重に」

拓人はリスナーの声を全部把握できていると信じているけれど、ファックスとメールは丹下さんが見たあと、俺が最終チェックをして渡している。

丹下さんは『拓人はそんなに弱い人間じゃないでしょ』と評価してくれるし、越野《こしの》さんも『タレントはみんな誹謗中傷もバネにしてますよ、拓人も現実を見なきゃ』と厳しく言う。

しかし社長は『どんなタレントも強くあろうとしているだけで深く傷ついている。タレントが気持ちよく仕事をするためにサポートするのが自分たちの務めだ』とゆずらない。拓人に限らずほかのタレントにもそう。これはうちの方針だ。

「拓人はもともと興味持ってないんですけど、うちは基本的にSNS使用厳禁だし、ネットも閲覧制限があります。ほかにもタレントを守るための規則があって、たぶんどこの事務所より厳しいですよ。……なんだかんだで、堀江がいちばん過保護なんです」

「そういうところを支持していると」

「はい。仕事に対する姿勢や考えかたに賛同できる部分が多くて、尊敬してるし……なんていうか、単純に、ひとりの人間として大好きなんですよね」

ちく、と胸が痛んだ。社長の背中が目に浮かぶ。

なにも知らない、教えてくれない相手を、好きだと言うのも滑稽《こっけい》な話だ。自分が社員だから傍においてもらえているのも自覚している。仕事抜きで出会っていたらあの人は俺を友だちどころか知人にもしないだろう。つかえない無能でばかな人間がなにより嫌いな人だから。

「友だちって、かなり特別な間柄ですよね……俺、筒井さんと友だちになれてよかったな」

微笑みかけたら、筒井さんは左手にフォークを持ったまま俺を見つめて黙した。

「筒井さんて左ききですよね」

「……。はい」

「左ききの人は器用だっていうの、知ってます?」

「知ってますが、ぼくは不器用です」

「はは。真面目な顔でそんな」

笑いながら、俺はソースを掬ってオムライスにかける。

「うちの堀江も左ききなんですよ」

手先の器用さもさることながら人づきあいも仕事もそつなくこなして、器用で、器用すぎて、切ないぐらい完璧な左ききの男。

「黒井さん」

筒井さんがフォークをおいた。

「友だちよりも恋人のほうが、特別で、深い間柄だと思いませんか」

「え」

筒井さんのにぶく光る眼鏡のフレームと、誠実な眼ざしと、腕時計をはずした手首。

店内を往き来する客の声が騒がしい。


金曜の深夜、ラジオ番組が終わると、恵さんが拓人をむかえにきた。

「近くで仕事してたんですよ」と恵さんはハンサムな笑顔をひろげ、拓人も彼の車に乗って
「黒井さんも気をつけて帰ってね、お疲れさま」と手をふる。そしていってしまった。

ひとりで帰宅して風呂へ入り、寝る用意が整ったところで電話をくれたのは社長だった。

『お疲れさま』

ひさしぶりに声を聞いた。お疲れさまです、とこたえる。

『すこし懐かしいね。黒井君の声が聞きたかったよ』

電話をやめたのは社長だ。つくなら、もっとましな嘘をついてほしい。

「なにをお忙しくされてたんですか」

『ちょっとね』

「ちょっと？」

『そう、ちょっと』

この壁のむこうに俺はいけない。

『黒井君はどうしてた？　今夜も拓人のラジオよかったね。拓人の覇気《はき》が全然違った』

「帰りに恵さんがむかえにきてくれました」

『そういうことか。あいつめ～……』

「でも恵さんが忙しくなっているそうなので、今後は淋しい時間も多くなるかもしれません。そのぶんサポートしていきます」

『ン。恵さんはまた映画の撮影かなにか？』

「はい。筒井さんからそううかがいました」

ふいに社長のスマホの音が遠くなった。歩いているような。

『いまから黒井君の家へいってもいい？』

「え、もう夜中ですよ」

『きみに嫌がられたら俺はなにもできない』

半分微笑みつつも、きっぱりと断言する。

「……嫌ではないです」

『それはほとんど拒絶だね』

「べつに、きてもいいですよ」

『嬉しくない。もっと可愛く』

「なんなんですか」

憤慨したら『はやく』と真面目な声で急かされた。車のドアがあいて、しまる音が聞こえる。

心が痛む。

「……社長、会いたいです」

『十分でいく』

　電話が切れた。


　社長はワインを持って、本当に十分後に現れた。

「近くのバーにいたんだよ。初めていく店だったんだけど、そこのママ、俺が拓人の所属してる事務所の社長だって言っても信じてくれなくてさ。ひどいよねえ」

　若干浮かれたようすで「おみやげ」とワインをくれる。グラスにそそいでチーズも用意し、ふたりでベッド横のローテーブルを囲み乾杯をした。うちには社長が突然くるときのためにつまみを常備している。今夜は適度に甘くてフルーティな、口あたりのいい白ワインだった。

「おいしいワインですね」

「でしょ。いい酒をだす店だった。今度拓人連れて呑みにいく約束もしてきたよ。……拓人はうちの自慢の看板タレントだ。黒井君のおかげだね」

　どんなときも社員への労《ねぎら》いを忘れない気配りの巧さに、苦笑が洩れる。

「また社長は……。いいんですよ、いまそんな褒め言葉は」

「本当だって」

　そのとき社長のスマホが鳴った。胸ポケットからだして相手を確認し、切ってしまう。

「でなくていいんですか」と訊くと、「いいよ」と悪びれたふうもなく瞳を細めて笑んだ。

「黒井君といる時間を邪魔するような相手と話す必要はない」

社長は二台の携帯電話を持っていて、どちらも一日中ひっきりなしに鳴り続けている。たまにいつも以上にフランクな口調で、楽しそうに遊びの約束を結んだりするが、その相手が友人なのか恋人なのかは判然としない。

「社長はいま、恋人はいるんですか」

「黒井君が恋人だって言いたいね」

「またそういう……。社長はずっとそんなこと言ってますけど、もし俺が恋人になりますってこたえてたらどうしたんですか？」

「もちろん喜んだよ」

喜んだ。……なるほどね。

社長は嘘はつかないが、そこに巧みに本音を隠して生きている。要は〝嬉しい、けど本当に恋人になるかどうかは別問題〟というのが現実で本心だ。呑みの席で飛びかう戯言《たわごと》めいたあれ。〝恋人になって〟〝いいですよ〟〝わーい〟ってやりとりをばか正直に信じたら、翌日素面《しらふ》になったとき〝え、信じてたの？〟と嗤って掌を返されるやつ。大人の冗談を真に受けるほど、俺も若くない。

「なんで怖い顔するのよ」

チーズをつまみながら社長が口の端で笑った。

「してませんよ」

ごまかされて、相変わらずこの人のプライベートについては教えてもらえないまま。……まあ、当然と言えば当然だ。社長と社員は、友だちではないんだから。

「黒井君はどうなの、筒井君と」

なんでもかんでもべらべら披瀝して、俺だけが甘えている。

「もういいじゃないですか、社長に話すようなことじゃありませんから」

「俺に話せないような悪いことをしてるのか」

「それは、してません」

「信じていいの？　いちばん長くうちにいて頑張ってくれてる黒井君のことは俺も信頼していたいよ」

「本当です、信じてください」

「嫌だなあ……あとからうちの社員が犯罪者だったなんて発覚したら」

「なんで筒井さんと犯罪行う話になるんですか」

俺がワインを呑み干したら、社長が笑いながらつぎ足してくれた。

「……映画デートしたんでしょう？」

そして優しい口調で囁く。……ほんとに。なんなんだろうこの人は。なんなんだ、俺は。

「……いきました。恵さんのマネージャーなだけあって、筒井さんは映画や俳優に詳しくて、話をするのも楽しかったです」

「そう」

「それで俺、筒井さんとつきあうことにしました」

手もとのグラスを見つつ、ひかえめに告げた。自分の家はこんなにしずかだっただろうかと疑問に思うぐらい、外の騒音も隣人の生活音もない暗い洞窟の奥にいるような沈黙がおりた。

「……今日『ラジオすごくよかったよ』って拓人のこと褒めたら、『裕次さんとファンのみんなが聴いてくれるから、自分もこれからもっといい仕事をしていくんだ』って言ってました」

「いいことだね」

「俺にはないんですよ。拓人みたいに自分を愛して支えてくれる恋人や、自分の才能を愛して応援してくれるファンも、その人たちに対して恥ずかしくない人間でいたいっていう思いも。もちろん社長や拓人たちのことは大事です。仕事を頑張るのはあなたたちと自分のためです。だけどなにかが欠けてるっていう意識がずっとありました。だから筒井さんと恋人になれば、変われるんじゃないかと思うんです」

正面にいる社長の顔がなぜか見られない。

「……そうか。よかったね」

微笑んでいるような声音。

いつだったかこの人と映画を観にいった帰り道、イルミネーションが綺麗な大通りを歩きながら会話をしたことがある。映画や舞台を観ると、この人の感想は俳優の演技力に終始する。

——才能は生まれながらに与えられてるものなんだよ。努力なんかじゃ歯が立たない。

そのときもこの人はそんなふうに洩らした。煙草の白い煙を吐きつつ唇をひいて苦笑して、どうしようもなくひき裂かれそうなほど淋しそうに。

拓人といるために想いを貫こうとする、恵さんのことだと察した。きっとこの人も恵さんに羨望《せんぼう》や嫉妬を抱き続けているんだろう。俺は悲哀がただよう彼の横顔に、拭い去れない諦念を見つつも、『そうですね』としかこたえられない自分をひどく情けなく、悔しく思った。

自分の才能に見切りをつけて夢を諦めるのが、どれほどの苦しみなのか俺にはわからない。この人の隣にいて、心身ともに支えられるのはそれらがすべて理解できる人なのだ。たとえば俺も仕事にもっと真摯にむきあって、気のあう相手と恋をして胸をひき裂かれるような想いや至福を知れば、この人をいくらか支えることができるんじゃないか。

「……社長。俺はただの社員で、そのなかでも頼りないほうなのはわかってるんです。だけどほかの誰かじゃなくあなたの下で、あなたについていきたいから、頑張ります」

社長が左手の人さし指と親指で、瞼を押さえて苦笑する。

「ほんとに……泣けてくるな」

俺もすこし笑ってワインを呑んだ。甘さとアルコールが沁みる。

「きみといるときだけ、俺が〝俺〟って言ってるの気づかない？」

「え、おれ？」

「ときと場合によってつかい分けるけど、基本的に黒井君の前で俺は素でいるんだよ」

……ありがとうございます、と、一応、礼を告げた。

帰ろうかな、と社長がグラスから手を離す。いつも好きなときにきて当然のように泊まっていく彼が初めて遠慮を見せた。

酒も呑んだんだから運転できないでしょう、どうぞ泊まってください、と俺がひきとめると、苦笑いして黙考してから、じゃあ、とだけこたえた。

寝る前に一服する、と言って社長がベランダへいった。灰皿とってきます、とキッチンから彼専用のそれを持って俺もベランダへいくと、夜空にむかって煙を吐いている背中があった。

「……とうとう人のものになっちゃったね」

俺はまたなにも言えなかった。


筒井さんはまめで、毎日電話かメールで連絡をくれる。連絡できない日が続くときは、その旨《むね》をきちんと伝えてくれたうえで数日音信不通になる。

気がつくと俺は、筒井さんが毎日どこで何時まで仕事をしているのか、何時間寝ているのか、オフはいつなのかなど、彼の生活のほとんどを把握するようになっていた。

俺も拓人をはじめ、担当しているタレントとの行動を訊かれるまま彼に教えて、おたがいの終業時間があう日は外食したり、どちらかの家へいったりして過ごすようになった。

「恋人って、こうでしたね。もう何年も独り身だったから、優《すぐる》さんといると思い出します」

ソファの隣に座っている彼が俺を熱っぽく、どこか照れたようすで見つめてくる。名前で呼びあおう、と提案したのは彼で、彼は俺を優さんと呼び、俺は真人《まこと》さんと呼ぶ。

彼の家にあるこのソファも、彼が俺と過ごすために新しく購入したものだった。

「生活が変わるってこと……?」

俺が訊くと、はい、とうなずく。

「変わるというか、自分の生活に恋人のぶんの生活も加わるというか。生活も感情もふたりぶんになる感覚がひさしぶりで新鮮なんです」

「ああ……そういえばそうですね」

筒井さんが目もとをすこしほころばせて顔を寄せ、俺の口にキスをする。

感情もふたりぶん、という意味だけはよくわからなかった。

「優さんはどんな恋愛をしてきましたか」

「俺は……そんなに話せる経験もないです」

「初恋は幼稚園の女の子とか？」

「いいえ、全然。高校のころ、理想どおりの大和撫子みたいなクラスメイトがいて好きでした。朝礼で傍に立ってるだけでどきどきしたりして。でも彼女が男をとっかえひっかえしてる悪い子だって噂を聞いたとたん冷めたんですよ。あれが初恋だったのかどうか……」

「彼女に理想を押しつけて、恋に恋してたわけだ」

「そうです。大学のとき、ちゃんと彼女ができてオトナになりましたけど、恋人になったら喧嘩ばかりで三ヶ月ぐらいですぐ駄目になっちゃいましたね……そんな相手があと数人」

「就職してからは？」

「一切なかったです」

きっぱりこたえたら、彼が「そんなに力強く言わなくても」とうつむいて軽く吹いた。

「筒井さ……真人さんは、どんな恋愛をしました？」

「ぼくも中身のない恋愛ばかりでしたよ。昔からこんなななので、相手がぼくに理想を押しつけてくることが多かったですね。どうも頭がよくて真面目で器用な男に見えるらしくて」

「え、そうですよ？」

俺をじろと睨み据えた彼が、鼻からため息をこぼす。

「いままで誰にも言ったことがない、とっておきの告白をしましょうか」

「誰にも言ってないこと……?」

　ごく、といささか怖くなって唾を呑む。

「ぼくは緊張しいなんですよ。人前でなにか発表するのが大の苦手で、学校行事で劇があれば裏方にまわるために必死になった。恵もですが、俳優はみんな正直、気が知れない」

「あはは」

「だから憧れるんです」

「うん……わかります」

「それでも、生きてると舞台に立たなければいけないときがあるわけですよ。となると、失敗しないために事前準備をして挑むんです。たとえば初めてのセックスとか」

　ぞっとした。

「やめてください、もういいです。男としてその先を聞くのは辛すぎる……」

　顔を伏せて両手をあげ、ストップのしぐさをする。セックスの失敗談なんて恐怖しかない。なのに筒井さんは右隣から俺の手を摑んでよけ、「聞いて」と苦笑して続ける。

「相手は中学のときぼくに告白してくれた隣のクラスの女の子でした。友だちの兄貴に借りたAVを観て一生懸命勉強して挑んだんですが、位置がわからなくて痛い目にあわせてしまったんです。それで『こんな人じゃないと思ってた』と怒鳴られてふられました」

「あぁ……。おたがい中学生なんだから、一緒に頑張ろうねって言ってくれればいいのに。女心って難しい」

「後日聞いたところによると、彼女はぼくを好いてくれていたのではなく、処女でいるのが恥ずかしいから捨てたかっただけらしいんです。それで巧そうなぼくをターゲットにして失敗したと」

「は？」

「あれは結構トラウマで。でもぼくも彼女を好きになろうとしていた段階で、愛してなかったのはおなじだったから責められるでもなく……」

彼の懐かしそうな瞳を見つめて、短く相づちをうった。

「男同士だと、こういう話も気兼ねなくできますね」

温かい声でそう言って筒井さんが俺の右手をとり、指先にくちづける。

「優さんはぼくがいまもセックス下手なままだとしたら一緒に頑張ろうと言ってくれますか」

唇が近づいてくる。彼のキスを受けとめて自分も口をひらき、舌の動きにこたえる。

ソファの上に容易く倒されて、下から彼を見あげる格好になった。眼鏡をはずして、キスをしながら俺のネクタイをほどき、シャツのボタンをはずしていく彼が微笑んでいる。

「映画みたいな運命の恋に憧れていました。その相手が優さんならいいのにと想ってます」

映画みたいな運命の。

「……俺、『ローマの休日』が好きなんです」

「いいですね」

目をとじた。自分の肌に筒井さんの唇がつくのを感じる。

翌朝起きると、早朝から撮影があると言っていた筒井さんの姿はなく、朝食と一緒にメモがおいてあった。

『おはよう優さん。昨夜は会えて嬉しかったです。

仕事なので先にでますが、また近々会いましょう。連絡します。

何度も会って会話をかわして、出会うまでの空白の時間を埋めていきましょうね。

好きです。いってきます。真人』

恵さんの撮影中はほとんど寝に帰るだけになるという筒井さんの家は、生活感がありながらも掃除がゆき届いて綺麗に整理されている。

白と茶の家具が多い清潔感のあるダイニングに、眩しい朝日がさしている。食パンとハムエッグとコーヒーとメモ。椅子に腰かけてそれらを眺めながら、ゆっくりと現実を受け容れる。果てしなく遠い孤島へきてしまったような虚しさが湧いてくる。自分はいまひとりだ、と知る。

「ねえ黒井さん、堀江さんってうちの事務所のほかにバー経営してたってほんと？」

車に乗りこむなり、拓人が訊ねてきた。

「本当だよ。あれ、拓人知らなかったの？」

「知らなかったよっ」

シートベルトしてね、と指示して車を発進させる。拓人もうなずいてベルトを巻きつつ、はあと息をつく。

「あの人ってほんっと黒井さん以外には秘密主義だよね～……」

「は？　はは。バーのことは事務所関係の人間にはすすんで言わないよ。俺は長く勤めてるから知ってるだけ。拓人にならとっくに教えてると思ってた」

「たまたまそっち関係の人と電話してるの聞いて教えてもらっただけだよ、事故みたいなもん。古株とか関係ないと思うな。堀江さんのことは黒井さんに訊いたほうがはやいよ……本人ははぐらかしてなかなか教えてくれないもん」

「いまの拓人にはなんでも教えてくれるんじゃない？　社長は拓人を頼りにしてるんだから。社長としては、社員の俺のほうが言えないことも多いはずだよ」

「へー」と拓人が棒返事して目を細める。

「じゃあ訊くけど、堀江さんが持ってる二台のケータイ番号、どっちも知ってる？」

「知ってるよ」

「いま住んでる家と、実家の場所と、家族構成と、持ってる車の数は？」

「……まあ、知ってる」

「俺はケータイ番号一台ぶん以外全部知らないよ。借りてる車以外のことは頑なに教えてくれないし、俺から電話するとでないことも多いしね。黒井さんは毎晩電話もらってたんじゃなかったっけ？」

「たまたまだよ。最近は電話もない」

　ややきつい口調になってしまった。拓人の視線を感じる。見返せなくて、運転に集中しているふりをする。

「……黒井さん、本当に筒井さんとつきあってていいの?」

拓人は恵さんと出会ってから一気に大人になったなと思う。

もとから光を持っている子で、俺がスカウトした夜も魂を吸い寄せられるように惹かれたのはいまだ忘れられない記憶だけれど、恋をしてから心も身体も綺麗に、強く、美しくなった。六年経過した現在は、歳を重ねたのもあって雰囲気が穏やかになり色香も増した。

「黒井さん」

「つきあっていいのかって意味がわからないよ。いいからつきあってるんでしょ?」

「筒井さんを好きになったの」

「好きだよ」

「……そう。ならいいんだけどさ。俺も筒井さん好きだし」

「でも、」と続けて拓人がため息をつく。

「俺は堀江さんも好きだよ」

車が赤信号の列にならんで停車する。と、俺のスマホが鳴った。社長の名前がある。

「社長」

『黒井君?　……ああ、いま移動中か。しかたない、あとでメール、』

「切らなくても大丈夫です、スピーカーにしますからっ」

急いでスピーカーにかえてスマホスタンドにおいた。泊まりにきてくれて以来、三週間ぶりの会話だった。『そんなに焦らなくても』と彼は笑っている。

「もう平気です、用件はなんですか」と伝えながら、青信号を確認して車を再び発進させる。

『たいした用じゃないんだよ。今夜仕事が終わったら事務所に寄ってください。それだけ。それだけ』

「え、と……なにか問題でも起きたんでしょうか」

『いやいや、心配するようなことはなにもない。安心してください』

「はあ」

『じゃあ』と終わりを切りだされて咄嗟に「社長」とひきとめた。

「あの、」

あなたはいまどこにいるんですか。なんの仕事をしているんですか。三週間どうして電話をくれなかったんですか。こんなこといままで十二年間一度もなかったじゃないですか。

『どうしたの黒井君』

「いえ、その……――お元気ですか」

ははは、と社長が笑う。隣で拓人も訝しんでいる。

『元気だよ。黒井君は？』

「あ、はい……元気です」

『それはなにより、と言いたいところだけど本調子じゃなさそうだね。しかたない、おいしいもの食べさせてあげるから夜楽しみにしてなさい。店予約しておくよ』

今夜会える、社長と食事できる。

目の前の道路や空や、他愛ないどうということのない景色の彩度が増したようだった。世界が色鮮やかに活気づいて、胸が高鳴って力が漲《みなぎ》ってくる。

「はいっ、楽しみにしてます。必ずいきます」

『よろしくお願いします。拓人も頑張ってね』

　通話が切れても身体の奥が高揚していた。相変わらず綺麗な声だった。役者を目指していたころ発声練習をしていた人だから。……ああまだどきどきする。話せて嬉しかった。

「はやく夜になればいいのにっ……て顔してるよ黒井さん」

「なに言ってんだよ、そんなことないよ」

「あーそ」

　拓人の撮影を終えたら事務所へいく。順調にいけば夕方にはつく。喜びがおさまらない。社長はいつも俺を子どもみたいな気持ちにさせる。


　夕方五時半、事務所へいくと社長に一枚の履歴書を渡された。

「感想聞かせて」

　そう言われて、写真とその他を確認していく。

「……拓人とスタイルがほぼおなじだけど、顔は童顔で拓人にない可愛さを感じます。高校のころから劇団に所属している大学一年生ということで演技にも期待できますし、大学もタレント活動を許可しているので問題なし。ご両親も前むきみたいですね。自宅が都心から離れていますが、大学は都内だし、俺が送迎すれば問題ないかな。コメント欄の『拓人のファン』というのが嬉しいです」

　正面に腰かけた社長が煙草を灰皿に潰してうなずく。

「拓人のラジオに『「白の傷跡」の影響で俳優を目指してる』ってメールしてた男子高校生がいたでしょう。それ、この子」

「えっ、本当ですか？」

蜷川尚人《になかわなおと》君、十九歳。

「これから黒井君に担当してもらうからよろしくね。じゃあ会食にでかけようか」

うながされて事務所をでた。社長の車と運転で都内の駅へいき、尚人君をピックアップしてしゃぶしゃぶと日本料理の店へ移動する。

過去にも何度か接待などに利用した店で、社長の誘導で和室の個室席へ案内される。

「わ……すごいところですね……」

尚人君は大きな目をきらきら輝かせて周囲を見まわしている。今年の始めまで高校生だったせいか、まだ反応が幼くて初々《ういうい》しい。

先付《さきづけ》と飲み物をいただいて落ちついたあと、社長が俺たちを紹介してくれた。

「彼が蜷川尚人君。蜷川君に負けないぐらい可愛いこの人がきみのマネージャーをしてくれる黒井優君です」

「黒井です、よろしくね」と挨拶したら、蜷川君は元気に「はい！」と頭をさげたあと、身をのりだしてきた。

「黒井さんは拓人さんをスカウトした人だってうかがったのですが本当ですか？」

「はい、そうです」

「あぁっ……感激です、ありがとうございます！」

社長は俺の横で笑っている。

「俺、拓人さんが全然仕事しなくなってから落ちこんでたんです。でもこのあいだの『白の傷跡』の企画ラジオで、これからまた頑張っていくって言ってくれたの聴いて、自分もちょうど大学進学したところだったから、転機だ！　って思いました。ここから本気で拓人さん目指そう！　って。それで拓人さんとおなじ事務所に履歴書送らせていただいたんです」

「そうなんだね……拓人のマネージャーとして、彼に憧れて追いかけてきてくれる子に出会えたことが素直に嬉しいです」

「とんでもないですっ。拓人さんのこと、この世界にスカウトして『白の傷跡』に出演させてくださって、こちらこそありがとうございます！　……ほんとに、俺にとってあのドラマは、人生の支えなんです。あのドラマがなかったら生きる目的もなかった。死んで生きてました」

「死んでって……」

ファンだと社長にも教えてもらっていたが、尚人君が涙ぐみながらもハキハキ話してくれる内容は全部『白の傷跡』と拓人のことばかりだ。

肉と野菜もテーブルにならんで、みんなで食事を始めてもとまらない。どのシーンが好きか、どのセリフで感動したかを、自分の演技で再現したりする。そして拓人をスカウトしてくれてありがとう、出会えて嬉しい、出会えなかったらいまの自分はない、と何度もくり返す。

情熱的で穢れのない、純真な男の子だった。

社長と尚人君の飲み物を追加注文したり、空いた皿を下げたりしつつ、彼の表情と発言、しぐさ、声などを観察した。社長とおなじで演劇を経験しているぶんこの子も声のとおりがいい。

笑顔もきらびやかで、拓人に似た光を感じる。カメラ映えもしそう。しぐさもひかえめで、言葉づかいは子どもっぽいものの、失礼だったり不快感を抱かせたりする要素はない。すこしレッスンすれば即戦力にもなりえる。

「こんなに熱心なファンなら、拓人も連れてきて会わせてあげればよかったですね」

社長になにげなく笑いかけたら、尚人君が真っ赤になって「いや、やっ」と両手と頭をふり、拒絶をしめした。

「無理です、あの、すごく会いたいんですけど、無理ですっ……」

社長とふたりでそろって笑う。

「せめて……お仕事させていただけるようになって、拓人さんに会っても恥ずかしくない自分になれるまで我慢します」

恥ずかしくない自分。

「じゃあ早々に仕事をしてもらおうかな。楽しみだね黒井君」

「あ、はい」

社長の期待に、尚人君が「頑張ります！」と笑顔でこたえる。

その後も拓人の話以外に、劇団のことや大学生活、家族との関係などいろいろ教えてもらいながら食事を楽しんだ。

ひとり暮らしを始めたばかりだという尚人君は食欲も旺盛で、こちらのすすめに応じて肉も野菜もうどんもデザートもたくさん食べた。高校生のころの拓人を思い出す。

「ああ幸せです……お肉おいしかった、アイスも……」

明るくて笑顔が可愛くて頑張り屋で甘え上手。完璧すぎるぐらいいい子の尚人君は、いつまでも一緒にいてかまってあげたい気持ちにさせられる弟気質だった。

店をでて再び車に乗り、家までおくっていくあいだの会話も、別れ際の挨拶も、気持ちよくてまたすぐ会いたいと思わされた。

俺たちの車が見えなくなるまで家の横に立って手をふり、頭をさげてくれている。

「あの子を嫌う人はなかなかいないでしょうね……」

また社長とふたりきりになって、自分の口から最初にでたのがそんな感想だった。

「黒井君も気に入ってくれてよかった。じつは例のラジオの影響か、恵さんとダブル主演の映画の依頼がきてててねえ……蜷川君に演らせてみようかと思ってるんだよ」

「えっ」

「拓人はどうせ断るでしょう。俺自身、拓人を恵さんと仕事させるのはさけたいし」

「でも、いきなり映画は荷が重すぎじゃ」

「拓人にドラマを演らせたきみがそれを言うの？　彼は拓人より演技経験があるんだよ」

ふふ、と笑われて、ぐうの音もでない。

「撮影に入るまでは時間もある。その間に指導していけば彼ならつかえるでしょ」

「はい……わかりました。じゃあレッスンスケジュール組んでみます」

「頼むね」

車は走り続けている。社長の家とも俺の家とも逆の方向へ。

ふたりきりで会うのも、どこかへでかけるのもひさしぶりだった。

昔は社長と頻繁にでかけていた。彼の趣味でプールバーやダーツバーへいき、酒を呑んで朝まで遊ぶことも多々あった。そういう日は決まってタレントが去っていったり、社員が辞めていったりしたあとで、またふりだしか、というやるせなさを癒やしあっていたように思う。

「……懐かしいね」

車が信号で停車したタイミングで、煙草に火をつけながら社長が言った。微笑んでいる唇の端で、愛らしい八重歯が覗いている。この人も俺とおなじことを思い出している。

「はい」

たまらなく、胸が痛んで息苦しくなるのはなぜだろう。この車がずっと走り続けてくれればいいのに。とまらないでいてくれれば。この夜のまま、明日もこなければ。

「黒井君はどこにいくのか訊かないね」

どこでもかまわないから黙っていた。

「いきたいところはある？」

別段、望む場所もない。

「社長が好きなところで」

煙草の煙を吹きながら鼻で小さく笑われた。

「ならきみの彼氏が怒るようなところへ連れていこうかな」

黙考する。

「怒る姿が想像できません。……筒井さんは優しいから」

真人さん、と呼ばなければいけないのに間違えた。

「のろけられちゃったな」

車がカーブして首都高へ入る。数メートルおきに綺麗にならぶ橙色の外灯が、正面にまっすぐ続く道と夜をひっそり照らしている。

やがてベイブリッジを過ぎて横浜《よこはま》へおり、車は横浜港へ近づいていった。平日の夜の、人けのないしずかな道路をすすんで山下公園《やましたこうえん》をとおり過ぎ、さらに奥まった先の細長い大きな建物にある駐車場へ入っていく。

車をとめると、社長は「いこうか」と外へ誘導した。エレベーターで上階へ移動する。

「ここは国際客船ターミナルなんだよ」

「え……海外へいく船もでてるってことですか？」

「そう。船がこないあいだはこんなふうにがらんとしてて、イベントスペースで催し物をしてたりするんだけどね」

そろそろ日づけがかわる時間帯だ。たしかに、二階のだだっぴろいホールには誰もいない。床がウッドデッキで、俺たちの足音がきしきし響く。売店もあるようだが無論閉店している。

社長はホール横にあるトンネルに似たスロープをあがっていく。青いライトが輝くそこをすすんでいくと外の広場へでた。

「あ……綺麗」

目の前に大きな観覧車と、ライトアップされた赤レンガ倉庫やみなとみらい地区のビル群があった。とても深夜とは思えない明るい街の灯のなかに、ひときわきらびやかに観覧車のライトが光ってくるくるまわったり、点滅したりしている。

「恵さんが描いた七色の絵を思い出すな」

観覧車を眺めている社長が瞳を細めて微笑む。緑、青、赤、黄色、と七色に輝く観覧車、眼下で揺らいでいる横浜港の水面。

「……そうですね」

柵に近づいてふたりでならんで立って夜景を眺めた。ここも床がウッドデッキになっていてそばにお洒落なベンチもあったけれど、俺たちは突っ立ったまま景色に見入ってしばらく黙っていた。夜風に潮の香りがまざっている。

「……昔とはいろんなことが変わったね」

社長が胸ポケットから煙草をとって火をつけた。

「黒井君とふたりで遊びにいくときはたいてい淋しかったり悔しかったり、ままならない気分でいたのに、拓人がきてくれたおかげでうちの事務所は一気に活気づいて、俺も社長だと名のっても恥ずかしくなくなったし、黒井君も立派に成長した」

「よしてください。あなたは最初からずっと立派な社長ですよ」

「そう言ってくれるのはきみだけだったんだよ」

長い指に煙草を挟んで、社長は情けなく苦笑する。

「黒井君は憶えてるかな。入社してすぐのころ、俺に『ため息ついたら幸せが逃げますよっ』て怒鳴ったの」

「え……それ社長の口癖」

「や、あれきみが俺に言ったの。仕事も失敗続きでね、きみ半べそかいて俺を叱ったんだよ」

俺の転機」

「泣いてたよ。『あなたがため息ついてちゃどうしようもない、そんなんじゃなんにもうまくいかなくなるじゃないですかっ、俺と一緒に頑張ってくださいよ！』って言ってさ……あれが俺の転機」

「転機、ですか」

「まだ役者を諦めきれていない中途半端だった自分を認めて、改めたんだよ。……まあでも、次に拓人っていう光を連れてきてくれたのもきみだったんだけどね」

思わず社長のスーツの袖を摑んで表情をうかがった。彼はやっぱり苦笑する。

「そんな顔するんじゃないよ。きみに感謝してるって話だからね？」

「あなたが役者になったらいちばんにファンになります。それで、俺にマネージメントさせてください」

「はは。俺はもう社長ですよ。一生この仕事を貫いて生きていくって決めてるから」

「なら俺も一生あなたについていきます」

どれだけの哀しみを越えて夢を捨てたのかわからないからこそ、その苦しみに底がなくて、想像すればするほど心臓が潰れるような痛みに苛まれる。

この人の辛さが辛い。この人の心を傷つける苦しみ全部俺が背負いたい。大人だというのに我慢することもできず涙で視界がにじむ。

——生活も感情もふたりぶんになる感覚がひさしぶりで新鮮なんです。

ああ……筒井さんが言っていたふたりぶんの感情というのはこういうことか。

「なんできみが泣くんだか」

「泣いてません」

「また意地張る……。泣きやまないとキスするよ」

淋しげな瞳の理由を知りたくて見つめていると、ふいに俺の胸ポケットでスマホが鳴った。

無視しても再び鳴るので、やや苛つきながら確認したら筒井さんからの着信とメールだった。

『夜分にすみません、今夜は仕事でしたか？　また連絡しますね。ひとりの夜は淋しいものだと思い出しました。あなたにキスして眠りたい。おやすみなさい』

読み終えたとき、言葉では形容しがたい強烈な違和感が湧いてきた。

「彼氏？」

艶っぽい目をする社長に喉でからかうような笑いかたをされて、ひどくいたたまれない気分になる。

「はやく帰ってこいって怒らせたか」

「……いえ」

「おやすみメールなんて若いね」

「み、見たんですか」

「あら、本当にそうだった？　かまかけただけだったんだけど」

やるせなくて、笑う彼の視線から逃げてスマホをポケットにねじこむ。

「彼氏とは順調なの」

「……はあ」

「彼のほうが忙しいんじゃない？　ちゃんとデートできてる？」

「まあ……何度か」

「まあって。どうしたのよ、きみらしくない。もっと浮かれてるのかと思ってたのに」

おかしそうに眉をさげて笑われていると、どんどん恥ずかしくなっていった。

「いいじゃないですか、俺の話は」

報告できない。この人の前では、自分と筒井さんがしているつきあいはなぜか、幼稚園児のころにしていたおままごとみたいに感じられてくる。父親役と母親役の子どもがする、偽りの家族ごっこ。

「なにかあったの」

「いいえ」

「筒井君と喧嘩でもした？」

「してません」

教えてごらん、と彼が俺たちの関係に干渉しようとするのも嫌になる。

「大丈夫ですから」

自分の声に拒絶と、不快感があった。

「……。そう」

ばれた、と絶望する。

この人は頭がよくて察しがいいから、たったこれだけの反応でも知られてしまう。俺自身が把握できていない己の焦燥の理由までできっと。そういう相づちだった。

「幸せですよちゃんと」

怒鳴るような断言をした。腹の底に苛立ちが蓄積してうねっている。

「ならいいよ」

今度は投げ捨てるような言いかたをされて、それにも腹が立った。

「本当に幸せですから。筒井さんはまめで、毎晩短くても絶対に連絡をくれるし、俺のことをずっと考えててくれるから。不満なんて感じる隙もありません」

「そう」

「訊いたことに誠実にこたえてくれるおかげで彼の交友関係も恋愛経験も、どんな事情も知ることができます。どこで仕事してるかも、いつ起きていつ寝て、誰といてなにを思ってるかも、全部教えてくれる。あなたみたいにはぐらかしてごまかして、壁をつくったりしない」

社長を責めた瞬間、肝が冷えた。

我に返って見あげると彼も俺を見ている。

「——だから？」

冷淡な眼ざしだった。

「だからなに。筒井君と比較して俺を責めて、きみはなにに納得したいの？」

「しゃ、ちょ……」

「まわりの人間たちを比較して、より誠実に自分を愛してくれていると感じた相手を選びとる。それが黒井君の恋なのか」

軽蔑された。

「まあ、どんな恋をしようときみが幸せなら俺はかまわないけどね」

失望させた。

——じつはね、俺この企画ラジオで裕次さんと一緒にリスナーのみなさんと話してきて、自分のなかでも新しい発見とか、学びがあって、それでいままでお休みしてたモデルの仕事を本格的に再開しようって決めたんです。リスナーさんにとって恥ずかしくない人間でいたくて。

——せめて……お仕事させていただけるようになって、拓人さんに会っても恥ずかしくない自分になれるまで我慢します。

恥ずかしくない自分。

俺はいまとても恥ずかしい。どうしてこんな人間になってしまったんだろう。どこでなにを間違えた？　わからない。けどただ、こんな自分を社長にだけは知られたくなかった。


筒井さんの素敵なところ。

ファミレスが好きで、コーラとメロンソーダミックスのジュースを気に入っているところ。

『ローマの休日』のアン王女のような気持ちにさせてくれるところ。

仕事柄、映画の制作関係に詳しいところ。映画館周辺の店情報も知り尽くしているところ。

緊張しいで、自分が担当している恵さんの芝居を心から愛し、焦がれているところ。

キスをすると申しわけなさそうな顔をしながら離すところ。

アイスキャンディを食べるみたいに、肌が蕩けるまで舐める甘いセックスをするところ。

「尚人君……？　へえ、新しいタレントさんですか」

　今夜は筒井さんの家で彼が好きだというカレーを作る約束をしていた。料理をする俺のうしろで、スーツの上着を脱ぎながら彼が話を聞いてくれている。

「はい。大学生で、俺が担当することになって。天真爛漫《てんしんらんまん》で可愛くてとてもいい子なんです。拓人のことを好きって言ってくれるのも嬉しかった。拓人の存在を下から見てくれる子がいると、拓人の成長と存在感の変化を明確に感じられます。自分がしてきたことは間違ってなかったんだって思えました」

「もちろん、間違ってなんかいませんよ」

　筒井さんは力強くうなずいて肯定してくれる。苦笑いが洩れた。

「……俺そんなに有能じゃないですから」

「以前もそうやって謙遜しましたね」

「謙遜というか、事実ですからね……」

　野菜をかきまぜて煮こんでいると、筒井さんが俺の背後に立って背中から抱きしめてきた。

「料理中ですよ」とまた苦笑して俺はカレールーを入れる。彼は手をゆるめずに俺の後頭部に唇をつける。

「ともかく、その尚人君がうちの恵と共演する、と」

「そうですね。いきなり映画でデビューさせるべきか、どこかのＣＭにつかってもらって顔をだしておくべきか……いま堀江と考え中です」

「堀江社長にとっても期待の新人ですか」

「ええ。堀江のためにも尚人を育てていきます。あの人の期待は裏切りたくありませんから」

「頼もしいですね」

「はは、いえいえ……たぶんこれが、俺の生きる理由なんです。最近とくにそう思います」

生きる、と筒井さんが俺の頭の傍で復唱した。髪に埋もれてくぐもった声が頭皮に響く。

「……俺、ばかで無神経で強欲で、堀江に迷惑かけてばかりなんですよ。一緒にいると何度も無能だって思い知ります。本当は嫌われてるんじゃないかな。長年いる社員だから、お情けで傍においてくれてるだけかもしれない。不安で、辛くなります」

すみませんこんな弱音……、と笑ってカレーをまぜる。大人なら自分の感情ぐらい自分でコントロールしろと思うのに、吐露《とろ》せずにいられなかった。近ごろあの人のことしか頭にない。

「優さん」

腰をひいて顎をあげられ、口を塞がれる。舌を吸われそうになって奥へ隠した。

「……料理中です」

うつむいて口を離し抵抗をしめすと、腰を摑んで「抱きたい」とストレートに要求された。

「どうしたんですか。先に食事しましょうよ」

笑ってなだめる自分の頰がひきつっているのを感じる。

「くっついてないで、ご飯よそってください」と軽快な口調で指示して、「……はい」と離れた彼が炊飯器の前へ移動したあと息をつく。

カレーの香りがただよってきた。鍋のなかで、じゃがいもだけがひときわ小さな姿をして転がっている。これは筒井さんのリクエストだ。彼はカレーのじゃがいもが嫌いなのだそうだ。

熱くて舌が火傷するから、という子どもじみた理由で。これも筒井さんの素敵……というか、可愛いところ。

「いい匂いですね」と筒井さんがご飯の盛られた皿を持ってきた。俺も「もう食べましょうか」とコンロの火をとめて、受けとった皿にカレーをかける。それを筒井さんに渡す。

「おいしそう……手料理なんて何年ぶりだろう」

香りを嗅《か》いで感激している彼がおかしい。

「お正月とか実家へ帰ってないんですか？」

「ここ数年帰ってませんね。年末年始も撮影が入っていたので」

「ああ……やっぱり恵さんのマネージャーだと忙しいんですね」

自分のカレーもよそって筒井さんに渡した。彼がテーブルへ運んでいくと、俺もスプーンとサラダを持って追いかける。

むかいあってテーブルを囲み、ふたりで「いただきます」と食事を始めた。

「今年の年末は一緒に帰りましょうか」

「え？」

「ぼくの実家へ。山奥ですけど一応関東地方で、のどかでいいところですよ」

筒井さんの生まれ育った町。彼の居場所。

「……どうだろう、俺もスケジュールを確認してみないと」

カレーを掬って口に入れる。

「わたしのテリトリーへ入るのは嫌ですか」

小さなじゃがいもが口内でまたたく間に溶けていく。

「堀江社長の誘いならひとつ返事でこたえたんじゃありませんか」

「なんの話ですか」

「ぼくたちの話です」

筒井さんは一人称が安定しない。どんな一人称でもつかいこなしてしまう。

「やめましょうよ」

笑いかけても、彼は無表情のままだった。

「あなたは本当に堀江社長が好きですね」

好き、という言葉に胸が拉《ひしゃ》げる。

「正直なところ、ぼくはあなたの堀江社長に対する気持ちがずっと不可解でした。業界では、堀江社長は伯父さまの脛齧《すねかじ》りとして有名です。現在の事務所を伯父さまの力を借りて立ちあげたのもそうですが、学生時代も素行が悪くて、家が裕福だからやりたい放題、男女問わずかなり遊んでいたという噂も聞く。役者崩れの、堀江家の厄介者だと」

頭のてっぺんから自分の感情と体温が急速に冷めていくのを感じた。筒井さんを見る。平然と俺を見ている。

「あなたが拓人君を見つけなければ、堀江社長の現在はありません。彼があなたに感謝をするのはわかりますが、あなたが彼を尊敬するのは不思議でならない」

口内にあるものを咀嚼する気も失せる。スプーンをおく。

「堀江は俺のすべてでです」

「すべてですか」

冷静になれ、大人の対応をしろ、と頭では思うのに理性が働きそうにない。

十二年間の満ち足りた日々をうち明けて、理解を求めたいとも思えなかった。ただ社長への想いと、ふたりで積みあげてきた数々の想い出と、あの人自身を守りたかった。

「堀江社長のために命まで投げだしそうな物言いですね」

「他人の納得が欲しいわけじゃありません。どう思われてもかまいませんよ」

「まるで宗教だ」

椅子を立ってスーツの上着を羽織ったら、駆け寄ってきた筒井さんに腕をひかれた。

「待って」

「帰らせてください」

怒りしか湧いてこないから、これ以上話したくない。せめて落ちつくまでひとりになりたい。

「すみません、ぼくの言葉が悪かった」

頭をさげられても心が動かず、目をそらして手を払う。鞄を持つ。

「……簡単に謝るんですね」

「え」

「責めるなら徹底的に貶める覚悟で言ったらどうですか。そんな中途半端な人とは堀江を語る気にもなれない。堀江を庇《かば》うのもばからしくなりました。他人の吐く噂を鵜《う》呑《の》みにして叩く人間にばかにされながら、過去を悔いてタレントのために努力してきたあの人を、俺は誰より立派だと思います」

ちまたにながれる情報だけであの人への揶揄《やゆ》を飛ばしてくる人間は、これまでも見てきた。そのたび笑ってながしていたあの人を俺は知っている。そして、守りたい、傍にいる、と幾度となく想ってきたのだ。

「ぼくがこんな人間になったのは、あなたを愛したからですよ」

ならば俺は、筒井さんにあの人の怨言《えんげん》を言わせた自分のことも憎まなければいけなくなる。

「今夜は帰らせてください。またきちんと話せるようになったら連絡します」

なけなしの理性で慎重に言葉を選んで拒絶する。

「ぼくはあなたの地雷を踏んでしまったんですね」

苛立ちがおさまらない。

「……地雷って言葉で片づけるのもやめてください。便利な言葉なんでしょうけど、俺のいまの不快感はそんな簡単なものじゃすみませんから」

「ここにいてください。あなたが落ちつくまで待ちます。いまでていってしまったら、あなたは二度と戻ってきてくれない気がする」

黙って見返した。

「優さん、あなたが好きです。……愛してるんです」

筒井さんの素敵なところ。素敵なところ。

毎晩、連絡をくれた思慮深いところ。誠実で、訊いたことはなんでも教えてくれたところ。カレーのじゃがいもが苦手なところ。うちで俺と過ごすためにソファを買ってくれたところ。左きき——。

「また連絡します」

　足早に玄関へ移動して筒井さんの家をでた。

　エレベーターに乗ってマンションの一階へおり、エントランスをとおって外にでる。夜道は無人で、街路樹を照らすライトを尻目に駐車場にとめていた車へ乗ってエンジンをかけた。


　拓人のお母さんが恵さんとのつきあいを許し、同棲の準備に入ったのは七月下旬だった。

「――いままで事務所の手伝いもさせてくれてありがとうございました。改めて、モデルの仕事頑張っていきます。裕次さんとのこともすみません、よろしくお願いします」

　社長室のソファで、拓人が社長に頭をさげる。

「こちらこそお願いします」

　むかいに座っている社長も笑顔で頭をさげた。

「恵さんとのおつきあいも順調で、仕事にも復帰してくれて、こっちもありがたい限りだよ。新居はどうなの。建てるんでしょ？」

「裕次さんにまかせてます。設計してくれるのも裕次さんの信頼してるデザイナーだとかで、俺はそこらへんちんぷんかんぷんだから」

「そうか。デザイナーさんってふたりの関係知ってるの？　そこは大丈夫？」

「平気です。親しくしてる人からも情報が洩れるっていうのは結婚と離婚経験してる裕次さんがいちばんよくわかってて猛烈に警戒してるから。一応、俺らはラジオで同居宣言もしたし」

「なるほど」

「仕事を辞めたあとって決めてるけど、いずれパートナーシップ宣誓書もだす予定でいます」

「そう。拓人が一般人に戻ったらあちらの事務所も守ってくれるでしょう。大丈夫じゃない？　パートナーかー……しかたないね、拓人に貸してる車はお祝いにあげるか」

「まじで？　……てかいいの？」

社長がほがらかに笑う。拓人は下唇を噛んで苦々しい表情で俺を見た。「いただいておきな」と小声でなだめると、無言でうなずく。

「あとさ拓人、今週末呑みにいこう。きみを連れていきたいところがある」

「どこ？」

「やー、いきつけの呑み屋なんだけどね、ぼくが芸能事務所の社長だって言っても信じてくれないのよ。拓人といけば一発だろうからさ」

「はあ？　なにそれ。俺、利用されてるだけじゃん」

「おごるよ。同棲祝いってことで」

社長と拓人が笑いあっている。先日、俺の家へくる前に寄っていた店だろうか。初めていった店、とあの夜は言っていたのに、いつの間にか〝いきつけの店〟になっている。

「今日はなんの仕事だっけ」

ふと、彼が俺に視線をむけた。

「あ、はい。今度はソーシャルゲームのＣＭの仕事が入っているので、その打ちあわせに」

「そうか。露出が増えていいことだ」

「このあいだのドリンクのＣＭのポスターも街中にあるよねえ」と、社長が機嫌よく続ける。拓人も「また急に外歩きづらくなったよ」と肩を竦めて、しばらく他愛ない会話をかわしてから「そろそろ時間じゃない？」とうながされ、仕事へむかうことになった。

社長も席を立って俺たちを見おくってくれる。

「いってらっしゃい」

いつもどおりの晴れやかな笑顔。社長の身体を窓からさす日ざしが包んでいる。

「……いってきます」

一礼し、拓人とふたりで事務所をでる。

「しょしゃげのＣＭか——……どんなふうになるんだろ」

不安げにぼやきながら、拓人が車の助手席に乗った。

「拓人、いまちゃんと言えてなかったよ」

つっこんだら、「そ、しゃ、げ！」と一言一句怒鳴るような口調で言うから、俺も笑って「そうそう」と褒めた。車を発進させる。

「拓人、でもほんとによかったね。お母さんも認めてくれて、同棲できることになって」

「うん、ありがとう」

「……幸せにね。仕事辞めたあとも、拓人のプライベートを守るから」

「ん」と、拓人が鞄からミントタブレットをだして口に放る。

「黒井さんは？　筒井さんと喧嘩してるんでしょ」

うーん……、と苦笑いが洩れる。

「恵さん経由でばれてるか」

「筒井さん意外と落ちこんでるの顔にでるから」

たしかに、あの人のかたい表情はちゃんと見ていると豊かに変容する。

離れて数日経過したぶん、自分たちのことを落ちついて見渡す余裕もできてはきた。きちんと話さなければとは思っている。でもいったいなにを話せばいいんだろう。

「拓人は恵さんとよく会ってるの？」

話を変えてみる。

「うん。いま裕次さん撮影で忙しいけどね。筒井さんが撮影終わる時間とか細かく連絡くれるから、俺からいったり、筒井さんが家まで拾いにきてくれたり」

「え、そんなことまでしてくれてるんだ」

「そうだよ。俺と会ってないと裕次さんの芝居が駄目になるって、筒井さんしつこいの」

あはは、と拓人が笑う。拓人は冗談だと思っているようだが、筒井さんの目にそう見えるのなら事実なんだろうと察せられた。心から恵さんの芝居を愛している筒井さん。恵さんのために、拓人のために、きっとあの腕時計を何度も確認しながら動いてくれている。でも俺はまだ、あの人の恋人に戻りたいと思えない。

「……拓人はいつもきらきらしてるな。ほんとに眩しいよ」

幸せそうに笑っている拓人の左手には、新しい指輪があった。

「黒井さんがそれ言うの？」

目をまるめる拓人に、俺も「え？」と返したら肩を叩かれた。

「いっつも鬱陶《うっとう》しかったよ。俺のことスカウトしてきたときもさ、人が友だちと遊んでるのに『きてほしい！　話を聞いてほしい！　きみをマネージメントしたいんだ！』って目ぇきらっきらさせて面倒くさかったし、あの企画ラジオも『また恵さんと会わせてあげたかったんだ』って。……きらきらしてたじゃん」

「や、そんな、」

「してたた。俺黒井さんだからついていこうと思ったんだよ。裕次さんとのことも六年もずっと気にしててくれたなんてさ……黒井さんがいなかったら、俺ほんとに諦めてたから。もともと単なる脳天気な高校生だったたんだもん、きらきらして見えるなら黒井さんの影響なんじゃない？」

……俺が、きらきら。

「頑張りたいって思う仕事くれたのも、裕次さんに会わせてくれたのも、全部黒井さんだよ。いまもう一回きらきらさせてくれたのもきっかけは黒井さん。……ありがとうね」

照れくさそうに小首を傾げて、拓人がはにかんでいる。

その後、都内でＣＭの打ちあわせをして、午後から別件で雑誌の撮影をこなす拓人を見守りながら、きらきら、という言葉と想いが胸のなかで消えずに疼いているのを感じていた。

「拓人、いまの表情すっごくいいよー」

「ありがとうございまーす」

「最近のジュースのＣＭも最高だよね。ああいう笑顔ちょうだいよ」

「いいですか？　めっちゃにこにこしちゃいますよ」

「ちょうだいちょうだい」

「よっしゃー」

この子みたいに、こんなふうに、俺がきらきらしていた。俺も光を持っていた。

拓人をスカウトしたときや、恵さんともう一度会わせてあげたいと思ったとき、俺は社長と拓人を想って動いていた。大事な人を想って希望や期待に心が躍《おど》っている瞬間に、俺は輝くことができていたんだ。

じゃあ筒井さんを想って、俺は輝いていただろうか。

一緒にいて楽しかった、共感できることもあった、共有できる信念もあった、素敵なところもたくさん知った、好きになれると思っていた。でも筒井さんを想ってなにか強い意志を貫きたくなったことはなかった。それどころか恋人としてキスやセックスをするたびに、大人だからするのはあたりまえ、女じゃないんだからもったいぶるのはおかしい、と、理由をつけていなかっただろうか。

拓人はどうだった?

海はどうしていた?

これが俺の憧れていた恋愛だったか。

『白の傷跡』の依頼がきて本を読んだとき、本当に純粋に感動した。事務所を軌道に乗せたいとか拓人ならできるとか、社会人としてビジネスに対する欲が皆無だったとは無論言わない。しかしそれでも、同性愛だから面白い、話題になる、と卑しい思いを抱いたことは一瞬たりともなかった。

海みたいにキスをするだけで、抱きあうだけで、泣きたくなるほど愛しさがあふれるような想いを味わいたいと想った。海を演じて恵さんに恋をしていく拓人のまっすぐな姿に憧れた。脚本を読んだ夜も、拓人の芝居を観ていたあいだも、心から幸福でたくさんの涙がこぼれた。そうだ。

あんな恋がしたかった。

自分はヒーローではないと、昔から自覚して生きてきたけど、きらきら輝くことをはなから諦めていたのは俺自身じゃないか。ヒーローだとか主役だとか、物語のなかの出来事だからと心の奥で見くだして、見くだすことで自分をなだめていた。本当は輝きたかったのに。自分の人生の物語のなかでぐらい主役になってみたかったのに。そしてそれも、実際は容易にできたのに。

奇跡を味わいたかった、運命の恋をしたかった。ずっとずっと、子どものころからスポットライトを浴びてみたかった。〝現実はこんなだよ、主役になれる人はほんの一部だよ〟と諦観して、勇気のない捻くれた根性の自分を慰めるばっかりで、逃げて逃げて、逃げてばかりで、筒井さんのことも傷つけるだけ傷つけた。

こんなのは恋じゃない。少なくとも俺がしたかった恋じゃない。

あの人がいい。あの人を想って生きていきたい。

社長ともう一度キスがしたい。

筒井さんと会う約束をした金曜の夜、ラジオ放送中に社長がやってきた。

「お疲れさまですー」

今夜は放送後に拓人と〝打ちあわせ〟のため、社長がくるとスタッフにも伝えていた。

丹下さんたちが頭をさげて「どうもお疲れさまです！」とむかえてくれる。俺も席を立って礼をした。笑顔を返してくれた社長は丹下さんと飯田《いいだ》さんのうしろに立ち、ブース内の拓人をうかがう。拓人もしゃべりながらこちらを一瞥して、にこりと左手をあげる。

「どうですか拓人は」

「調子いいですよ。堀江さんの言ったとおりでしたねえ」

「いえいえ、あの子の実力です」

飯田さんも「近ごろ表情もとってもいいです」と褒めてくれて、社長も嬉しそうに微笑む。

社長は俺が再放送企画を提案するとき、『この企画以降、拓人は丹下さんが期待する以上に変化しますよ』と、予言とも言える口添えをしてくれていたのだった。拓人が恵さんと生きる人生を再び選択すると、誰よりもかたく信じていた人、ということ。

「まあ、企画を考えたのもうちの黒井なので。今後ともふたりをよろしくお願いします」

「とんでもない、こちらこそお世話になります」

丹下さんと社長が俺を見て、俺も照れて、よしてくださいと右手をふった。

「そういえば、ラジオに投稿してくれてた拓人のファンが今度うちでデビューするんですよ。いずれゲストかなんかでつかってやってください」と社長は抜け目なく仕事の交渉をする。

「投稿してたファン？　そりゃいいですね。え、どの子です？」と食いついてくれる丹下さんたちを見ていて俺は心が温かくなった。拓人の魅力も社長の商才も俺はたまらなく誇らしい。

隣にきた社長とソファにならんで座って拓人を見守った。無駄話をするでもなく、まっすぐ拓人の表情と声に意識をむけている社長の空気がひりついて感じられる。唇をひいて微笑んではいるものの、パーソナリティーの拓人を厳しく観察しているのがわかる。

放送が終わると、戻ってきた拓人を「お疲れ」とみんなでむかえた。

「堀江さん、わざわざきてくれてありがとー」

「やー、こちらこそありがとう。楽しませてもらったよ」

拓人もまじえてみんなで今夜の放送のことや、投稿者だった尚人のデビューとゲスト出演のこと、そして企画ラジオのことを話す。話し好きなスタッフばかりだし、拓人も尚人のことを知って興奮しだしたので、長びかないうちに社長と目で合図をかわして「では失礼しようか」と切りあげた。

挨拶して辞去し、控え室で帰宅の準備を終えて駐車場へ移動するあいだも、拓人は「ほんとにあの子？　ほんとにあの男子高校生の？」と俺たちに確認してくる。

「嘘ついてどうするのよ。黒井君と三人でしゃぶしゃぶ食べながら面接もすんでるよ」

「そうなんだ……めっちゃ嬉しい、俺も会いたいな……」

嬉しそうな拓人に、俺もはやく会わせてあげたいなと思う。

「ではお疲れさまでした。ふたりともはめをはずして呑みすぎないように」

社長の車に乗ったふたりを見おくる。

「黒井君もおいで」

先ほどから何度か誘ってくれていた社長が、今度は真剣な声色で言って俺を見た。

「本当にすみません。じつは今夜は予定があるんです」

エンジンのかかった車の音、車内から洩れる歌、彼が自分を見つめる瞳と唇に浮かぶ笑み。

「……。そうか」

うなずいた。

「気をつけてくださいね。あなたは呑んだら駄目ですよ、運転するんですから。拓人もきちんと家までおくり届けてください」

「はーい、了解しました」

「拓人も酒強いほうじゃないんだから無茶しないように」

「うん、気をつけるよ。黒井さんもね」

「ありがとう」と笑ってこたえる。そして手をふってふたりの車が走り去ってから、自分も移動して車へ乗りこみ、約束の場所へむかった。

筒井さんが選んでくれたのは、都内の夜景が一望できるホテル上階のバーだった。

「……こういうところへも、何度かくればよかったですね」

彼も今夜が最後になるとわかっている。

「ファミレスもとても楽しかったです」

「ええ……ぼくも楽しかった」

おたがいの都合で会えるのが深夜になってしまったので夕飯もすませており、彼が頼んでくれたノンアルコールのカクテルとつまみをいただいた。生ハムのサラダとチーズの盛りあわせ、野菜のピクルス、ドライフルーツ。

ゆったりしたソファに腰かけてそれらを口に入れながら、明るく輝く街の景色を眺める。

「こういうところで呑んでいると、大人になった気がしますよね」

筒井さんがそっと微笑む。あなたは素敵な大人ですよ、と言いたかったけれど、逡巡して「そうですね」とこたえた。今夜は彼と一緒に子どもでいたいと思った。

店内のライトを受けて美しく輝く桃色のカクテルを飲み、ピクルスを囓る。そうしつつ今日彼が見守っていた恵さんが、どんなに素晴らしい芝居をしたかを聞いた。俺も拓人があの企画ラジオ以降とても成長したんだと報告した。スタッフも褒めてくれて嬉しかったんだと。ただ社長がきていたことは言わなかった。

「才能のある人間は不思議ですよね。わたしたちがなにもしなくてもどんどん成長していく」

「そうですね……支えているようでいて、こっちのほうがたくさんのものをもらっています。傍にいられて嬉しいような……ありがたくて、申しわけなくなってしまうような」

ええ、と同意してくれる筒井さんが飲んでいるのは、淡い琥珀色《こはくいろ》のカクテルだった。夜景をうつしている瞳が、本当はなにを見ているのか知りたくて横顔を盗み見る。

ふいに、ここは日づけが変わる前ならピアノの演奏もしてるんですよ、と彼が教えてくれた。

「いつかあなたに聴かせてあげたかったたな」

「……筒井さん、」

すみません、と謝罪しようとしたら、彼が唇の前に左手の人さし指を立てて俺を見つめた。

「恋に溺れるのに年齢は関係ないんだなと、恵を見て思っていたんです」

「……え」

「離婚してたくさんの非難や嘲笑の的になって、この人はもう仕事だけに生きていくんだろうと思っていた矢先に拓人君に落ちましたから。最初は、男の子を選ぶなんて役の影響にしてもどうかしてると、すぐ飽きるだろうと呆れてもいたんですよ。でも海に対する芝居や、拓人君と別れたあとの恵を見ていて、離婚もこみでこれがこの人の運命だったんだと確信しました」

彼がそっと唇をひいて微笑む。

「恵みたいな恋がしてみたかった。そしてわたしは、それができたと思っています」

「筒井さん、俺は、」

続けようとすると、また頭をふって笑顔でとめられた。

「『ローマの休日』のジョーになれたんだと思わせてください。幸せな想い出をありがとう」

俺の正直なところが好きだと言ってくれた彼が、別れの言葉だけは拒絶した。

「……俺がアン王女なんて、似合わなすぎますね」

「そんなことありませんよ。ショートカットで目が大きくてキュートで、お茶目で無邪気で、すこし狡い。ジョーも決して聖人君子じゃありませんからね」

カクテルグラスに口をつけて、高層ビルの窓の光を見つめる。

「ジョーは、本当はどんな人なんですか」

筒井さんの小さな苦笑が聞こえた。

「王女をさらって逃げてしまいたいと想いながら、でも、自分のことははやく忘れて、いずれ出会う王子と真実の愛を得られるよう願っているような、そんな男なんじゃないでしょうか」

この人を失えば、もう二度と、ファミレスが好きで、コーラとメロンソーダミックスのジュースを気に入っている男とは出会えないだろう。おまけに、仕事柄映画の制作関係に詳しく、映画館周辺の店情報も知り尽くしていて。緊張しいで、自分が担当している恵さんの芝居を心から愛し、焦がれていて。申しわけなさそうなキスをして、アイスキャンディを舐めるみたいな甘いセックスをする。そしてカレーのじゃがいもが苦手だと言う男とは二度と出会えない。

世界にたったひとりのこの人と、俺はいま恋を終わらせようとしている。

「……やっぱり、ジョーは素敵な男ですよ」

こたえたら、筒井さんは顔を伏せてすこし恥ずかしそうに、淋しそうに微笑んだ。

「あなたにそう言ってもらえてよかった」

別れ際、筒井さんは「ひとつ約束をしてください」と言った。

「なるべくはやく堀江社長に会って、あなたのすべきことをしてほしい」

いつもの無表情に戻った彼が威圧するように叱責をしてくる。してほしい、という切望ではあったが、これはたしかに叱責だった。

「ぼくはあなたが真実に気づく手伝いをできただけで、自分にも価値があったんだと思えます。次に会うときは、幸せそうな笑顔を見せてくださいね」

幸せそうな。

「……わかりました、約束します」

最後まで誠実だった彼に、これが自分のしめせる誠意であり、報いなのだと思った。

おくります、と目もとをほころばせた彼が、車に乗りこむ俺の傍らに立ち、気をつけて、と声をかけてくれる。そうして、俺がエンジンをかけて駐車場をでていくまで、バックミラー越しに見守っていてくれた。

——映画みたいな運命の恋に憧れていました。その相手が優さんならいいのにと想ってます。

筒井さんは本当に、映画みたいな最後をくれた。

社長に告白をしたところで絶望しかないのは承知している。自分の会社のトップに、男に、恋愛感情があると告げるなんて社会人として自殺行為だ。関係に支障が生じるのは確実だし、ここから先は転落以外見えてこない。

いまひき返してやっぱりあなたの恋人でいると縋れば、筒井さんならあるいは、呆れきった果てに受けとめてくれるかもしれない。そんな打算と怯えにも駆られる。だから夜道を走りながら、きらきら、と胸のうちで叫び続けた。きらきら。きらきら輝きたい、一生に一度ぐらい、心から愛した人を想って。だから、ひき返さない。

こんな想いを抱いて高速道路を走る夜をくれた筒井さんに、ほんのひとときでも恋人にしてもらえた自分の人生は、間違いなく素晴らしく幸福に輝いて見えた。

朝九時、ベッドをでて風呂へ入り、汗をながしてすっきり目が覚めてから朝食を作る。パンとハムエッグとコーヒーをテーブルにならべてそれぞれ食べたあとは、皿を洗って片づけて、部屋へ戻った。

意を決してスマホを持つ。こうして仕事以外の電話ができるのも下手をしたら最後になる。暗い想像も頭のなかからふりはらって、履歴から彼の名前をだしコールした。

『――……はい、』

「おはようございます社長。黒井です」

『黒井君……？　おはよう。寝起きにきみの声が聞けるなんて今日はいい日だな』

「まだ寝てらしたんですね」

『朝帰りしちゃったからねえ……』

ベッドのなかにいるようなこもった声は、昨夜拓人といた余韻をひきずっているのか楽しげに洩れてくる。

「いまいらっしゃるのはおうちですか」

『ン、家だよ。なに、きてくれるの？』

「……はい。よろしければ、ご都合のいい時間にうかがわせてください」

『三分でおいで』

絶対に無理だと知っているくせに、社長の声は笑みを含みつつもしごく真面目だった。

「努力します」

通話を切ってスマホをスーツの胸ポケットへ放り、車のキーを持って家をでる。

「黒井君は休日までスーツ姿で仕事熱心だね」

玄関でむかえてもらっていちばんに眉をさげて笑われた。

「そう言う社長は裸じゃないですか……」

彼は腰にタオルを巻いただけの状態だ。

「きみがくるっていうから慌てて身を清めたんでしょうが」

「嬉しいです……けど、なにか羽織ってください」

「黒井君の話を聞いてから考えるよ。やたら深刻なようすだから、場合によっちゃ俺も正装が必要かもしれないし」

「いえ、なんというか……俺のこれは、単なるけじめです」

ふうん？　と喉で苦笑してから、社長が長い廊下をとおった先にあるカウンターキッチンへ入る。

「座っててていいよ」

そうながされて、俺は中央のリビングのソファへ腰かけた。

天井が吹き抜けになっている広々としたリビングは、南側がガラス張りで庭の木々も見られるようになっている。ここは、社長と朝まで映画を観たり、夜にルームライトの光を落として木々を眺めながら、ゆったり酒を呑んだりしたこともある想い出の場所だった。

「どうぞ」

　戻ってきた社長は俺の前にコーヒーをおいてくれた。あらかじめ用意してくれていたらしい。自分はグラスに入れた水を飲みながら、俺のむかいへ腰かける。

「黒井君がここにきてくれるのはひさしぶりだね」

「はい」

「いつぶりだろう。前はよくふたりでだらだらしたよね。また好きなときにおいで」

「……はい」

　声のトーンがさがったのを彼は苦笑いで聞きながしてくれた。

「そういえば昨日、拓人が黒井君に感謝してるってくり返してたよ。店のママが『本当に拓人がきた！』って興奮してくれたんだけどさ、拓人は〝自分はなんのとりえもないガキだったんだ、うちのマネージャーが自分を輝かせてくれたんだ〟ってずっとゆずらなくて」

「……そんな」

「海役を推したどころか、デビューしたのも黒井君がスカウトしたからだって話になって、みんなで当時をふりかえってさ……俺もきみの自慢話ばかりしてたな」

　しみじみ微笑んでくれる社長の優しさが胸に刺さる。見るからに悩んでいそうなばかな社員を持ちあげて、話しやすくするために空気を和ませてくれている気づかいもわかるから、心がはり裂けそうになる。

「俺は、」

　ひとこと発しただけで喉が痛んで、ひと呼吸おいた。

社長も拓人も、ほかのタレントたちも、今日まで十数年間大事にし続けてきたすべてが俺も尊くて愛しい。失いたくない。失いたくないし、きっとあとで〝なんであんなこと言ったんだろう〟と後悔もするだろうけれど、俺はもう覚悟を決めてきた。

「……社長。俺は拓人みたいな子をもっと輝かせる助けがしたくて、この仕事に就きました。自分たちが生きてる世界に物語があるならば、自分は永遠に脇役だと思っていたから、せめてきらきらしている子たちの傍にいて、支え続けていたかったんです」

「うん……面接のときも言ってたね」

憶えていてくれたんだ、と知ったら目の奥が潰れそうに痛んだ。

「はい」とうなずいて両手を握りあわせる。

小さな事務所の社長室で、ふたりきりでした面接だった。どこの芸能事務所よりこぢんまりと質素で、でも親しみ深くて、肌になじんだのを憶えている。あのとき俺は、目の前の若くてハンサムで愛らしい八重歯のこの人にもきらきらした光を見た。

「……だけど俺は、自分は脇役だからって捻《ひね》くれて、輝こうとするのをはなから諦めている、悪役より醜悪でつまらない人間だって気づいたんです。脇役だっていくらでも魅力的になれるのに」

「うん」

「こんなの、大人になってすることじゃないってわかってます。子どものうちにしておけって思えて恥ずかしくてならない、情けなくてならないです。けど、すみません、最後にするので一度だけ甘えさせてください。俺が輝けること、ひとつだけ見つけられたんです」

　顔をあげると、真っ白い陽光に照らされている社長がいた。ああやっぱりこの人も輝いてるなと、心臓が千切れそうなほどに愛しく想った。

「堀江功一さん……俺はあなたが好きです」

　言葉にしたとたん胸の底からしずかな熱が湧いてきて、不思議なほどそっと涙がこぼれた。自分の人生の物語のなかで、初めて本物の重さを持ってこぼれた言葉だ、と自覚した。海みたいに泣いてる。人に恋して泣いてる。この俺が。

「俺に告白すると、きみは輝けるの」

　グラスをテーブルにおいた社長が、平坦な声で言う。

「……はい」

　すみません、と謝りたい気持ちを押しとどめた。この告白を謝罪で汚したくない。にごしたくない。とり繕いたくない。逃げたくない。

「社長のことを尊敬してついてきました。あなたのタレント想いなところも商売上手なところも夢を諦めたことへの辛さも、狡さも弱さも、見てきた全部が好きです。俺わかってしまったんです。ほかの人間がしたら許せないことも、あなたがするならすべて受け容れられるって」

「人を殺しても？」

「……ええ。あなたが犯す罪なら、その気持ちを聞いて一緒に背負います。ほかの人間ならば捨てるだけです」

「すごいな」

　また淡泊に言って小さく笑った社長が、ソファを立って俺の左隣にやってきた。

風呂あがりのまだ熱い身体が自分の左腕に寄り添ってきたかと思うと、右肩を抱かれて顎をあげられ、息を呑むよりはやく口を塞がれた。

舌が入ってきて俺の口のなかを隅まで舐め尽くしていく。ここにいるのがあたりまえみたいな、おたがいずっとこうしてきたような、自分の所有物を好きにしているだけというふうな、傲慢《ごうまん》と情熱が入りまじった強引なキスだった。

俺も口をひらいて舌をさしだして、そのキスにこたえた。おなじだけの、ともすると彼以上の強欲さと大胆さがあったかもしれない。こぼれる唾液も欲しくてすすった。俺も彼の歯列をなぞって舌を吸った。息をつぐのももどかしくて、声を洩らして彼の唇を吸いあげた。

「……俺、遠慮しませんよ」

口が離れても、至近距離に顔を寄せたまま息を整えた。彼に近づきたくて、傍にいたくて、額や鼻すら邪魔に思いつつ彼の口先を舐める。しゃぶる。何度も。

「遠慮？」

「あなたが俺をかまってくれるなら弄《もてあそ》ばれてもかまわないんです。あなたが飽きるまで、俺も遠慮しないであなたをもらうから」

裸の腰を抱き返して首筋に噛みついた。恋してもらえなくてもいい、遊びなら遊びで便乗させてもらう、愛してる。

「そこはきらきらっていうより、だいぶわりきった大人だよね」

「嫌いですか」

こっちだって必死だ。

「迷惑はかけません。恋人にしてほしいなんて高望みもしません。これからも傍で働かせてください。ただ好きでいさせてください。……好きです。好きなんです」

　この薄い唇の厚み、初めて会ったときから可愛いと思っていた八重歯、どちらも唇と舌先で探って味わい尽くす。唇に記憶しておく。いまだけでもいい。

……海もこんなふうに岡崎《おかざき》とキスしてたな。拓人はよく耐えてたよ。信じられないぐらい、死んだほうがましなんじゃないかと思うぐらい、恋はこんなに苦しかったんだね。

「優」

　鬱陶しい遊び相手にだけはなりたくないと思うのに、抑えきれずに涙がばらばらこぼれた。この人が過去に関係を持ってきた相手は、きっともっとドライで大人だったはずだ。泣いたりしたら遊んでももらえない。顔をあげて彼を見返す。どん詰まりの闇めいた日本人の眼球が、この人だとどうしてこんなに深く澄んで感じられるんだろう。肌の質感も、やや太い髪の手触りも、なんだかもうどうしようもなく全部なにもかも好きで淋しい。

「……あなたのことを食べたい」

「え」

「食べて、腹のなかに入れて、俺の身体の一部にできたらいいのに」

　そうしたら失う怖さもなくなるのに。

「とんでもないセリフを言う脇役だね」

「愛してます」

　叫ぶように告白したら、結局子どもみたいに泣きじゃくっていた。

ないっ……」

『ローマの休日』が好きだったけど、俺は、もしジョーだったら、王女を殺してたかもしれ
「それはもうきらきらじゃなくて、どろどろの昼ドラだねえ……」

彼が笑ってくれると安心した。そうしながら俺の涙を拭って唇にキスをしてくれると、愛されていると錯覚できた。

俺の目を見つめてくれる。自分の瞳も、彼の目に暗い不安な闇にうつらなければいいのにと願う。

「やっと落ちついたかな」

「……泣いたりしてすみません」

「いや、俺のここのことね」

彼が左手で自分の胸をさする。そしてもう一度キスをくれる。

「黒井君は初めて会ったときからきらきらしてたし、今日までずっと俺のヒーローだったよ」

「……そんな嘘、」

「嘘じゃないって。俺の物語のなかではきみがヒーローで神さまなの。きみ本人には捻くれ者の無能な脇役に感じられても、他人にはそうじゃないんだよ。拓人だって劣等感と闘ってる。当然、俺もきみに崇《あが》めてもらえるような立派な人間じゃない」

「拓人もあなたも立派で、素敵です」

「そう言いはるなら、俺がきみを立派で素敵で、愛してると想ってきたこともいい加減認めてもらおうか」

澄んだ彼の目の奥を見据えた。

「……社員だから、気づかってくれるんですか」

「ん？」

「どんなふうに扱われてもいいんです。あなたに幻滅することもありません。愛してるとか、そんなこと言われたら終わるとき辛くなるからやめてください。夢は見せていただかなくても結構です」

「うーん……」

困ったように苦笑する彼が前髪を掻きあげて軽く咳払いする。テーブルにあった煙草とライターをとり、一本咥えて火をつけた。

「言葉で人を傷つけてしまう子と、言葉を全部受け容れてもらえる人と、言葉を信じてもらえない奴と。まあ、みんな辛いものだよね」

彼の唇からふうと吹きでてくる白い煙が勢いを失って揺らいで消えていく。なじみの香りがふわりとただよいだす。

「筒井君と話したよ」

たっぷり数秒間意識を飛ばしたあと「え」と声がでた。

「『黒井さんを好きというのは本当ですか』って訊かれて『本当ですよ』ってこたえた。昨日の夕方だよ」

「昨日の、夕方」

俺と会うより前。

「拓人は六年前から俺の片想いを知ってる。あの子は恵さんとツーカー。恵さんは当然筒井君と繋がってる。昨夜拓人に探り入れたら、俺の気持ちをたしかに恵さんにも教えたって言ってたから、そういうことだろうね」

「そういう、って……」

「筒井君、『好きな相手の家をどうしてわたしに教えたんですか』って怒ってた。なんで奪おうとしなかった、高みの見物で王さま気どりかって。きみが言うきらきらした人って彼みたいな男のことじゃない？」

……筒井さん。

「俺はね、きらきらできないんだよ。きみたちみたいな〝大人になっても青春〟みたいなの、ちょっと無理」

瞼を伏せて口角をあげ、苦笑する彼の唇の隙間から八重歯が覗く。

「欲しいって頼んで、いいよって応えてくる人は愛せない。千回拒絶して千回愛してくれる人の想いしか信じられないんだよね。……暗いでしょ？」

灰皿に煙草の灰を落とした彼の腕へ触れた。ひとりぼっちの孤独な子どもみたいに見えた。

「そもそも社員のきみに本気で告白するわけにもいかないうえに、きみは入社以来ずーっと『黒髪ロングストレートの大和撫子と結婚して犬を飼うんです！』って宣言してたからね。一応気持ちは正直に伝えてきたつもりだったけど、結果きみが選んだ初めての男は筒井君だった。奪う？　高みの見物……？　笑うしかない」

「社長」

「十二年前会ったときからきみを愛してる。女と結婚しようが男とつきあおうが愛してるよ。俺のところにいてくれるなら、そのあいだは甘えさせてもらうだけだ」

……ここまで欠けた人だったなんて、十二年傍にいたのに知らずにいた。

「あなたは、貪欲なんですね」

「正解」

「欲しいって口にする人より、欲しくないふりをするほうがよっぽど我が儘で子どもで欲しがりです」

「そうだよ」

おかしそうに笑いながら煙草を吸う、その横顔の寄《よ》る辺《べ》なさが、俺を息苦しくさせる。

「でも、社員とか大和撫子とか……ほかの人が相手ならどうかわかりませんけど、俺の場合は、俺が悪かったんです。欲しいって言う隙すら、つくってなかったから」

「べつに悪くないでしょう。好きとは言ってたしね」

「言ってくれたのも、俺は信じなかった。あなたのこと……尊敬しすぎてて」

「自分の会社の上司に好き好き言われても困るよねえ」

「嬉しかったですよ。ちゃんと嬉しかったです。……優越感もありましたよ。拓人が社長は俺に気を許してるってごねるのも内心浮かれてましたから。けど恋愛となると、畏れ多くて」

「なんでそんなに俺のこと尊敬しちゃってるの？」

顔を覗きこまれて、きゅと胸がちぢんだ。

「全部が完璧で素敵だから」

「いまの話を聞いても？」

「はい」

「きらきらどころか、俺は本当に人を殺せる人種だよ」

「どんなときに殺すんですか」

「きみやうちのタレントを傷つけられたとき」

アン王女とは心中する、と彼が真剣に続けるものだから思わず吹きだしてしまった。

「充分きらきらしてるじゃないですか」

「……これをきらきらだと思うあたり、きみもなかなか狂ってるね」

「似たもの同士なんて光栄です」

愛しさがあふれだしてきて抑えきれず、彼の身体に両腕をまわしてキスをした。欲しいと懇願しない、と言うわりに、唇を重ねると彼のほうが容赦ない。彼の舌にこたえて俺も貪欲に求めて、おたがいの昂奮が高まっていくのを感じとる。

「……服は着なくてもいいね」

寝室にいこう、と囁いて耳たぶを吸われた。


二階にある彼の寝室にはキングサイズのベッドがある。この家に泊まらせてもらう夜は彼のすすめでいつも一緒に寝ていたものの、まさかこんなふうに裸で抱きあう日がくるとは思いもよらなかった。

そう伝えると、自分の上にいる彼に「俺は毎回妄想してたよ」とにっこり見おろされた。

「我慢させてたのも、申しわけないんですけど……こっそり添い寝させる社長は健気ですね」

「ありがとう。拓人みたいにむっつりスケベだってばかにしてこない優しい恋人で嬉しいよ」

ふふ、と笑ったら、口先に音を立てて甘いキスをくれた彼の唇が、顎から喉へおりていった。

頭を撫でながら髪を掻き乱され、鎖骨から肩のラインを唇と舌で嬲られる。すでに反応してかたく尖っている胸もからかうようにくすぐられる。社長の舌が自分の身体についてる。

「……どこかの、エッチな店みたいに、なるから……〝社長〟じゃなくて、名前で呼んでいいですか」

こたえるかわりに彼は俺を呼んだ。

「優」

首筋を強く吸われて、痛みとくすぐったさに身悶《みもだ》える。

「……優」

呼んでくれる声も綺麗で、官能的に感じられて、腹の底まで響く。

「功一、さん」

胸の奥のこんなに深い場所へ招き入れてもらえることなど予想していなかった。二度と会えなくなる未来も覚悟していたのに、尊敬し続けてきた大好きな男の剝《む》きだしの脚が自分の脚に絡んで、手と指で丹念に胸や腹を愛撫されて、唇と舌で心まで蕩かされている。

信じられない。触られて感じて、理性が飛びそうになる寸前で悲鳴みたいな喘ぎが洩れた。

「すこし、……ゆっくり、お願いします」

みっともなく哀願したら、乳首を強く吸いあげられた。

「十二年って、優は長いと思う、短いと思う……？」

もう待つ気はない、と言われている。

「あなたの手に、触られてると、思うと……おかしくなるから、恥ずかしいんです、」

脚を割《さ》かれて、内腿《うちもも》のきわどい部分を舌でなぞられる。「あぁ」と声がでる。

「俺はもうずっと前からおかしいんだよ。誰のせいかわかってくれたんだよね？」

自分の脚のつけ根あたりから、社長の声が聞こえる。

「おれ、の……せい、」

「そのとおり」

熱い掌で脚を撫でられ、長い指先で性器を包んで口に含まれた。そうしつつ、うしろも指と潤滑剤でほぐされていく。目をとじると余計鮮明に舌や指の動きが見えるから、薄く目をあけて自分の腹の下にある彼の髪を視界に捉えたまま懸命に呼吸する。

社長が……功一さんがくれる快感が、足もとから電流みたいに這《は》いあがってくる。内臓も皮膚も、細胞のひとつひとつが痺れて、この人で満たされていく。信じられない。

「功一、さ、んっ……」

身体にまるでなんの意味もない。脚にも手にも力が入らない、息ができない。

あっさり達してしまったあとも、かたちをたしかめるように、味を堪能するように、執拗《しつよう》に舐められた。

この人の手は熱くて、触られると焼き印をされるみたいに重たく痺れる。撫でたり舐めたり押されたりすると、そこから感覚が消えていって、自分のものじゃないみたいに思えてくる。

触られたところから感覚ごと奪われて、この人が自在に動かせる、この人の身体になっている気がしてきた。そのとおりに、彼が腰を寄せてくるのにあわせて、思考するより先に自然と脚をひらいて受け容れていた。

「先に一度なかへ挿入れさせて」

俺の片脚を抱えながら、彼が俺の上へ戻ってくる。

俺も彼の愛撫に溶けて翻弄されるだけではなくきちんと抱き包みたくて、両腕を彼の背中にまわして受けとめた。けれど脳がスポンジになったみたいにぼんやりして、思考力はとっくに壊れている。

「……嘘、みたい」

熱に浮かされて朦朧とする。自分のやわい部分を彼の先端に塞がれて、彼がゆっくり挿入《はい》ってくる。ひろがって、彼のかたちにぴったりあわさって自分が彼を呑みこんでいくのがわかる。背筋を昇ってくる快感に圧倒されて肩が竦む。たまらなく身震いする。

「こう……い、さんっ……」

嬉しい、信じられない、と言葉にならない声で虚《うつ》ろに伝えた。

自分のなかに社長がいる、いてくれている。頬と耳たぶをがむしゃらに噛んで吸われて、唇もむさぼられる。嫌な顔をしていない、俺なんかを欲しがってくれている。愛されている、と感じる。全然、信じられない。

「本当に……俺なんかで、いいんですか」

こんなにも好いてもらえている理由がわからない。

彼が腰をゆるくすすめて、俺のなかの感触を咀嚼するように抽挿しながら小さく吹く。

「想い出があるでしょう。いままでの、十二年間のたくさんのこと」

「想い、出……」

「新人のころ、きみ正月に届いた年賀状の、お年玉くじの当選番号さ、下二桁だけ見ていけばいいのに頭から全部確認してたよね……あれ笑った笑った」

「……やめて」

「夜中までふたりで残業してた日は、デスクに隠してるカップ焼きそばを俺に作ってくれたでしょう。粉を少なめにしてって頼んだら、『社長は〝自分〟がありますね』って感心してた。憶えてる？　自分は粉を残すなんて発想はなかった、与えられたものはつかってあたりまえだから濃くて辛い焼きそばが苦手だった、って……おっかしい」

俺の腋《わき》の下から腕をまわして、彼が俺を抱き竦めて耳をねぶりながらくすくす笑う。繋がりあったままの腹の奥底からあふれる快感はとまらず、顎を反ってうち震える。

「ダーツも、ビリヤードもしたね。仕事で苛々するときも、悔しがるときもきみと一緒だった。優がいてくれた」

「……ンっ」

「俺がばかにされてると、きみは決まって身体のまわりにバリア張って、受けつけませんって顔するよね……知りません、聞こえませんって。嬉しかったけど、あれは内心複雑だったな。俺を尊敬したままでいたかったんじゃない……？」

首筋を嚙まれた。

「……違い、ます。受けとめてたんです。あなたの悪い噂も過去も、俺には、嫌う要素にならないんですよ……知ったうえで、それでも、尊敬してるんです。好きなんです」

「ふうん」

「だから……教えてくれなかったんですか、プライベートのこと」

「まあ、堂々と紹介できない友だちもいたね」

　前髪を撫であげて額にキスをされた。彼の喉に、俺の吐きだした吐息がかかる。

「……全部、話せとは言いません。ただ、なにを知っても俺があなたを嫌うことはないって、知ってて」

　ああ……、と彼が途方に暮れたため息みたいな声をこぼした。

「ずっとここにいたい……でたくないな」

　追いださないで優、と切なげな動きで彼が俺の奥へ身を埋めて、俺をきつく強く抱き潰す。背中にまわった彼の汗ばんだ両腕に包まれて、彼の左肩にかろうじて顎をのせて、息を吸う。いて、とこたえる。

　俺もしっかりと彼の背中にしがみついた。耳たぶをしゃぶった。髪ごと嚙んで汗も舐めた。自分のなかに彼がいることが嬉しい、この人の存在の全部が愛しい、欲しい。

「功一、さ……なんで、こんなに、好きになっちゃったんだろ……」

　吐露したのは無意識だった。必死に息を吸いながら、自分が泣いているのに気づいた。すこしの距離も哀しくて、彼の背中と腰を抱き寄せる。深くを抉ってくれる彼の熱に声をあげる。

「後悔してるの」

彼も俺の腰を力強く抱いて、くり返し自身をこすりつけてくる。彼の腰を両脚で挟んで縋りついて泣いた。離れるのが嫌だった。

「してる」

彼の頬を吸う。皮膚の味も恋苦しい。

「もう、功一さんがいないと、生きていけないから……」

ふ、と肩のあたりで彼の笑い声が洩れた。唇を塞いでむさぼられ、限界がきて意識が弾ける。

彼の顔も手も、寝室内のようすも、なにもわからなくなっていくのに、ふたりでいる、それだけははっきりと感じられた。

「きみがいないと生きていけないのは俺のほうだよ」

枕に背中をあずけて煙草を吸いながら彼が言う。

挿入して達して、疲れると寄り添っておたがいの身体を愛撫しあい、また昂《たか》ぶってきたら挿入する、と怠惰に抱きあい続けて夕方近くなっていた。

枕を抱いて、うつぶせて見つめる彼の横顔が、濃い橙色に変化した夕日に覆われている。

「俺もですよ」

知っていてほしくて告げた。

「あなたは俺の心臓なんです」

この人が死んだら死ぬ。この人さえ生きていれば俺は身体の一部を失おうとも生きていく。

「今日、そうなっちゃいました」

頬の奥で苦笑しながらこちらをむいた彼が、俺の後頭部を撫でる。

「じゃあ死ぬときは心中しなくちゃね」

「ついて逝きます」

本気でそうしたいと思っているのに、彼はくすくす笑っている。

「俺の王女さまは従順で眩しすぎる」

タオルケットに隠れている彼の膝へ右手をおいた。

「……あなたは人を殺さないですよね」

「ん？」

「さっきの話です。あなたは自分に前科がつくようなばかなことしないでしょ。殺したいなら自分の手が汚れない方法で、他人を利用するんじゃないですか」

「物騒なこと言うもんじゃないよ」

ははは、と爽やかに笑われた。ごまかしている。タオルケットをめくって彼の脚にキスをした。

「そういう人ですよ、俺の愛してる功一さんは」

煙草を灰皿に潰した彼も、上半身を傾けて俺の肩先に歯を立てる。

「若いころはそうだったかもしれないけど、いまは違うよ」

「そうなんですか。ちゃんと殺すんですか」

肩を押して仰むけに倒された。左の人さし指で「ここをね」と彼が俺のこめかみをつく。

「精神的に殺す」

ばん、とふざけて言ってにっこりする彼に見惚れた。

「……素敵ですね」

大事な人間のために過激なまでの愛情を迷いなくしめせるところが、という意味だったが、自分のうっとりした返事が狂気的に響いたのはわかった。また彼に笑われてしまった。

「きみはもう俺に殺されてるね」と言う彼の左手をとる。中指を口に入れて舌で味わう。

「あなたもやっぱりきらきらしてます」

身を寄せてきた彼は俺の額に唇をつけた。脚を絡めて、俺の腿を割ってひらいていく。とじてみたら、叱るようにもっと大きくひらかれて、つい吹きだしてしまった。口から彼の左手が離れて俺のタオルケットのなかへ入っていく。ひらいた脚の中心へおりていく指先、手つき。

「……器用な左きき」

呟いたら彼も楽しそうに俺の口にキスをした。

「そういえば拓人が、今度尚人を家に誘って食事会したいって言ってたよ。恵さんとふたりでもてなしてあげたいってさ」

「スターぞろいのきらきらな会ですね……」

「優もいっておいで」

きみもちゃんと輝いてるから、と甘くついばむようなキスを何度もくれる。もう一度抱きあって一緒にシャワーを浴びたら夕飯を食べにいこう、と彼が頬と顎にもキスを続ける。

どこへいきたい、と瞳を細めて優しく微笑む彼に心まで惹きこまれた。

「どこへでも」

こたえて俺も両腕をのばし、きらきら眩しい恋人の首にそっとまわして抱きしめる。

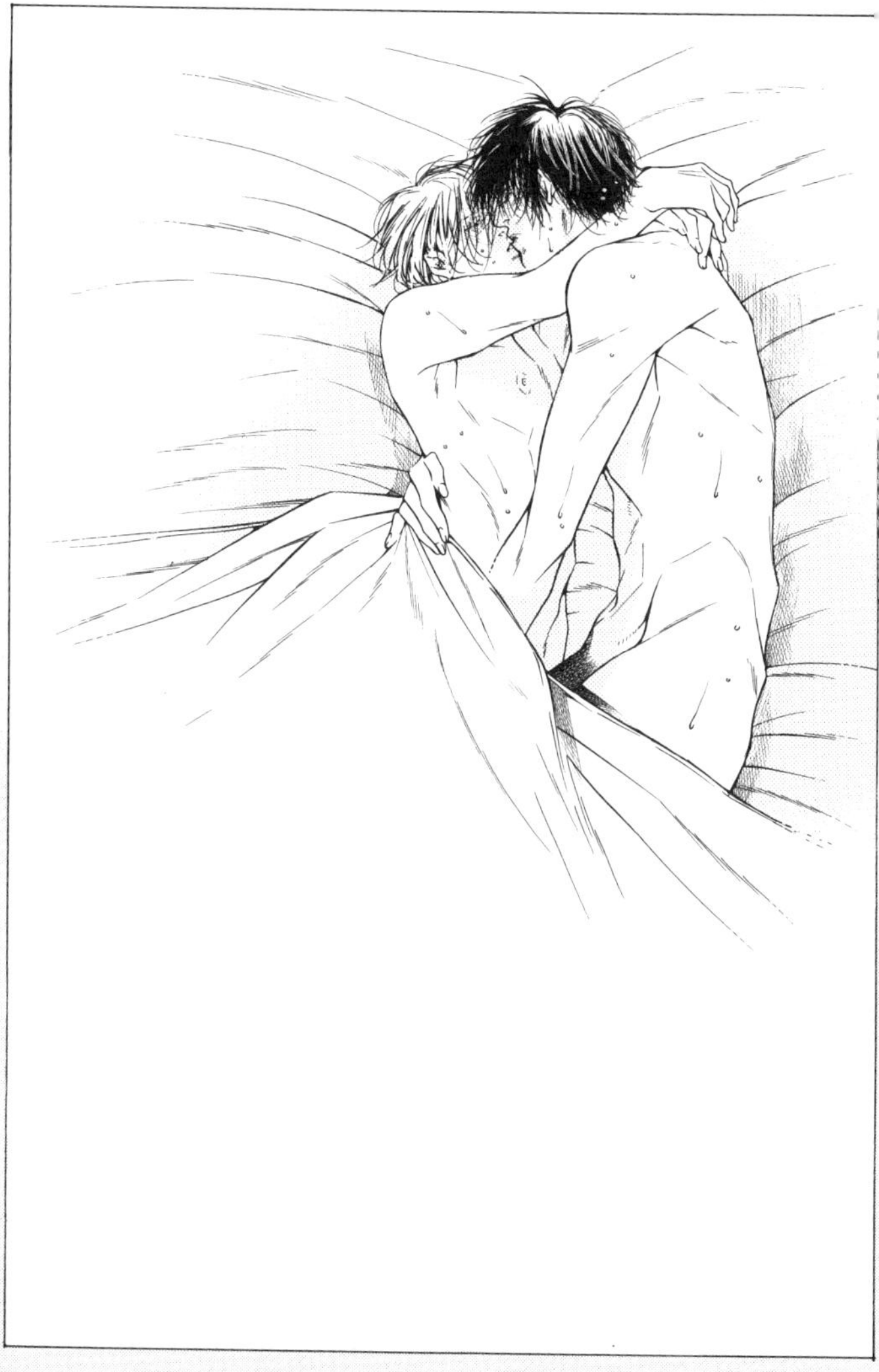

あとがき

今作は先に上梓《じょうし》させていただきました『ドラマ』の続編になります。

長いつきあいの本当に強い想い入れのある作品で、作者として気持ちを言葉にしてしまうとどんな内容であれ読者さまの読書の邪魔になるひと作でもあると思うので割愛させてください。

また、このあとに筒井のお話をおまけとして収録しましたが、スピンオフをほのめかすものではなく、あくまで救済短編です。彼の人生の物語も続いていくんだ、と感じていただければ充分幸せに思います。


どうしてもご一緒したい、とわたしの我が儘を聞き入れて、当時『ドラマ』で作家デビューしてくださったうえ、ダリア文庫新装版のときから「裕次さんと拓人君は絶対わたしに描かせてください」と『ラジオ』までおつきあいくださった麻生《あそう》ミツ晃《あき》先生。

作家復帰作『君に降る白』からのおつきあいで、新装版『ドラマ』のあと「『ラジオ』もぜひやらせてください」とお声がけくださり、今回もお仕事をひき受けてくれた校正者さん。

『ドラマ』と対にしなくてもいいですよ、とお願いしたにもかかわらず、二作の繋がりを意識しながら温かさを加え、いつもどおりの完璧なデザインに仕上げてくださったデザイナーさん。

ダリアさんで出会う以前からわたしの作品を知っていてくださり、「『ドラマ』がいちばん好きだった。だから『ドラマ』と『ラジオ』つくろう」と支え続けてくださった担当さん。

想いを寄せてお力添えくださったみなさまに、言葉にし尽くせない感謝を贈らせてください。

そして待っていてくださった読者さま。

一人称で書いているわたしは役者とおなじで、彼らを見失い、文章のなかで芝居ができなくなるとたんに書けなくなります。ここへたどりつくまで拓人と一緒に迷い、ここを目指して成長するために彼らと過ごし続けた数年間でした。

大好きな彼らを、大好きだという気持ちを維持したまま書かせていただけたこと、申しわけなさや、情けなさも拭いきれませんが、すべて含めて深くお礼申しあげます。そうして完成した作品を、みなさまにお贈りできること、読んでいただけることを、心から幸福に思います。これからまた精進し続けていきます。本当にありがとうございました。

朝丘　戻

キャララフ

「ラジオ」刊行 本当におめでとうございます。

前作「ドラマ」は、私事で恐縮ですが、私にとってもとてもとても大切な作品です。

私の商業誌のお仕事の始まりが「ドラマ」の挿絵で、全てがこの作品からスタートしました。

10年という時間を経て、このタイミングで、再び彼等の人生の続きに立ち会うことが出来たのは、私の人生の誉れです。

本当に嬉しいです。
言葉がないです。

朝丘戻先生、編集様、そして読者の皆様へ。

本当に本当にありがとうございます。

2017.11. 麻生ミツ晃 拝。

ムービー・プロローグ

幼いころから他人の表情を読むのが得意だった。

笑顔の裏の嫌悪、仏頂面の裏の愛情、泣き顔の裏の自己愛——主観ではあるが、ほとんどの人間は矛盾とともに生きていて、喜怒哀楽の表情とぴったり一致する感情をストレートにだしている者など皆無に等しいと思う。そんなふうに幼少期に他人に対して冷めてしまったせいか、自分は心を顔にだすのが苦手になってしまった。笑いたくもないのに笑う、素晴らしいと思ってもいないのに喜ぶ、感動してもいないのに涙ぐむ……あざとさがいちいち気持ち悪くて。

それらを操る役者には憧れた。彼らの感情表現の巧みさには素直に尊敬の念を抱いてしまう。自分は基本的に内向的な人間だから、人前に立って芝居する度胸も含めて焦がれてやまない。表情を読めるぶん、役者の才能の差もだいたい見抜けるので、この仕事に就けたことも、恵《めぐみ》のマネージャーになれたことも幸運だったと思っている。

「……尚人《なおと》、感動してないでご飯いただきなさい。恵さんこだわりの中華料理なんだよ」

「はい……もう、でもほんと胸いっぱいで、俺……」

「恵さんが作ってくれたご飯でちゃんと腹いっぱいにしなよ」

「したいんですけど、尊すぎます……」

ただしごく稀《まれ》に裏表のない真正直な人間もいる。黒井《くろい》さんのそういうところが好きだった。

「尚人といると、俺ほんとにスターみたいな気がしてくるよ」

両頬いっぱいに回鍋肉《ホイコウロウ》を含んで拓人《たくと》君が微笑む。

「スターですよ！」

間髪入れずに肯定するのは黒井さんがマネージメントしている蜷川《にながわ》尚人君。大学生だがまだ高校生のようなあどけなさを残す新人俳優で、今年の冬、恵と共演する映画でデビューが決まっている。歳の離れた恵の義弟、という役ではあるが、童顔の美少年で可愛すぎるぐらいだ。実の子でもいいですね、と先日恵に言ったら睨まれた。

そして彼は『白《しろ》の傷跡《きずあと》』に感銘を受けて、拓人君をここまで追いかけてきた子でもある。

「拓人さんたちは俺の神です。家にお邪魔してるのも信じられない、俺明日絶対死にます」

「初仕事もまだなのに死ぬとか言わないのっ」

黒井さんが憤慨して、拓人君と恵が「あはは」と他人事のように笑う。

「でも本当に、きちんと仕事始めてから会いたかったのに、まだなんにもしてないただのファンの状態でここにいるのも申しわけなくて……人に言ったら刺されると思うし」

「まったく……――すみません、この子まだ一般人気分のミーハーで」

「一般人ですよ、なんの実績もないですもんっ」

「仕事は決まってるの。プロ意識持って」

「すみません……でもやっぱり恵さんと拓人さんに会うのははやかったですよ」

呆れる黒井さんと、笑い続けている拓人君と恵が食事をしている。尚人君は胸を押さえて陶然とため息ばかりついており、いっこうに食べない。

「どうしてそこまであのドラマに惹かれたんですか」

海老焼売《えびシュウマイ》を咀嚼しながら訊ねてみた。左隣に座っていた尚人君はこちらをふりむいて、あ、いたの、という顔をした。

まるく見ひらいた目が、まばたきとともに伏し目がちになって「その……」と物憂げな、懐かしげな儚さを帯びる。

「……じつは、うちにも酒呑んで暴れる家族がいたんです。母方の祖父なんですけど」

「お祖父さんが」と恵が神妙な面持ちをすると、尚人君は恵をしずかに熱い瞳で見つめて数秒黙してから「……はい」とうなずいた。

「俺の祖父母は田舎から東京《とうきょう》にでてきて、俺の母親を育てた人たちです。母は一度結婚して家をでたんですけど、すぐ離婚して出戻っちゃったから、俺は父親の記憶もほとんどないまま、物心ついたときから母と祖父母の四人家族の家で育ちました。で……なんというか、祖父はもとから協調性がないのか、仕事にまともに就いたことがないんです。家を支えていたのも祖母と母で、ずっと家にいて昼から酒を呑んでテレビ観て笑ってるような人でした」

「駄目な人ですね」

俺が言ったら、尚人君はさっきより大きく瞠目して、ほうけたまま「……うん」と言った。

「……はい、そうです、駄目な人。だけど孫のことはすごく可愛がる人っていうか……俺は、いい想い出しかないんですよ。あ、祖父はもう死んじゃったんですけどね。俺のこと自転車のうしろに乗せて、公園とか河原とかあちこち連れていってくれました。俺が友だちと喧嘩して泣いて帰ったら『今度は祖父ちゃんに言え、守ってやる！』って怒ってくれた。大好きでした。

暴れるときはいつも『田舎に帰りたい』って嘆いてたんです。きっと祖父は淋しかったんですよね。病気になって余命がわかっても、最期までなんにも言わずに逝ったから、祖父がどんな気持ちだったのか真実はわからないんだけど、淋しかったとも言わせてあげられなかったのは、俺ら家族の責任でもあったよなって……」

「尚人」と拓人君が彼の背中に手をおいたら、尚人君はからりと笑った。

「や、すみません、べつに暗い話じゃないんです。俺はいまも祖父が大好きで、おなじように父親を責めなかった海の気持ちにものすごく共感したんです、って話です。ドラマ観ながら、毎週泣いてました。DVDでたあとも、へこんだり挫《くじ》けたりするたびに観て〝頑張ろう、俺は生きよう〟って思ってきたし、祖父ちゃん頑張るねって、祖父への想いも確認できて嬉しかったです。……おこがましいけど、俺もほんのすこし、海なんです」

拓人君が軽く洟をすすって「ありがとう」と微笑む。

「自分が演った海は、自分なりの本物だって思ってるけど、実際に海と似たような経験をしてきた尚人にそう言ってもらえると、こっちのほうがおこがましい気分だよ」

「やめてください！　生いたちは関係ないんです。……ラジオで恵さんも言ってましたよね、自分の生いたちを知られてたら視聴者が役に没頭できないかもって。とんでもないです。俺、恵さんが拓人さんを殴ってくれて生まれた、あの海が好きなんです。あの海に生かされてきました。それで夢までもらってここにいます。俺は拓人さんの海に出会う運命だったんです！」

拓人君が「……ありがとう」ともう一度言って、照れてはにかむ。

尚人君も「いいえ」と笑顔で頭をふる。

「恵さんと拓人さんが岡崎と海を演ってくれたのも、それを俺が観られたのも芝居始めたのも、俺の運命です。……大事にします」

この子も不思議と純真無垢で嘘のない子だ。恵と拓人君と尚人君が「本当にありがとうね」

「いいえ」とくり返している傍らで、黒井さんは目を赤くさせてほとんど泣いている。彼がマネージメントしているから、こんなふうにまっすぐ育っているんだろうか。類は友を呼ぶ。

「ゲイじゃないってところは海と違うんですけど、俺も岡崎さんなら抱かれてもいいいって想います。すごく素敵な人ですよね……岡崎さん」

尚人君がうっとりすると、拓人君も「俺もそう思う」とそろってうっとりした。

「俺、ラジオ最終日のおふたりの岡崎と海も録音してめっちゃ聴いてるんです！　これからもへこむことあったら聴いて奮起します！」

「うわ……演ってよかったって思うけど、それちょっと恥ずかしいよ」

「拓人さん、あれは神回ですよっ」

本気で憤慨する尚人君と彼に圧されてたじろぐ拓人君を、みんなが笑って和やかに見ている。黒井さんもあんな淋しそうな笑いかたをしない。あんな、孤独そうな。


「困ったなー……」

日づけが変わるころ恵の家をでて駐車場へいくと、先に帰宅したはずの黒井さんと尚人君がまだそこにいた。

「どうしたんですか」

「あ、筒井さん。……じつは車が故障しちゃって、ロードサービス呼んだんですけど一時間以上かかるって言われちゃったんですよ」

「ああ、一時間は長いですね。恵の家へ戻ってしばらく待たせてもらえばいいのでは」

「そんな迷惑かけられません。俺が待ってるのはいいんです。ただ、尚人を家におくっていかなくちゃいけないから」

「大丈夫です、俺も待ちます」と尚人君はけろっとしているが、「そういうわけにいかないよ」と黒井さんは焦れている。困ってゆがむ眉と唇。

「わたしがおおくりしますよ」

頭より先に口が動いていた。

「え、でも尚人のマネージャーは自分だか、」

「尚人君、おうちはどこですか」

狼狽える黒井さんを放って尚人君へ身体をむけると、彼は目をまるめる。

「お、れは、ええと、八王子《はちおうじ》です」

「問題ありません。むしろわたしの家の近所です。いきましょう」

「筒井さん、」と当惑している黒井さんを見返した。

「わたしもマネージャーです。あなたが感じている責任感は理解しているつもりですよ。今夜は車の心配だけして、あとはわたしにまかせてください」

「そういうわけには、」

「わたしはあなたに甘えてほしい」

黒井さんの表情に浮かぶ動揺が濃くなって、咄嗟に「尚人君のことはわたしも心配ですから」とつけ足した。

——堀江のためにも尚人を育てていきます。あの人の期待は裏切りたくありませんから。

……たぶんこれが、俺の生きる理由なんです。最近とくにそう思います。

心にもないことを言った。この子の会話がきっかけで俺たちは別れたのだ。

「……あの、すみません本当に」

助手席に腰かけてすぐ、尚人君はおずおず頭をさげた。「かまいませんよ」とこたえて、車を発進させる。小柄で華奢で、左隣にいる感覚がやけに儚げだ。恵を横に乗せているときとはさすがに違う。

「なにかあれば言ってください。飲み物やお手洗い休憩が必要ならコンビニへ寄ります」

「あ、はい……ありがとうございます」

「さっきあまり食事がすすんでいなかったでしょう。軽食も必要ならご遠慮なく」

ふりむくと、彼はまた目をまるく見ひらいている。どうも俺の言動は彼を驚かせるらしい。

「なにか?」

「ぁ、いえ……敏腕マネージャーって感じで、格好よくて」

……。か。

「黒井さんのほうが敏腕だと思いますよ」

「はい、拓人さんを育ててくれた人なので、黒井さんもすごいし、感謝してます」

ようやくにっこり笑った顔が赤ん坊みたいに邪気なく無垢だった。

「恵の料理に嫌いなものがあったからですか。さっき、食べなかったのは」

「えっ、いえ、全然！　ていうか、恵さんが作ってくれた料理なら嫌いでも食べられます」

「食べてなかったですよね、という話なのですが」

「そ、それは気持ちの問題でっ」

食べられないのも、食べられるのも、どっちも気持ちの問題だと思う。

「本当にお好きなんですね。恵と拓人君が。……というか、岡崎と海が」

「はい！　好きです！」

車内いっぱいに響く大声で告白する。芝居をしている人間は声量があるからやかましいが、滑舌《かつぜつ》もよく美しい声をしているせいで不快にはならない。こういうところは恵に似ている。

「拓人さん、左手に指輪してますよね……モデル復帰と同時のタイミングだったからネットとかでも話題になってたけど、彼女さんいるのかな。俺やっぱりちょっと、相手が恵さんならいいのにって思っちゃいます。あの岡崎さんと海が幸せになってる！　って。……変ですよね」

へへ、と笑う横顔も幼い。

「人を好きになるのは自由なんじゃないですか」

こたえたら、尚人君の強い視線を感じた。

「筒井さんも、偏見とかない人ですか」

「ええ。惹かれたなら想うまま愛せばいいと思いますよ」

今夜見た、黒井さんの幸せそうな笑顔が脳裏を過る。

「ですよね……」と、尚人君はなにやら噛みしめるようにこくこくうなずいている。

「筒井さんって、あの、音楽とか聴かないんですか？」

「この車ですか？　恵と趣味があわないのでだいたい無音ですね。ラジオでもつけますか」

「あ、いえ、筒井さんはどんな曲を聴くのかなって、知りたくなっただけです」

……知りたく、とは。

「わたしは映画のサントラとアイドルの曲を聴いてます」

「アっ、え、アイドルですか？　え、アイドル？　それは……えっと、女の子の？　男の？」

「男の子と女の子どちらもひと組ずつファンのグループがいますよ」

「ふぁ……」

グループ名を教えた。テレビにもよくでるグループなので尚人君も「あ、はい、知ってる……」とこたえる。運転して前方を注視していたから表情は確認できなかったが、まあどんな顔をしているかは想像できるほうけた声だった。

「これを教えるとだいたいひかれるので慣れています。学生時代、友人にライブへつきあわされたのをきっかけに好きになったんですよ。わたしが業界の〝こっち側〟へいってみたいと思い始めたのもそのときです」

右折の列にそっとならんで停車し、彼をうかがうと、口をあけて眉根にしわを刻んでいた。

「……ごめんなさい、大事な話を聞かせてもらえたのに驚いたりして」

――すみません、ゲイかなんて訊いたりして。拓人のマネージャーとして恥ずかしいです。

あの夜の黒井さんみたいな反応をする。

「べつになんとも思いません。お気になさらず」

ほんの短い期間恋人だった相手が、愛する男の期待にこたえるためにも、と育てている新人俳優——この子の存在に対して大人げない八つあたりの気持ちは湧くものの、あの人が大事に思っていることも、自分の立場上邪険にできない相手であることも事実だ。

その後、コンビニへ寄って飲み物と軽食を持たせたあと、ひとり暮らしの家までおくった。こぢんまりした二階建てのアパートは、俳優の家というより大学生の家、という印象が強い。

「すみません、なんか……ご飯まで買っていただいてしまって……」

「かまいません。ある意味うちの恵のせいとも言えますから」

「やっ、そんな、」

「コンビニのパンとジュースでお礼を言われるのも忍びないですしね」

ではおやすみなさい、と続けて軽く頭をさげる。尚人君はうつむき加減に顔を伏せてシートベルトをはずし、コンビニ袋を抱えてもう一度俺を見た。

「……筒井さんって『白の傷跡』の岡崎さんみたいですね」

「は」

どこが？　という言葉が俺の口からでる前に、彼はそそくさドアをあけて外へでていった。

「また映画の撮影で会えるの楽しみにしてます。これも大事に食べます、おやすみなさいっ」

ぺこ、と勢いよく頭をさげて走り去っていった細い背中を茫然と見おくった。俺が岡崎……。

闇夜のなかで彼の頰がひどく紅潮していた理由について、いまは考えるのをやめようと決める。そして二階の部屋へ彼が入り、姿がなくなってから、再び車を発進させた——。

初出一覧

ダリア文庫をお買い上げいただきましてありがとうございます。
この本を読んでのご意見・ご感想・ファンレターをお待ちしております。

〒170-0013 東京都豊島区東池袋3-22-17　東池袋セントラルプレイス5F
(株)フロンティアワークス　ダリア編集部
感想係、または「朝丘 戻先生」「麻生ミツ晃先生」係

ラジオ

2017年12月20日　第一刷発行

著　者
朝丘 戻

発行者
辻 政英
発行所
株式会社フロンティアワークス
〒170-0013 東京都豊島区東池袋3-22-17
東池袋セントラルプレイス5F
営業　TEL 03-5957-1030
編集　TEL 03-5957-1044
http://www.fwinc.jp/daria/
印刷所
図書印刷株式会社